Les Enquêtes du Père Brun

Sang pour sang

Benoît ROCH

Sang pour sang

Roman

En application de l'art. L.137-2.-I. du code de la propriété intellectuelle, toute reproduction et/ou divulgation de parties de l'œuvre dépassant le volume prévu par la loi est expressément interdite.

© Benoît ROCH, 2024

Édition : BoD · Books on Demand GmbH, In de Tarpen 42, 22848 Norderstedt (Allemagne)
Impression : Libri Plureos GmbH, Friedensallee 273, 22763 Hamburg (Allemagne)

ISBN : 978-2-3225-4139-3
Dépôt légal : Octobre 2024

Pour Valérie S,
qui restera à jamais
la première lectrice du Père Brun.

- Le sang, tout le monde le verse, poursuivit-il avec une véhémence croissante. Ce sang il a toujours coulé à flots sur la terre. Les gens qui le répandent comme du champagne montent au Capitole, et sont ensuite traités de bienfaiteurs de l'humanité.

Fédor Dostoïevski
(Crime et châtiment)

Chapitre 1

L'Académie des Durtaliens

- A bon entendeur, le Salut !

Un immense soleil des temps bibliques inondait le jardin du presbytère, tandis que s'élevait, parmi la douce lumière de ce bel été normand, un joyeux tapage de voix, tout aussi volubile que les notes flavescentes d'un chant d'oiseaux multicolores sous la plume enjouée de Clément Janequin.

- Au sein du cosmos, affirmait-elle avec une intuition géniale, bien longtemps avant la *théorie de l'effet papillon*, toutes choses sont interdépendantes, de telle sorte que le plus petit de nos gestes et faits génère des répercussions jusqu'aux frontières mêmes de l'univers.

- Quelle femme !
- Elle a développé de nombreux talents.
- Une grande figure du Moyen-âge.
- Elle pratiquait à la fois la médecine, la mystique, la poésie, la composition musicale, l'illustration.
- C'était aussi une prédicatrice reconnue !
- En effet. Mais sa première mission était d'honorer son rôle d'abbesse.
- Et que dire de ses visions ?
- Exceptionnelles ! La plus célèbre, celle de l'homme *miroir du monde*, est vraiment fabuleuse. Son corps est le reflet de l'univers, ils partagent une organisation commune.

- Dans un manuscrit, conservé à Lucques, il est possible d'admirer une miniature, laquelle dessine un homme aux bras étendus dans un cercle, au sein duquel son corps accueille toutes les influences cosmiques.
- Exact ! On raconte même que ce dessin a servi de modèle à Léonard de Vinci pour son *Homme de Vitruve*.

Les voix ensorcelaient les frondaisons du jardin, baigné par cette splendide lumière d'été, blonde, innocente, de pleine maturité, qui n'appartient qu'aux beaux mois d'été en terre normande. La petite *Académie des Durtaliens* s'était réunie pour la joie simple, délicieuse, de jaspiner à l'ombre de la collégiale.
- De qui parlez-vous ? demanda une petite fille qui s'appelait Lisa, tandis qu'elle s'amusait à ébrouer le seuil d'un trou de fourmis avec une baguette de noisetier.
Sa mère, qui ressemblait à s'y méprendre au jeune lieutenant Amanda Lemercier, lui articula, dans un grand sourire, que ses amis évoquaient avec elle une figure de femme exceptionnelle, ayant vécu mille ans auparavant, qui s'appelait Hildegarde de Bingen.
- Hildegarde ! Hildegarde ! Hildegarde ! s'était alors amusé à chantonner la petite fille en chatouillant le nuage de fourmis avec sa baguette.

Cette poignée d'âmes, *heureuse poignée d'âmes*, cette bande de frères et sœurs ressemblait, du moins dans son esprit, à cette autre poignée qui avait porté le fer au jour de la Saint Crépin, lors de la très funeste bataille d'Azincourt, sous la bannière d'Henri V, aux trois lions léopardés rampant sur les trois lys. Outre Amanda, sa petite Lisa, un œil familier pouvait remettre la jeune organiste de la Collégiale, Melle Martin que notre Gargarin, bibliolâtre de son état, surveillait depuis le coin ardent de sa prunelle ursine. On reconnaissait aussi le père Marsac, dominicain, installé dans une chaise longue afin de ne pas perdre une goutte de soleil, ainsi que le maître des lieux, le curé de Donville-sur-mer, notre ami le père Brun, occupé à servir le café.

Un dialogue venait de s'engager entre Amanda et le dominicain, sur les théories médicales de Sainte Hildegarde. La jeune femme assaillait le moine avec joie et curiosité :

- Oui, la doctrine des humeurs, du latin *humor* qui signifie : liquide.
- Humeur veut dire liquide ?
- A l'origine, oui. *Être de bonne humeur* voulait dire que la circulation de nos liquides se trouvait excellente.
- Nos liquides ?
- Selon Galien, dont les vues médicales s'appuyaient sur les écrits d'Hippocrate, notre corps se trouve irrigué par quatre liquides, c'est-à-dire quatre humeurs.
- Le sang ?
- Oui. La *doctrine des humeurs* a perduré pendant des siècles jusqu'à la découverte du système de circulation du sang par Harvey en 1628.
- On ne connaissait pas la circulation du sang avant le XVIIème siècle ?
- La première difficulté est de définir la vision antique et médiévale du sang.
- Ce n'était pas le même sang que dans nos corps ?
- Ah si, bien sûr, mais la polysémie du mot peut nous égarer. Dans la doctrine *galénique* le sang désigne la masse sanguine, à l'intérieur de laquelle sont amalgamées les quatre humeurs, mais, parfois, le mot peut désigner l'une des quatre humeurs.
- Et quels sont les trois autres liquides ?
- La bile jaune, le flegme et la bile noire.
- D'accord. Alors, si je comprends bien, le sang était soit un mélange des quatre liquides, soit l'un des quatre.
- Exactement !
- Et que pensait Sainte Hildegarde ?
- Dans *Les Causes et les Remèdes*, elle développe avec brio la *théorie des humeurs*, en nous exposant que le sang

est associé à l'air (chaud et humide), le phlegme à l'eau (froide et humide), la bile jaune au feu (chaud et sec) et la bile noire à la terre (froide et sèche).

- L'air, l'eau, le feu, la terre ? Mais bon sang, ce sont les quatre éléments !

- Bravo !

- C'est incroyable. Et d'où ça vient ?

- C'est très ancien.

- Chez les Grecs ?

- Peut-être avant. Mais le texte fondateur apparaît avec Empédocle : *Connais premièrement la quadruple racine !*

- Sait-on comment les quatre éléments peuvent agir sur notre corps ?

- On considérait que les quatre humeurs en équilibre formaient le propre d'un tempérament équilibré. Selon Sainte Hildegarde, seuls Adam et Eve (avant la chute) avaient possédé cette harmonie du corps (avec le Christ, et la Vierge, bien sûr). Le péché a provoqué une rupture fatale dans cette heureuse ordonnance (ensuite réparée par la grâce) pour nous répartir en quatre tempéraments *déséquilibrés simples*, lorsque l'une des humeurs vient à l'emporter très nettement sur les trois autres : sanguin, flegmatique, bilieux ou mélancolique.

- Bilieux ?

- Colérique.

- Pour les déséquilibrés simples. Et pour les autres ?

- Tempéraments *déséquilibrés composés*, ce qui revient à dire que deux des quatre humeurs prédominent.

- Passionnant ! Cette théorie des humeurs et des tempéraments a disparu dans les temps modernes ?

- En partie seulement. Molière s'en régale encore dans *Le Misanthrope*. Toute la pièce est portée par cette doctrine des humeurs. Alceste est un atrabilaire, noir comme la mélancolie, Philinte est flegmatique, bleu comme l'eau qui coule, Arsinoé bilieuse, de jaune vêtue, les petits marquis sanguins, rouges et prêts à en découdre pour conquérir Célimène.

- C'est fou ! On ne m'a jamais appris ça à l'école.

A ce moment très précis, la petite voix de Lisa fendit l'air, provoquant un éclat de rire général :
- On n'apprend rien à l'école.

Gargarin, ne lésinant jamais pour une occasion de sourire, vint à relever le trait :
- Cette petite fait preuve d'un humour célinien.

Amanda reprit sa remarque au vol :
- *Humour ?* Mais ça ressemble à *humeur*. Est-ce que l'humour est aussi un liquide ?

Le moine en habit blanc, dont les tempes inondées de soleil commençaient à ruisseler, répondit :
- Ah, vous ne croyez pas si bien dire, parce que le mot est emprunté au français, en raison de notre théorie.
- Quoi ? C'est donc vrai ? L'humour vient de la théorie des humeurs ?
- Le mot, oui. Vers le milieu du XVIIIème siècle, les Anglais utilisent et déforment le mot français pour exprimer le sens d'une certaine vitalité, un talent aigu de la transmission rapide des idées, à la façon des humeurs du corps dont la bonne circulation lubrifie la vie.
- La nuit a beau fermer tous les yeux, dit Oswald Spengler, le sang ne dort pas, avait exhalé Gargarin, les yeux mi-clos.
- C'est fou de penser qu'il existe un lien entre sang et humour, souffla d'une seule haleine Amanda, qui semblait soudain happée par le tourbillon de ses pensées.
- Sûrement à cause de la devise des infirmières, blézimarda Gargarin avec une mine de luron préparant une vanne, dans l'espoir visible de muguetter la jeune organiste.
- Et que dit-elle, cette devise ?
- *« Je panse, donc j'essuie »*.

Il y eut un bref moment de silence, puis la petite assemblée s'esclaffa de bon aloi. On riait, on buvait du café, on prenait le bon soleil d'été, sans se soucier un instant des tracas de la vie. La règle suprême, au sein de cette Académie clandestine, qui imposait d'abandonner ses ennuis à la porte, et de réjouir les esprits par des conversations à la fois joyeuses et savantes, mais jamais pédantes. Ici, pas de compétition, simplement du partage et de l'amitié. On laissait à l'extérieur : jalousie, concurrence, et rivalité. Chacun venait pour adoniser ses connaissances, dans un jeu d'intelligence fraternelle, par l'échange de vues et le bonheur d'être ensemble.

Se tournant vers le père Brun, qui n'avait rien dit jusqu'ici, Amanda lui lança :
- Mais, dites-moi mon père, il n'y a pas de lien entre le sang et l'humour dans la religion ?

Le moine qui sirotait tranquillement son café se mit à sourire, et rétorqua :
- Tout dépend de quel humour il s'agit. Si vous parlez de l'humour du Dieu, je crains que son sens ne nous échappe.
- L'humour de Dieu ? Fichtre !
- Vous ne trouvez pas ça comique, vous, d'avoir créé une créature que se prend pour son Créateur ?
- C'est un point de vue, rétorqua la jeune femme en souriant. Mais je voulais dire que la place du sang est centrale dans votre religion.
- Vous avez raison. Comment ne pas penser au sang du Christ, qui a été versé pour nos péchés ?
- Je dois vous avouer que ce rapport avec le sang m'a toujours intriguée, à la fois effrayée et fascinée.
- C'est un mystère, impossible à comprendre sans l'aide de la grâce. Ruysbroeck nous dit que, par le sang de Notre-Seigneur, l'homme se lie à Dieu et Dieu avec lui. « *Et il devient lui-même l'arche et le tabernacle, où Dieu veut habiter* ».

Si le père Brun avait eu le temps, il aurait expliqué les théories de René Girard pour témoigner que le mythe du sang est présent depuis les origines dans toutes les religions. *« Le sang, c'est la vie »* écrivait Bram Stoker dans son célèbre

Dracula. Au fil des siècles, ce besoin vital de sang a trouvé des échos imaginaires, pour devenir le breuvage d'une autre vie. Promesse de renaissance, élixir de jouvence, or des dieux, ombre des vampires, lumière du Graal, le mythe du sang s'est répandu comme un fluide sacré. Même *La Marseillaise* chante la légende du *sang impur*. Concernant la mythologie des fraternités d'armes, des *bands of brothers (comme celle de la Saint Crépin autour d'Henri V)* elle repose sur la culture du sang versé. L'Antiquité possédait ses striges, des démons qui suçaient le sang des enfants. Pour sa part, le Moyen-âge se trouvait peuplé de revenants qui affaiblissait le sang, et qu'il fallait à tout prix éliminer en les fixant d'un pieu à leur cercueil. Depuis toujours on a cru aux vampires, c'est une adhésion vraiment solide, attestée par de nombreux auteurs, et même par Jean-Jacques Rousseau : *« S'il y eut jamais au monde une histoire garantie et prouvée, c'est celle des vampires »*. Bien que la papauté ait condamné cette croyance, la littérature n'a jamais cessé de décrire ces êtres de la nuit, pour s'emparer du vampirisme avec ferveur, que ce soit par *La Morte amoureuse* de Théophile Gautier, *Le Horla* de Maupassant, ou le poème de Baudelaire *Le Vampire*.

Dans de nombreuses civilisations, sang et âme demeurent confondus. Dans le Lévitique, il est écrit en toute lettre *« Le sang, c'est l'âme »*. Pour les Romains, le sang était le siège de l'âme. Seule la civilisation chinoise a conservé une idée de deux âmes distinctes, à savoir une *âme-souffle* et une *âme-sang*. Qu'il soit en relation avec l'âme ou le souffle, le sang délimite la frontière entre les vivants et les morts. Il demeure le premier moyen de cheminer vers le divin. *« Les sanctuaires des dieux ruissellent de sang »*, nous dit Euripide, ce que Baudelaire ne manque pas de chanter dans les *Fleurs du Mal*, non sans une jolie pointe d'humour noir : *« Les sanglots des martyrs et des suppliciés ont une symphonie enivrante sans doute puisque, malgré le sang que leur volupté coûte, les cieux ne s'en sont point encore rassasiés ! »* Les sacrifices avaient pour but de convoquer les dieux parmi les hommes. *Les dieux ont soif !* Avec le temps, les sacrifices et les mutilations ont laissé place aux symboles, qui furent utilisés en signe de commémoration, et chaque fois que nous cueillons des fleurs rouges ou que nous buvons du vin, nous célébrons, inconsciemment, la mémoire ancestrale des sacrifices humains.

Le sang sur la neige que contemple Perceval est celui d'un souvenir. Pas vraiment une extase, mais un rêve éveillé. C'est avant tout l'éveil des sens, l'image poétique de ce qu'on ne sait pas nommer, la métaphore de ce qui nous anime et qui nous attend, l'aventure du sang est celle de l'amour et de la vie. Le *mythe du Graal* est une soif de l'âme. Il raconte ce que le cœur humain a de plus merveilleux et de plus secret. Le Graal annonce une éternité resplendissante. Il vient offrir l'illumination humaine. Le sang était la mort. Il est devenu la vie et a donné l'amour. Il devient désormais impératif de trouver la coupe du Sang du Christ. *« En vérité, en vérité, je vous le dis, si vous ne mangez la chair du Fils de l'homme, et ne buvez son sang, vous n'avez point la vie en vous-mêmes »*. Sa quête est quête d'éternité, désir d'une vie nouvelle, qui doit étouffer tous les autres désirs. *« Celui qui mange ma chair et boit mon sang a la vie éternelle et moi je le ressusciterai au dernier jour »*.

- J'ai eu la grâce de suivre la *procession du Saint-Sang*, faisant revivre le retour de Thierry d'Alsace, depuis la deuxième croisade en 1150, déclara soudain le père Marsac.

- La procession du Saint-Sang ? Qu'est-ce que c'est ?

- Une grande procession religieuse qui date du Moyen-âge. Elle a lieu chaque année le jour de l'Ascension à Bruges.

- En Belgique ?

- Oui, dans la Venise du Nord.

- Et pourquoi du Saint-Sang ?

- Parce que la pièce maîtresse en est un reliquaire qui contient des gouttes de sang coagulé du Christ, imbibant un morceau de terre rapporté de Jérusalem par Thierry d'Alsace.

- Mille ans après la mort du Christ ?

- Oui, ces reliques furent recueillies par Saint Longin, selon la tradition.

- Saint Longin ? Mais qui le connaît ?

- La tradition chrétienne, indiqua en souriant le père Brun. Dans la Basilique Saint-Pierre de Rome, on lui a dressé une immense statue. Un soldat gaulois des Légions romaines. C'est lui qui a percé de sa lance le côté droit du Christ pour s'assurer de sa mort sur la croix. Son nom n'apparaît pas dans les Évangiles, il est attesté par des écrits ultérieurs de la tradition chrétienne.

- Première fois que j'entends parler de lui !

- Selon la tradition, ce soldat s'est converti et il est mort martyr à Césarée de Cappadoce.

- Dans *L'Œuvre au noir,* ajouta Gargarin, avec un petit temps de retard, dans le but évident d'éclairer les yeux de Melle Martin, Marguerite Yourcenar donne une description de cette procession, au début de la Renaissance.

- Cette procession doit être magnifique, s'enthousiasma la jeune policière.

- Dame, oui !

- Dame ? Pourquoi, il a dit *Dame* ?

- C'est une façon de dire, Lisa. Mais j'avoue que je ne sais pas pourquoi on dit ça. Mon grand-père le disait souvent.

- Dame, oui ! C'est une interjection lancée pour donner plus de poids, parfois aussi à une négation : *dame non !*

- C'est curieux de dire *Dame*. Si Filembourg était là elle nous dirait que c'est une expression sexiste ! marmotta le père Brun entre ses dents, grimaçant avec ironie.

- C'est mieux que dire *putain* à tout bout de phrase ! se crut autorisé à commenter Gargarin.

- Dame, oui ! répliqua le dominicain. Vous voyez, c'est un bel exemple des évolutions dans notre époque. *Dame* nous vient tout droit du Moyen-âge. Forme abrégée de *Notre-Dame*, c'était une invocation à la Vierge Marie qu'on prenait à témoin pour attester de la vérité de ses propos.

Le grand ciel charriait ses petits nuages blancs qui gambadaient comme des moutons chassés par le vent du large. Sous le dais céruléen du cosmos, nos bons amis goûtaient la joie simple d'être vivants, de savourer le festin de l'amitié, pour cueillir cette béatitude rare, lorsque corps et âmes sont en union, comme un lointain reflet de l'harmonie des origines, lorsque le premier des hommes, mélange de glaise et de souffle divin, possédait encore un équilibre parfait entre ses humeurs. Tout apparaissait si doux qu'un pressentiment vint à effleurer l'esprit d'Amanda. Il arrive quelquefois, au moment où tout reste suspendu en apesanteur, où le temps s'est effacé pour nous donner un goût d'éternité, qu'un mauvais souffle nous assaille. On devine alors que la vie ne peut pas se poursuivre en l'état. On sait que quelque chose d'affreux va bientôt se produire. Coleridge développe l'idée que, dans les rêves, nous n'éprouvons pas d'horreur parce qu'un sphinx nous oppresse, mais nous voyons en rêve un sphinx dans le but d'expliquer l'horreur que nous éprouvons. La jeune femme ressassait son rêve de la nuit.

Amanda se retrouve dans une chambre quelconque, sans porte, sans sortie, enfermée. Une issue possible apparaît. La jeune femme réussit à escalader un mur, à passer de l'autre côté, pour se retrouver exactement dans la même pièce qu'auparavant. Le phénomène se reproduit trois ou quatre fois, jusqu'au moment où elle se dit, sans se réveiller : « *Voilà, c'est le cauchemar du labyrinthe* ». Ensuite, elle sait, dans le rêve, qu'elle peut réussir à toucher les murs de la pièce, de droite à gauche. Alors, elle se réveille, sauf qu'elle ne se réveille pas du tout : elle rêve son rêve. C'est-à-dire, elle rêve se réveiller dans un endroit inconnu, phénomène qui se répète à l'infini. Quand elle finit par ouvrir les yeux, elle comprend qu'on ne se réveille jamais que pour continuer à rêver dans la réalité.

- Maman ! cria une voix de petite fille, qui tira chacun hors de son ataraxie.

Lisa s'était coupé le doigt sur la tranche d'une pierre. Elle brandissait sa petite main en cherchant à retenir ses larmes, tandis que les traits de son visage se brouillaient, l'un après l'autre, comme une eau calme en début d'averse. Une petite goutte, joli rubis aux reflets garance, un liquide mat et visqueux perlait au bord de son index.
- C'est quoi Maman ?
- C'est du sang, ma chérie.

La petite fille sursauta, et recula d'un pas, sous l'effet du mot sacré. Contemplant le bout de sa main, pendant un long soupir, le soleil éclairait son visage, tout entier absorbé par le mystère de cette tâche vermillon. Elle se détendit comme une panthère. D'instinct, elle porta son doigt jusqu'à la bouche et, après avoir goûté le mince filet cramoisi, elle s'exclama, les yeux brillants :
- Humm, c'est bon !

Chapitre 2

L'enlèvement

Amanda s'était heurtée, aussi fort que le battant d'une cloche, à l'inconnu sur le point de sortir. A peine la porte eut-elle grincé que la jeune policière s'était engouffrée, tête baissée, pied en avant, dans la librairie. Cependant, un grand gaillard, mine sévère, cheveux frisés, lunettes carrées, se trouvait au même moment, au même endroit, en sens inverse. Il s'excusa le premier, d'un ton sec, fila sans demander son reste, tandis qu'Amanda tenait la porte en main, comme l'amiral de Villeneuve son gouvernail, après la bataille de Trafalgar.

- *Homme, n'as-tu jamais goûté de ton sang, quand par hasard tu t'es coupé le doigt ? Comme il est bon n'est-ce pas ?*

- Qu'est-ce que vous dites ? interrogea la jeune femme qui ne comprenait rien aux propos de Gargarin.

- *Les chants de Maldoror*, Lautréamont.

- Ah d'accord.

- Je pensais à Lisa, et à son petit doigt.

- Ah, je n'y étais pas du tout !

- Comment va-t-elle ?

- Oh, bien, merci ! Ce n'était qu'une toute petite égratignure.

Réalisant qu'elle tenait toujours la porte en sa main, Amanda lâcha le lourd vantail qui vint claquer comme la mâchoire d'un loup, dans le grand poème d'Isidore Ducasse.

- Alors, vous avez fait connaissance avec le Pr Phisbène !
- Pardon ?
- L'homme qui vous a bousculé.
- Ah, fit Amanda, qui décidément avait bien du mal à suivre les idées de Gargarin.
- C'est le directeur de la clinique.
- Quelle clinique ?
- Bah, vous savez, la nouvelle clinique, là-bas, sur les hauteurs.
- Ah oui, je vois.
- Institut Clinique Hospitalier Organique Régional.
- Je ne connaissais pas le nom en entier.
- ICHOR
- Et que font-ils ?
- Si j'ai bien compris, une méthode révolutionnaire pour le traitement des organes lésés. Mais je dois vous avouer que je n'en sais pas plus.
- C'est très spécialisé.
- En tout cas, c'est une clinique pour une clientèle aisée.
- Oh, je vois !

A chaque visite, le bon Gargarin se montrait ravi d'accueillir le lieutenant Lemercier dans sa boutique, non pas que le charme de la jeune femme lui entortillait les sens (car son cœur restait empêtré d'un autre côté) encore que la beauté d'Amanda pouvait parfois le rendre démuni, mais plutôt parce que son être trouvait à se déployer dans son entier par l'exercice de son métier.

Peu de libraires savent donner grâce aux yeux des lecteurs. La plupart vendraient avec la même ardeur : petits pois, dentifrice ou quincaillerie. Ces drôles font profession de marchands, avant même d'être liseurs, encore que certains soient aussi doués pour céder un âne que pour jouer de la mandoline. Les premiers ne connaissent pas un auteur valable, les deuxièmes ne possèdent aucune notion de l'art d'écrire, les troisièmes sont fainéants, les quatrièmes ne lisent rien qui fouette les sangs, les cinquièmes se demandent à quoi bon lire, quant aux derniers, si la liste peut se résumer en si peu de genres, ils n'ont jamais plongé le nez dans un ouvrage qui sache exhaler les arômes de l'esprit.

Gargarin, lui, appartenait à cette espèce rare de libraire qui ne vendait jamais un livre sans l'avoir lu, sans avoir pressé son auteur, ses goûts, ses affinités, sa pensée. Il possédait, par appétit, une solide culture générale, pas moins intellectuelle qu'esthétique, dans un esprit équilibré par les études classiques. Il rangeait les œuvres non pas de façon logique, analytique ou chronologique, mais selon une pensée arborescente, librement inspirée des penseurs médiévaux. Au lieu d'enfermer les livres dans des catégories innombrables, il préférait les répartir, ainsi qu'Humboldt avec les plantes, selon le climat de leurs idées et leur environnement, dans une démarche assez proche de notre conception actuelle des écosystèmes, selon la nouvelle manière des banquiers dessinant des cartes mentales dans les réunions de stratégie.

- Que cherchez-vous aujourd'hui ?

Amanda avait collé ses yeux attentifs sur des rangées de livres. Elle laissait errer son regard sans rechercher quelque chose de précis.

- J'ai bien aimé les derniers livres sur les Vikings.
- Ah j'en suis bien content.
- J'avoue que j'ai appris des tas de choses. Je me suis aperçue qu'on connaît plutôt mal le Moyen-âge.
- « Plutôt mal » est un euphémisme.
- Oui, c'est juste.
- Tenez, vous qui êtes féministe.
- On croirait entendre le père Brun.
- Connaissez-vous Régine Pernoud ?
- Non.
- Une historienne spécialiste de la période médiévale. Après l'*École des Chartes*, dont elle est sortie avec un diplôme d'archiviste paléographe, elle passe son doctorat à la

Sorbonne. Ensuite, elle sera conservatrice de plusieurs musées importants.

    - Bravo !

    - Tenez, prenez ce livre.

    - *La femme au temps des cathédrales.*

    - Oui, un joli titre.

    - Ça doit être passionnant. Pour la femme, bien sûr. Le temps des cathédrales, aussi. Une excellente idée de relier les deux !

    - Régine Pernoud a réussi à faire changer nos regards sur la période.

    - Ah oui ? Et pourquoi ?

    - Contrairement aux idées reçues (c'est toute la thèse de cette historienne) les femmes possédaient plus de pouvoir qu'au début des temps modernes.

    - Vraiment ?

    - Son ouvrage fourmille d'exemples.

    - Je vais me régaler. Je prends votre livre.

    - Le plus ancien traité d'éducation, affirme-t-elle, est écrit en France par une femme, au XIIIème siècle, à une époque où les filles étaient majeures à douze ans, deux ans avant les garçons.

    - Incroyable !

    - Ce n'est pas tout. Nombre de femmes exerçaient une activité importante, sachant se débrouiller toutes seules pour l'administration des biens.

    - Seulement dans la noblesse ?

    - Ah non, dans le commerce aussi ! Et dans plusieurs métiers. La médecine était surtout aux mains des femmes. On trouvait aussi des juges, des dames qui écrivaient, d'autres qui ont animé les cours d'amour, lieux d'inspiration des romans de chevalerie.

    - On n'imagine pas.

    - Beaucoup de femmes avaient conquis autonomie et libertés avant le déclin. Puis, en 1593, après la Renaissance, au début des temps modernes, un édit du Parlement interdit toute fonction aux femmes dans l'État.

- C'est fou. J'ai hâte de le lire.
- Et ce n'est qu'à partir du XVIIème que la femme a dû prendre obligatoirement le nom de son époux.
- Je l'ignorais.
- D'autres encore, non des moindres, dirigeaient des abbayes prospères. Souvenez-vous de Sainte Hildegarde ! Une autre femme célèbre, Pétronille de Chemillé, a fondé l'ordre de Fontevraud, avec Robert d'Arbrissel ; un ordre où les moines et les moniales étaient tous placés sous l'autorité de l'abbesse.

Amanda examina le livre avec lente attention, sans dissimuler une moue circonspecte, signifiant que ses idées se trouvaient partagées entre la componction et l'admiration.
- C'est un peu sérieux, tout ça, non ?
- Vous avez raison.
- Notre époque est assez sinistre pour ne pas lire que des livres sérieux.
- Un peu de fantaisie ne peut jamais nuire, lança notre libraire, comme s'il récitait la formule d'un exercice de magie. Voyons voir…

Gargarin avait élancé la grande masse de sa silhouette ursine pour s'approcher d'un rayon. Quand il fonçait examiner ses étagères qui regorgeaient de livres, serrés les uns contre les autres, offrant un alignement bigarré, tant par les couleurs que par les titres semés sur les dos de couvertures, on pouvait distinguer un petit nimbe dans ses prunelles. Ses yeux d'orpailleur et son visage étaient pris dans un halo intérieur, car son être était visité par un phénomène d'ordre surnaturel. A cet instant, une caméra thermique aurait détecté, dans sa silhouette, une source de chaleur supérieure à la moyenne d'un corps humain.
- Tenez, dit le libraire, tendant un livre à la policière, je ne vous aurais pas fait naqueter bien longtemps.
- Charles Dickens ?
- Oui.

- Vous m'aviez parlé de fantaisie ?
- Assurément.
- C'est bien lui qui a écrit des romans tristes à pleurer sur la misère, et l'enfance démunie, dans le Londres industriel de l'époque victorienne ?
- C'est lui, assurément, mais on ne peut pas résumer Charles Dickens à *Oliver Twist*. Il a commencé sa carrière avec un personnage exceptionnel. Un drôle qui l'a rendu célèbre à 26 ans ! On s'arrachait ses aventures.
- *Pickwick* ? fit Amanda en contemplant la couverture du livre avec une moue dubitative.
- Un ensemble d'histoires publiées en feuilleton, toutes plus hilarantes les unes que les autres. Vous m'en direz des nouvelles.
- Je pensais que Dickens était sinistre.
- Non ! C'est en lisant *Pickwick* et *Don Quichotte* que le bon Dostoïevski a eu l'idée de créer le personnage du Prince Mychkine, déplorant que les naïfs, les cœurs purs, les simples d'esprit, dans la littérature, fussent toujours tournés en ridicule. Il voulait donner à son *Idiot*, des vertus christiques.
- Je ne savais pas.
- François d'Assise aussi se faisait appeler l'*Idiot* !

A l'évocation du saint d'Assise, Amanda ne put s'empêcher de penser combien il était difficile d'attacher un tel qualificatif au père Brun, sauf peut-être quand il prenait son air de fouine pour plaisanter ou se livrer à des blagues dignes d'un collégien. Elle avait remarqué, depuis leur rencontre, que le moine cultivait une âme d'enfant, malgré un esprit intelligent et scientifique, un cerveau capable de décrypter les secrets les plus obscurs de la physique moléculaire, d'analyser les données artistiques les plus complexes de l'Histoire, ou d'exposer les théories ontologiques les plus ardues. Mais dès qu'il s'agissait de rire, de chahuter, de taquiner, pour semer la joie dans la vie des autres, le grand savant se métamorphosait en enfant de Dieu, créature simplissime, ingénue, candide, innocente de vivre, complètement abandonnée à la Volonté du Père, dans l'instant d'une ivresse angélique et lumineuse.

Qu'est-ce c'est qu'un *idiot* ? Qu'est-ce qui peut le différencier des autres ? Ne sommes-nous pas tous idiots à notre façon ? En tout cas, à certains moments ? Pour les Grecs et les Latins, le terme signifiait *unique* ou *extraordinaire*. Le territoire de l'idiot, s'il en a un, n'est pas celui de la folie ni celui de la bêtise. Il agit plutôt comme une sorte de miroir qui résiste, dont l'opacité le place dans la posture inconfortable d'un être de seuil, d'une âme liminaire, figure d'imaginaire postée comme une vigie sur le *limes* d'un entre-deux mondes. Avant l'époque moderne, ce mot joyeux désignait quelqu'un d'exagérément optimiste, irréaliste, voire naïf. Dans le fond, un idiot, c'est une âme d'enfant dans un corps d'adulte. C'est Charlot, Bécassine, Bartleby. C'est aussi le merveilleux conte d'Emile Souvestre *Perronik l'idiot*, paru dans le *Foyer Breton*, en 1844, qui raconte les aventures d'un de ces pauvres enfants qui ont pour père et mère la charité des chrétiens, en montrant de nombreuses similitudes avec le *Conte du Graal*, à cette époque bénie où l'innocent était censé attirer la protection divine, pour faire droit aux paroles du Christ : *« Je vous le dis en vérité, si vous ne changez pas et si vous ne devenez pas comme les petits enfants, vous n'entrerez pas aux Royaume des Cieux »*.

A peine Amanda eut-elle glissé le nez dans les pages de *Pickwick* que son téléphone sonna.
- Quoi ? Où ça ? J'arrive !
Son visage était devenu blême.
- Que se passe-t-il ?
- C'est à la Collégiale !
- Quoi, à la Collégiale ?
- Un enlèvement !
- Un enlèvement ?
- Oui, un bébé !

- Un bébé ? Un bébé ? souffla Gargarin qui répétait les mots d'Amanda, comme si son cerveau se retrouvait bloqué à tourner sans fin dans une boucle étrange.

Il tenta d'envisager la situation. Qui pouvait enlever un bébé à la Collégiale ? A qui appartenait ce bébé ? Une série d'images défilait à toute allure, dans un tourbillon de visions mentales : lui-même en bébé, le père Brun en blouse blanche, le maire de Donville en prison, Amanda en treillis de commando, Melle Martin, dans une tenue de bain que la décence nous interdit de décrire. Mais au moment où Gargarin voulut ouvrir la bouche, Amanda avait disparu.

C'était le bébé de Mathilde, la jeune femme qui s'était mariée pendant l'affaire du Manoir du Donville (*Une enquête du père Brun*). Venue jusqu'à la Collégiale pour se confesser, elle avait confié son enfant à la surveillance de la veuve Leray, une grenouille de bénitier, connue dans tout le village, à la fois pour son dévouement et sa piété, passant le plus clair de son temps à l'église, pour gratter la cire des cierges, pour nettoyer les sols et pour donner un coup de chiffon sur le mobilier. Mais lorsque Mathilde était sortie du confessionnal, elle avait trouvé la veuve assommée derrière un pilier, avec la poussette vide. Choquée, la jeune femme avait hurlé tout l'air de ses poumons, dans un cri que les murs de la Collégiale n'oublieront pas avant mille ans, provoquant l'expulsion du moine depuis l'intérieur de son confessionnal, comme un furieux polichinelle hors de sa boite, regard stupéfié. Vite, il s'était rué dehors, mais n'avait rien vu. Alors, il avait aussitôt appelé Amanda, qui venait de paraître à la Collégiale.

La jeune policière s'essayait à interroger Mme Leray, qui tentait péniblement de recouvrer ses esprits.
- On peut demander à Simone ! mugit Gargarin qui était arrivé entre-temps, avec les livres oubliés par Amanda.
- Qui est Simone ?

- Simone Voyer, l'ancienne buraliste, elle vit à côté sur la place de l'église. Elle a peur de sombrer dans *Alzheimer*, la Simone, et passe ses journées à la fenêtre pour apprendre par cœur les plaques des voitures qui passent sous son nez.
- Vite, on file chez elle !

Simone avait aperçu une *Peugeot* de couleur rouge. Quelqu'un était arrivé en courant, avec une sorte de gros sac dans les bras. Puis l'ombre avait démarré en trombe. La vieille dame avait communiqué le numéro d'immatriculation avec ses deux lettres, ses trois chiffres et ses deux autres lettres. Sitôt dit, sitôt fait. Amanda avait transmis le signalement du véhicule par radio à tous les services de police dans un rayon de cinquante kilomètres. Moins d'une heure après, miracle ! Un appel était arrivé de Lisieux : on avait retrouvé la voiture sur la grande place commerçante, tout près de la cathédrale. A l'intérieur, l'enfant se trouvait seul. Pas trace du conducteur. Où était-il passé ? Faisait-il une course ? Comment agir à cause du petit ? Le chef des policiers avait choisi de sauver le bébé en priorité. Une fois extrait sain et sauf de la voiture, les équipes s'étaient mises en embuscade. Après plusieurs heures de guet, il fallut bien se rendre à l'évidence. Le chauffeur s'était volatilisé. La voiture était volée.

- *Deo gratias !* Mathilde avait pleuré de joie.

Le plus important était d'avoir sauvé le bébé. Tant pis pour le ravisseur, même s'il présentait un risque. Après tout, sa mésaventure allait peut-être le dissuader de récidiver ? Il serait toujours temps d'aviser si un autre bébé se faisait enlever. Place à la joie, et aux félicitations ! Si Amanda n'avait pas réagi aussi vite, Dieu sait ce qu'il serait advenu du bébé à cette heure.

- C'est quand même étrange d'abandonner le bébé dans une voiture, vous ne trouvez pas ?
- Le plus étrange, corrigea le père Brun, c'est d'enlever un bébé, vous ne trouvez pas ?
- Oui, vous avez raison.

- A partir du moment où il est capable d'une telle folie, on ne peut pas entrer dans le cerveau de ce type d'individu. On peut tout supposer. S'est-il arrêté à la boulangerie pour acheter du pain, ou alors, a-t-il voulu griller une cigarette, ou encore a-t-il souhaité valider un ticket de pari mutuel pour une course de chevaux ? Allez donc savoir ce qui passe dans la tête d'un tel personnage ! C'est comme vouloir comprendre le mystère des postulats de la physique quantique, ou tenter de résoudre les secrets du Masque de fer ou même percer les raisons qui déterminent les Anglais à manger du *plum pudding*.

Pour la première fois, depuis l'enlèvement, Amanda s'était surprise à sourire. Le moine, encore une fois, lui arrachait une envie de joie, dans un moment de difficulté.

- Tout au long de ma vie d'enquêtrice, je vis des situations invraisemblables. Si un auteur s'amusait à les raconter dans un roman policier, on jugerait tout simplement qu'il exagère et on penserait qu'il a perdu la tête.

- Parce que, nous autres modernes, avons un rapport faussé avec la vérité.

- Que voulez-vous dire ?
- Nous nous limitons à ne croire que le visible.
- C'est difficile de croire à autre chose.
- Chesterton disait que le roman policier avait remplacé le conte de fées.
- La résolution d'un crime n'a rien d'un conte de fées.
- Il voulait dire que nos esprits sont fabriqués pour des réalités qui dépassent le visible.
- Mais encore ?
- A ses yeux, le roman policier exprime le *fantastique* et le *merveilleux*, chassés de nos âmes depuis le triomphe de la raison.
- Fantastique et merveilleux ?
- Dans son esprit, la fiction évoque mieux certaines réalités, auxquelles nous sommes devenus étrangers, parce

que notre rapport moderne à la vérité a fermé la porte à l'invisible.

- Je n'imaginais pas qu'on pouvait, dans le domaine de la connaissance, concevoir la fiction supérieure à la vérité, encore moins dans la science policière.

- N'oubliez jamais cette phrase de Mark Twain : « *La vérité est plus étrange que la fiction, mais c'est parce que la fiction est obligée de rester dans les limites du possible, et pas la vérité* ».

Chapitre 3

La disparition

Cette année-là, l'hiver fut long. Pas froid, mais gris, pluvieux, triste. Le ciel était sale, morne, cendré. Une sorte de lumière blafarde, offensive pour les yeux, changeait la terre en un cachot humide. Certains jours, l'espoir, vaincu, pleurait, la pluie étalait ses immenses traînées. La vie était plus lourde dans les jambes, dans les cœurs. Embrassant tout le cercle de l'horizon, le ciel versait des jours noirs plus tristes que les nuits. Parfois, on ne distinguait pas le ciel de la mer. Tout devenait confusion de gris, chaos de brumes, cohue de brouillards. On ne voyait plus que des ombres. Despotique, atroce, l'angoisse plantait son drapeau noir sur les crânes inclinées. Au loin, les cloches sautaient avec furie pour lancer vers le ciel un affreux hurlement. Tout n'était que vent et pluie. Déprime et grisaille. La nuit, des esprits errants et sans patrie se mettaient à geindre opiniâtrement. Les hommes étaient en proie aux longs ennuis, et l'Espérance, comme une chauve-souris, s'en allait battant les murs de son aile timide. Les femmes se terraient sous les toits. Alors, un peuple muet d'infâmes araignées se cognait la tête à des plafonds pourris, pour tendre ses filets au fond des cerveaux tandis que le déluge imitait les barreaux d'une vaste prison. De longs corbillards, sans tambour ni trompettes défilaient dans les âmes. Sur l'esprit gémissant, le ciel bas et lourd pesait comme un couvercle. C'était le moment de relire Baudelaire.

Quand Ulysse débarque au royaume des Phéaciens, *qui vivent à l'écart, au milieu d'une mer houleuse, si loin que nul mortel n'a commerce avec eux,* on pourrait croire qu'il arrive en Normandie, pendant un hiver gris et pluvieux. Baudelaire aurait-il connu Honfleur sans le mariage de sa mère, avec le sévère général Aupick, qui fit l'acquisition, dès 1855, d'une maison sur le port, admirablement située, jouissant d'une vue sur l'estuaire, posée sur une terrasse en corniche ? Pas question pour lui de s'y rendre avant la mort de son beau-père, auquel il voue toute sa vie une haine effroyable. Désormais veuve, sa mère se retire dans la *Maison Joujou*, ainsi surnommée par le poète. Dans un premier temps, il semble décidé à s'y installer, mais ses affaires littéraires et sa vie sentimentale le retiennent à Paris. Et, faut-il le rappeler, Baudelaire qui rêvassait d'azur, de vagues, de splendeurs, d'esclaves nus tout imprégnés d'odeurs, Baudelaire qui songeait d'îles paresseuses, d'arbres singuliers, et de fruits savoureux, Baudelaire qui désirait surtout des langoureux vertiges, des valses mélancoliques et des grands reposoirs, Baudelaire, faut-il le rappeler, détestait le climat normand.

Il faut être née ici, se répétait Amanda, pour supporter un tel hiver, sans joie, sans lumière. Elle se rappela les matins de dimanche, sous la couette, alors que la pluie battait les carreaux et que son envie de rester dormir était plus forte que le désir de vivre. Mais la présence de Lisa, petit être de joie et d'amour, lui réchauffait les entrailles et la poussait à se lever pour préparer un bon petit déjeuner, pourvu de lait chocolaté, de confitures, de brioches et de bon beurre frais d'Isigny. Dans le fond, elle aimait cette atmosphère ouatée, derrière les vitres embuées, une fois qu'elle avait passé le cap de se lever, pour quitter la chaleur de son lit, parce qu'elle avait l'impression de vivre, à la façon de ces bêtes à fourrure, dans une tanière de mousse et de coton. Dans ces doux moments de solitudes matutinales, à l'abri des nuages, des torrents de pluies, soustraite aux caprices de la nature, la jeune femme se sentait plus proche de son enfant, qu'elle venait blottir contre son sein pour la réveiller, de sorte que la petite fille parvenait à s'extraire sans tourment du sommeil, happée par la ferveur du corps maternel. Cependant, malgré ce plaisir, ce sentiment de douceur (trop rares dans la vie humaine) malgré ce moment privilégiée avec ce petit cœur, si précieux en raison de sa carrière professionnelle, malgré ce bonheur exigeant d'élever seule un enfant, la jeune femme préférait la saison des bains de soleil et des bains de mer, en dépit de la présence des touristes et de l'agitation des foules, qui occasionnaient pour la police, pendant tout l'été, regain de vigilance et d'activité.

L'affaire avait fait grand bruit. Elle s'appelait Nora. A peine 19 ans, toute la vie devant elle. Depuis six mois, au *Grand Hôtel* de Cabourg, la jeune fille poursuivait un apprentissage. Elle disparut un mercredi, son jour de repos. Une semaine après l'incident du bébé de Mathilde. Nora était une fille sans histoire qui travaillait bien. Elle nourrissait un désir profond : devenir gouvernante dans l'hôtellerie de luxe, monter en responsabilité, apprendre, voyager et, pourquoi pas, conquérir le monde ? Pour le moment, elle acceptait de commencer en bas de l'échelle, car sa mère, qui l'avait élevée seule, ne possédait pas les moyens de lui payer des études dans une grande école.

- Un caviar d'aubergine.
- Ou une salade de betteraves râpées.

Dans un bureau du commissariat de Deauville, deux mauvaises langues devisaient, dont l'une appartenait à un officier de police et l'autre à un moine franciscain. Ensemble, ils regardaient les informations sur un écran d'ordinateur. Dans la lucarne, s'agitait un gros visage malencontreusement bien connu, couronné d'un palmier mauve : celui de l'avocate Filembourg.

- Cette disparition est évidemment très inquiétante. Je pense qu'il s'agit d'un crime raciste, contre une jeune beurette !

Amanda serrait les dents.

- Mais comment est-elle arrivée là ? s'enquit le père Brun en désignant du menton la petite lucarne où vociférait avec arrogance l'auxiliaire de justice aux cheveux violacés.

- Avec une association locale antiraciste. Je pense qu'elle a embrouillé la mère, lui faisant promesse de remuer ciel et terre, en travaillant gratis.
- Elle se fait payer par l'association ?
- Je ne sais pas, mais elle en est capable.

Un visage de femme, encore jeune, cheveux noirs et bouclés, apparaissait en larmes sur l'écran de l'ordinateur.
- Rendez-moi ma fille ! Je vous en supplie. Ne lui faites aucun mal !

Les supplications avaient privé le bureau d'oxygène.
- Pauvre femme ! marmonna le moine au cœur serré.
- Oui, c'est terrible, mais pas le temps de s'apitoyer ! Il faut aider les recherches. Le procureur a élargi la zone jusqu'à Donville. Si je vous ai fait venir ici, c'est pour nous donner des idées.
- Des idées ?
- Vous êtes un détective sans égal. Donc, si un indice, un signe, ou le moindre détail vous fait tilt, j'aimerais le savoir.

Le père observa Amanda. Il connaissait bien ce petit pli sur le front entre les sourcils. Quand elle était contrariée, son visage ne pouvait dissimuler son état d'irritation. A n'en point douter, la jeune femme appartenait à ces types d'êtres, taillés d'une seule pièce, ainsi que les chefs d'œuvre de Michel-Ange dans un même bloc de roche. La plupart des humains sont façonnés d'un amas d'étoffes, molles, informes. Flexibles, ductiles, leurs âmes sont malléables comme pâte à modeler. L'élasticité de ces êtres flageolants permet de se conformer aux injonctions de la vie sociale, sans jamais se modifier, comme ces jouets en mousse qui, après avoir subi toute sorte de coups, de torsions ou bien de pressions, retrouvent l'aspect de leur forme initiale. Mais il existe une autre catégorie d'êtres, accomplis dans un matériau plus noble, tel que le marbre ou le cristal, qui ne peuvent jamais subir sans cassure. Ils sont parfois brisés par la puissance des orages mais quand ils résistent à la force des tempêtes, leur âme est trempée d'un acier vigoureux, dont on fait les épées les plus tranchantes.

- De mon côté, reprit la policière, je m'engage à fournir tous les éléments de l'enquête.

Puis, après avoir baissé le ton de sa voix, comme si quelqu'un les écoutait et, après avoir fureté du regard dans tous les recoins :

- Bien entendu, cet accord doit rester secret. Vous savez que vous n'avez aucun droit d'accéder aux éléments du dossier de police.

- Mais je n'ai pas donné mon accord, rétorqua le père avec le sourire de Rhett Butler, au moment d'offrir ses 150 dollars en or, pour danser avec Mme Charles Hamilton, le soir du bal aux enchères en faveur des combattants confédérés ; à la différence près que les dents du moine étaient bien les siennes, tandis que Clark Gable portait une prothèse dentaire, pendant le tournage d'*Autant en emporte le vent*, à cause de son tabagisme excessif, qui lui avait jauni le râtelier.

- Un crime raciiiissste ! hurlait dans la lucarne Me Filembourg, essayant d'augmenter le caractère odieux de cette disparition par le ridicule de ses vocalises.

- Pauvre mère ! commenta la jeune policière. C'est la double peine !

Le franciscain avait réclamé un café à la jeune femme :

- Vous connaissez, Amanda, la seule manière pour Clint Eastwood de traquer un criminel ?

- Non ?

- Il donne la recette dans *Un monde parfait*.

- Et que dit-il ?

- Avoir un flair de chien de chasse, une bonne santé, et boire des litres de café.

Bien entendu, le moine avait donné son accord à l'enquêtrice. Bien entendu, il savait que son acceptation devait rester secrète. Bien entendu, il se mit à l'affût du moindre détail, pour tenter de retrouver la pauvre Nora, en mobilisant son réseau de paroissiens pour traquer le moindre indice, tout en incitant à organiser une chaîne de prière et de jeûne afin d'invoquer l'aide du ciel.

Il faisait un bel été. Chacun se baignait d'insouciance. Sur la plage, les corps alanguis renouaient avec la Création du monde. L'air était chaud. Le soleil avait repris possession des âmes. Tout le monde mussait, sous la domination de ce maître impitoyable, les turpitudes de la vie ordinaire. On vivait tout le jour à demi-nu, comme dans les tableaux de Gauguin, oublieux du poids de la modernité, avec son cortège de performances, de chiffres, de rentabilités. On se laissait aller à vivre, à glander, à traîner un regard indulgent sur les folies du monde. Trempées dans le bain de cet engourdissement général, les consciences s'amollissaient plus rapidement que la chair, agitée sous l'aiguillon de feu que Phébus dardait sur les corps nonchalants. Quand elle ne fouettait pas l'esprit, par ses désirs fébriles, la chair tirait sur le poids des êtres. On ne vivait plus alors pour cueillir les fleurs de la civilisation, on se contentait seulement de respirer, de dormir et de manger.

Nora avait-elle été enlevée ? Avait-elle disparu ? Avait-elle fugué ? Toutes ces questions roulaient avec insistance dans la tête d'Amanda, comme les vagues vertes de la Manche, sous de grandes bandes blanches de particules, devant la minuscule plage encaissée de Pourville-sur-mer, protégée par les falaises du Cap d'Ailly, dont l'érosion donne à l'eau cette couleur si particulière, où quelques débutants, à marée basse, profitent de flots peu puissants, déroulant en droite ou en gauche sur un fond sableux, même lorsque le vent souffle fort, pour venir s'initier au surf, en toute sécurité. Mais l'esprit de la jeune femme n'était pas si léger qu'une planche de navigation, et ses maigres idées venaient buter sans cesse contre les falaises de l'incompréhension, en répétant sans fin ce mot dangereux, capable de détruire un cerveau plus rapidement qu'une goutte d'eau pendant un supplice chinois : *Pourquoi ?* Oui, pourquoi Nora ? Ses occupations. Ses achats. Ses goûts. Ses amis. Ses relevés de téléphone. Tout, oui, tout avait été méticuleusement décortiqué. Mais rien. Rien, pas un seul indice. Pas de petit ami. Pas de copine de foire. Et aucune trace de son téléphone, qui s'était arrêté de borner à quelques rues du *Grand Hôtel*, le jour de sa disparition.

Elle se rappela cette joie qui l'avait possédée, dans le jardin du presbytère, en compagnie des *Durtaliens*. Les visions de Sainte Hildegarde. La théorie des humeurs. Les quatre bases des caractères : sanguin, flegmatique, bilieux ou mélancolique. Les quatre éléments. Sang associé à l'air (chaud et humide), phlegme à l'eau (froide et humide), bile jaune au feu (chaud et sec) et bile noire à la terre (froide et sèche). La jeune femme se sentait envahie par les quatre à la fois. Cette disparition agissait sur elle, au point de la désorienter. Les choses basculaient vers l'incontrôlable. Cette sensation d'harmonie et de bien-être, dans le jardin du presbytère, cette impression de rester maître des événements, avant de céder à la catastrophe, avaient trouvé son point d'orgue dans la perception d'un *trop*, une grande pression de joie, une surabondance d'allégresse. Là, brusquement, Amanda se remémora la pensée qui l'avait vigoureusement assaillie : *ça ne peut pas durer, quelque chose d'affreux va se produire.* Ce quelque chose d'affreux n'était pas la petite coupure sur le doigt de Lisa mais bien la disparition de la jeune Nora. Elle avait reçu cette prémonition, avec plus ou moins de clairvoyance, qu'un drame allait s'annoncer. Elle s'était trouvée vraiment bien, *trop bien*, considérant le fait de se sentir *dangereusement bien* comme une alerte, le signe avant-coureur d'une crise, ignorant de la sorte qu'elle cédait à une tentation de fatalisme, à la manière de ces personnages des romans de George Eliot, envahis de radicalisme puritain.

Le visage de Nora avait beau être affiché dans tous les commerces de la Côte Fleurie, on n'avançait à rien. L'enquête piétinait. Les jours passaient. L'émotion des premières heures était vite retombée. Il faut dire qu'il faisait si beau. La torpeur pesait sur les corps et les esprits. On voulait jouir de ne rien faire. Se tenir à l'ombre de soi-même. Rester en dehors de tout. Oublier ce qui pesait. Se sentir légers. C'était plus qu'une profession de foi dans la puissance du soleil. C'était un pur surgissement. Un désir d'arraisonner le vivant. Précipités hors d'eux-mêmes par la contemplation d'une idée inconnue, certains êtres se trouvent brusquement une autre raison de vivre, inondés par une lumière chaleureuse face à la mer. Il ne s'agit pas, à proprement parler, de la métamorphose d'une âme extravaguée, mais plutôt de la naissance d'un nouvel être, vierge du bonheur d'exister. Et tous ces esprits, aveuglés par le désir de trouver la meilleure huile de bronzage, ne se souciaient guère du destin de la jeune beurette, plus inquiets d'acheter la meilleure glace du remblai ; Nora, dont la disparition avait simplement rejoint, pour la plupart des touristes en chasse du meilleur coin de plage, la si longue et interminable cohorte anonyme des faits divers.

Si l'on avait interrogé Baudelaire, sur la disparition de Nora, le poète aurait probablement répondu par un joli conte, à la manière d'Edgar Poe, que son amant princier, alcoolique et désargenté, avait muré le corps de la jeune fille, dans une cave du *Grand Hôtel* avec, sur sa tête, la gueule rouge dilatée et l'œil unique flamboyant d'un chat noir, hideuse bête perchée, dont la voix avait induit l'amant à ce terrible assassinat. Pour le poète d'Honfleur, il y a dans l'histoire littéraire des damnations véritables, parce que *l'Ange aveugle de l'expiation*, qui s'est emparé des maudits, les fouette à leur tour pour l'expiation des autres. En vain, leur vie montre des talents, des vertus, de la grâce. *Que n'entreprit pas Balzac pour conjurer la fortune ?* En vain ! La Société a pour eux un anathème spécial. Elle accuse en eux les infirmités que sa persécution leur a données, et notre poète n'aurait pas manqué, ensorcelé par la beauté orientale de Nora (miroitement de toutes les grâces de la nature, condensées dans un seul être), d'affirmer que cette jeune fille, riche de poésie et de passion, étaient venue faire en ce bas monde l'apprentissage du Beau, du Vrai, du Bien, chez les âmes inférieures. Mais non, Baudelaire n'était pas entré dans le bureau d'Amanda pour lui donner sa vision du crime.

La jeune policière s'était confiée au père Brun :
- Je suis dégoûtée, Filembourg est infernale. Cette betterave tient des propos insensés : « Pour une beurette, on trouve moins vite que pour un bébé français » !
- Mais Nora n'est pas Française ?
- Si, justement. C'est pourri de raisonner comme ça !
- Ah, vous savez bien que les idéologues ne cherchent pas la justice. Cette aubergine se moque littéralement de Nora, et autant de la douleur de sa mère. Elle n'est là que pour sa propre publicité.
- Et pour répandre ses idées malsaines.

Le moine resta silencieux, visuellement accaparé par un souci de méditation. La jeune policière avait remarqué qu'il se retranchait souvent en lui-même, dans une détente rapide, comme ces animaux pourvus d'une coquille ou bien d'une carapace, ce qu'elle prenait pour un gain de protection, tandis que lui se tenait à l'écart du monde, pour mieux se connecter à la source de son être, à la source de tous les êtres, à la source des sources, afin de retrouver le bon chemin que son esprit devait emprunter.
- Vous pourrez dire ce que vous voulez, mon révérend, mais je ne comprends pas l'existence du mal.

Il fixa un instant Amanda, de ses yeux puissants :
- Le mal est une blessure faite à l'Amour.
- Mais pourquoi Dieu permet le mal ?
- Parce qu'Il nous a voulu libres ; et ce choix ferme l'engage pour l'éternité.
- On ne peut pas vouloir le mal de ceux qu'on aime !
- Aimer, c'est respecter une liberté.

Amanda comprenait bien le message que le père Brun voulait lui faire passer. Pourtant, le mystère du mal continuait de la dépasser, comme il dépassera toujours les cœurs de bonne volonté.

- Alors on doit subir le mal jusqu'à la fin des temps ?
- Non, Amanda, si Dieu permet le mal, c'est pour nous donner une grande responsabilité.
- Ah bon, et laquelle ?
- Celle d'empêcher le mal et de le combattre.

Les paroles du père Brun étaient apaisantes, comme la plupart du temps, mais Amanda ruminait sa douleur. Elle savait bien que le monde n'était pas peuplé de héros ni de chevaliers pour combattre le mal, que l'individualisme triomphait et que la grande majorité de ses contemporains ne vivaient que dans le but de satisfaire des petits instincts, sans jamais se préoccuper du bonheur des autres.

Jour après jour, la police recevait des appels. On voyait Nora partout, dans le train, l'avion, au café, au cinéma, au supermarché, sur la plage, dans la rue. Les services de police devaient éplucher chaque piste. Un travail de Titan, exécuté par des fourmis. Même à Donville, Amanda fut appelée dans une boulangerie, parce que Nora venait d'en sortir. Mais la joie fut de courte durée. C'était bien une jeune fille qui lui ressemblait, mais ce n'était pas du tout Nora. Lors, au comble du découragement, elle reçut un appel de Dubois :

- Il y a du nouveau.
- Ah, enfin !
- C'est inattendu.
- Vous avez une info ?
- Oui, on vient de nous prévenir.
- Qu'est-ce que c'est ?
- Un élément imprévu.
- On a retrouvé Nora ?
- Pas encore.
- Alors, quoi ?
- Une autre piste.
- Dites-moi, Dubois, vite !

Le téléphone resta silencieux un instant. Le cœur d'Amanda battait la chamade, après la fausse joie de la boulangerie, elle espérait une bonne nouvelle. Les recherches devenaient épuisantes, elle ne supportait pas l'idée qu'une jeune femme, pleine d'énergie, de sève, d'avenir, ait pu disparaître sans aucun un signe de vie. Aussi (peut-on lui en vouloir ?) s'accrocha-t-elle à ce faible brin d'espoir, quand la voix de Dubois s'abattit comme le couperet d'une guillotine.
- On a une nouvelle disparition !

Chapitre 4

La baie du Mont-Saint-Michel

La légende locale veut que Baudelaire ait laissé un mauvais souvenir aux habitants d'Honfleur. Mais qui pouvait se soucier d'un obscur poète, sortant si rarement dans les rues, pour s'enfermer à travailler aux *Fleurs du Mal* ? On possède peu de témoignage, à part celui de la femme du pharmacien, dont voici un court extrait : *« Je voyais souvent le poète à la pharmacie. Il avait l'air vieux, mais était fort aimable et fort distingué dans ses manières. Il habitait chez sa mère. De temps en temps, il avait avec mon mari de petites… querelles. Il avait pris l'habitude de l'opium, et il suppliait mon mari de lui en fournir. Mais M. Allais ne lui en a jamais donné d'autant que le pouvait un pharmacien consciencieux ».* Propos que le fils du pharmacien relate (sous le nom d'Alphonse Allais) dans le *Parapluie de l'escouade* ; une petite nouvelle, bijou de poésie drolatique sur les inconvénients du baudelairisme outrancier, en concluant de la façon suivante : *« Avais-je pas raison de dire en débutant : Faut du Baudelaire, c'est entendu, mais pas trop n'en faut ? ».*

La Normandie est une terre de vaches et d'écrivains. A l'abri du commerce des hommes, ces deux espèces ont besoin de ruminer. L'écrivain est un être social ruminant, qui aime se sentir seul au milieu des autres, peu éloigné de ses congénères. *« L'esprit qui rumine,* selon Nietzsche, *a du mal à oublier, ou ne cesse de ressasser ».* Ruminer, voyez-vous, c'est remâcher, répéter, reprendre, revenir à… Voici tout le travail imposé par l'écriture. Le labeur ancestral du tisserand.

Créer un texte, c'est tisser les mots. La prostate est la meilleure amie de ce tisserand de mots. Quand il se lève la nuit, afin d'obéir aux injonctions de Dame Nature, un plein nuage d'idées vient à mener l'assaut en pagaille de son esprit gourd. Mais Dame Nature est si maligne, qu'elle permet de venir cueillir, parmi les fruits de cette narcose, deux ou trois éléments qui serviront à éclairer la journée. Quoi ? me direz-vous, seuls les hommes auraient le droit d'écrire ? A dire vrai, mes bons amis, votre narrateur se promène avec l'air de celui qui n'aspire qu'à une chose, à la tranquillité, au calme, si seulement le reste du monde veut bien les lui accorder. Croyez-le, c'est un être sensé, doué de sensibilité, mais qui ne peut s'opposer seul aux caprices de son époque, ni empêcher une lectrice de vouloir revendiquer son identité de *femme à prostate*, puisqu'on nous dit qu'il existerait des *hommes à menstrues*. Vous comprendrez ainsi que, pour des raisons qui lui appartiennent, votre narrateur préfère s'en remettre à la sagesse des vaches (dont l'humour se borne à transformer un bel herbage en pot de yaourt), ainsi qu'à la force des taureaux (qui ont un humour plus brutal), parce que chacun de ces individus met son point d'honneur à exaucer les désirs de Dame Nature dans le respect des *normes Bio*, parmi les vastes prairies de la verte Normandie.

La nouvelle disparition se situait dans la baie du Mont-Saint-Michel, cette *pyramide des mers*, selon le mot de Victor Hugo. Cette fois, c'était une bergère, Brune Gohard, qui n'avait plus donné signe de vie, passées 9 heures, un beau matin d'été, où elle était partie à pied pour rejoindre son troupeau. Depuis une dizaine d'années, la jeune femme élevait des moutons à tête noire, dans la baie somptueuse ; ce petit pan de Hollande cousu à la Normandie, ainsi qu'à la Bretagne, ici mitoyennes. D'Avranches à Cancale, selon le poète Charles Le Goffic, la côte n'est qu'une interminable bande de terres basses, coupées de digues, de canaux, de drains, toutes pareilles. Et, toujours selon le barde, l'ourlet de mer qui festonne ce grand ruban complète l'illusion. Un énorme tumulus de 65 mètres de haut rompt à lui seul la perspective : le Mont-Dol (depuis *Mont-Saint-Michel*) cerné par la culture riveraine et l'élevage des moutons, que la sagesse des siècles a baptisé les *prés-salés*.

Leur nom est tiré des vastes herbus qui emplissent les marais littoraux, une végétation *halophile* (qui aime le sel). Ces espèces sont adaptées à des cycles de submersion et d'émersion par le jeu des marées. Au cœur d'une seule journée, la teneur en sel dans le sol peut ainsi varier de façon importante. Ces vastes étendues d'herbus sont composées d'obione, de fétuque, de salicornes, d'aster maritime, de troscart maritime, de spartine maritime, mais aussi de spartine de Townsend, l'autre nom du chiendent, importé d'Angleterre pour fixer les dunes. Et dont la prolifération nuit aux espèces profitables aux moutons, que sont l'obione et la fétuque. Depuis bientôt dix ans, Brune Gohard faisait brouter son troupeau dans ces pâtures. Pendant les mois les plus froids, ces endroits favorisent l'hivernage des oiseaux migrateurs, comme les bernaches cravant ou les tadornes de Belon. Par ailleurs, au cœur de ces herbus, naissent les jeunes bars, dans les *criches*, ces légers talwegs par lesquels l'eau salée s'échappe vers la mer, à marée descendante, où viennent pondre les bars adultes. La baie est un paradis écologique.

Issue d'une famille d'industriels, Brune avait fait le choix de rompre avec la modernité, pour installer sa bergerie en bordure de littoral, préférant la liberté des estrans aux murs des usines. Elle voulait travailler un produit typique français, avec des caractéristiques propres qui le distingue de la viande d'agneau classique. Les Anglais font des agneaux qui ont pâturé sur des espaces qu'ils appellent *prés-salés* mais qui ont juste été léchés par les embruns. Alors que dans la baie du Mont-Saint-Michel, les pâturages sont entièrement inondés, ce qui vient bouleverser toute la végétation. Le pré-salé *d'appellation contrôlé* possède une chair très blanche, comparable à celle du veau. Brune Gohard préférait cuisiner les mâles très peu gras, avec des poivres doux, sans épices trop fortes ni de persillade pour respecter cette saveur unique. Exit currys et autres ragoûts qui cachent le goût de la viande. Ce produit noble, disait-elle, invite à de belles recettes qui le sont tout autant. Les moutons parcourent de grandes distances pour trouver leur alimentation. Ces longues marches ont une influence sur la qualité de la viande, favorisant la fermeté, avec un faible dépôt de gras de couverture. On note alors que la présence de persillé, le fameux gras intramusculaire, qui fait aussi la réputation du *bœuf de Kobe*, offre à la viande une jutosité particulière, tout au long de la dégustation. Sa typicité est remarquée depuis des siècles. Ses qualités gustatives en font une des meilleures viandes à déguster. Au Moyen-âge, les moines bénédictins de l'Abbaye imaginaient que l'herbe du bord de mer agissait comme du serpolet, donnant à la viande des moutons un goût si exquis que l'on pouvait alors quitter perdrix et faisans tant la viande en paraissait délicieuse.

- Une nouvelle disparition ?
- Oui, une bergère.
- Une bergère avec des moutons ?

Le père Brun ouvrait sur Amanda une paire d'yeux plus ronds que ceux d'un habitant Taïno, le matin du 12 octobre de l'an de grâce 1492, quand il vit mettre pied sur l'archipel des Bahamas, Christophe Colomb en personne, avec toute sa suite, alors que l'explorateur était persuadé d'avoir atteint le Japon.

- Oui, dans la baie du Mont-Saint-Michel. Brune y mène son troupeau depuis plus de dix ans.

- Quand je vous disais que la fiction était plus étrange que la fiction. Une femme sans histoire ?

- Disons que c'est compliqué. Elle s'appelle Brune Gohard, et appartient à une famille d'industriels du coin. Pour faire bâtir sa bergerie, elle a bénéficié de nombreux appuis politiques, à la Mairie, au Département, à la Région, même au Gouvernement. Un ministre a signé son permis de construire.

- Je ne vois rien de compliqué dans votre exposé.

- Attendez ! Depuis quelques années, elle est en bisbille avec des Écologistes.
- Des Écologistes qui n'aiment pas les moutons ?
- Non, pour une autre raison.
- Ses moutons sont en plastic ?

La jeune policière avait souri. Elle ne pouvait guère s'en empêcher, à chaque fois que le moine plaisantait. Même englué dans les situations les plus difficiles, bonne humeur, liberté de ton, légèreté triomphaient sur son visage.
- Non, à cause de sa bergerie. Elle est construite en bois et respecte toutes les normes en vigueur.
- Alors je ne vois pas où est le problème ?
- Attendez un peu ! Je vais y venir. Le problème c'est tout simplement la *loi Littoral*.
- C'est-à-dire ?
- La *loi Littoral*, pour préserver l'Environnement, a été votée en 1986, à l'unanimité des partis politiques.
- C'est plutôt une bonne chose, vous ne trouvez pas ?
- Oui, bien sûr, vous connaissez mon engagement pour la cause de l'Environnement.
- Alors où est le problème avec cette *loi Littoral* ?
- Elle impose l'obligation de rendre inconstructible une *bande terrestre* de 100 mètres.
- Et la bergerie de Brune est à moins de 100 mètres ?
- Tout dépend où l'on fait commencer la limite de cette bande terrestre.
- Ah ! Je commence à comprendre.
- Avec le temps, les espaces marins côtiers sont devenus le théâtre d'aménagements multiples et variés. La vaste baie du Mont se retrouve classée dans les *Espaces remarquables*, qui bénéficient de protections renforcées.
- Si je comprends bien : d'une manière ou d'une autre, la bergerie de Brune se retrouve dans la bande des 100 mètres ?
- Oui, selon une association écologiste locale, elle se trouve à 96,50 mètres du trait de côte.

- Et Brune a obtenu un permis de construire. Ce n'était pas indiqué lors de la signature ?
- Tout dépend. Les écologistes prennent en compte les espaces herbagées, ce qui a pour effet de reculer le trait côte, et de *décaler* la bergerie de Brune dans la bande inconstructible des 100 mètres.
- Pour 3,50 mètres ?
- Exactement.
- Et que dit la Justice ?
- Les Écologistes ont saisi le Tribunal administratif pour faire annuler le permis de construire.
- Celui qui était signé par un ministre ?
- Tout à fait. Brune a fait appel, mais une nouvelle fois la Justice lui a donné tort, lui enjoignant de démolir sa bergerie.
- Une histoire de fous !
- Oui, surtout que l'AOP *moutons de prés-salés* impose que les abris des ovins soient installés à proximité du domaine public maritime.
- Et Brune se bat toute seule ?
- Non ! Dans les deux camps, il existe des collectifs, pour défendre chaque cause. Brune est soutenue par des agriculteurs, des élus et des consommateurs qui achètent sa viande.
- Je vois. C'est la *guerre des Moutons*.

Cette fois encore, Amanda avait souri. Avec le moine, même les sujets les plus graves pouvaient présenter une facette, sinon comique, du moins risible. Il cultivait un don particulier pour étudier les choses du côté le moins sérieux, évacuant d'emblée la partie dramatique, comme s'il cherchait à conjurer le tragique de l'existence par une légèreté de ton, d'aspect et de manières, qui n'aurait pas déplu à Oscar Wilde, en dépit d'absence d'arrogance, d'orgueil, d'insolence, dans le caractère du moine. Son comportement joyeux exprimait un rapport singulier à l'être, une attitude plus métaphysique que stoïque, dernier acte possible d'héroïsme, de distinction, de noblesse d'esprit, face à la décadence dépressive des temps du pessimisme moderne.

- Sincèrement, Amanda, dites-moi ! Que pensez-vous de toute cette histoire ?
- Sincèrement ?
- Oui.
- Ah, je suis totalement désemparée ! D'un côté, je comprends le désir d'imposer la loi à tous de la même façon. Si l'on veut préserver l'Environnement, il faut appliquer des règles. D'un autre côté, je me répète que c'est absurde de persécuter une malheureuse bergère pour 3,50 mètres !
- Et personne ne se parle ?
- Impossible ! Cette situation est devenue tellement explosive, que tout dialogue est devenu inconcevable.
- Quand Kafka rencontre Ubu.
- Un bon résumé.
- *Je ne suis pas venu pour abolir la Loi, mais pour l'accomplir.*
- C'est dans l'Évangile ?
- Oh, mais vous êtes en progrès !
- *Dura lex, sed lex.*
- Oui, mais c'est l'ancienne loi. Le Christ nous a donné un commandement nouveau : celui de *nous aimer les uns les autres*.
- Ce n'est pas très réussi.
- *Il nous a aussi rendus capables d'êtres ministres d'une nouvelle alliance, non de la lettre, mais de l'esprit ; car la lettre tue, mais l'esprit vivifie.*
- Toujours l'Évangile ?
- Non, Saint Paul, cette fois.

Le père avait souri, avant de reprendre :
- Aristote insistait pour affirmer que, dans toute loi, il faut rechercher une interprétation *téléologique*.
- Et ça veut dire quoi ?
- La téléologie : l'étude des fins dernières, des causes finales, du but poursuivi. En l'occurrence, une bergerie en bois

située à 96,50 mètres des herbus, constitue-t-elle une contradiction avec l'esprit de préservation de la *loi Littoral* ?

- Je ne sais pas. Notre époque manque cruellement d'humanité et de bienveillance. Les juges sont devenus des techniciens sans âme et sans cœur.

Amanda médita en silence un instant, son beau visage envahi par une ombre d'appréhension.

- Vous pensez que la disparition de Brune est liée au combat mené contre sa bergerie ?
- Je ne pense plus rien.
- Faites un effort, Amanda !
- J'espère que non. Ce serait épouvantable. Je ne veux pas le croire. Comment peut-on arriver à de telles extrémités ?
- Toutes les religions possèdent leurs intégristes.
- Nous sommes obligés de vérifier le profil de chaque militant écologiste du collectif. Plus de 150 personnes, toutes à passer au tamis des interrogatoires. J'en suis dépitée !
- Oui, ça va prendre du temps. Pensez-vous qu'il y ait un lien avec l'enlèvement du bébé de Mathilde ou la disparition de Nora ?
- Impossible de le savoir aujourd'hui.

Puis avec une lassitude que Sisyphe n'aurait pas reniée :

- Tout ceci me perturbe. D'abord un bébé fille, puis des jeunes femmes. C'est peut-être un pervers ?
- Toutes les pistes restent ouvertes. Je vais interroger du côté de mon réseau. Si j'apprends quelque chose sur Brune, je vous tiens au courant. Toujours rien sur Nora ?
- Non, rien. Rien de rien.

Après une grimace d'inquiétude qui avait déformé le bas de son visage, Amanda expira son abattement dans un grand souffle :

- J'ai bien peur que nous soyons au tout début d'une série de disparitions.

- Mais le Mont-Saint-Michel, ce n'est quand même pas tout près. Nous avons peut-être à faire à des histoires séparées ?
- Le Mont est à 1h30 de Cabourg, en voiture !
- C'est vrai. Pas si loin, finalement.

Enfin le père Brun, ayant consulté sa montre :
- Ah, je dois filer, je vais être en retard !
- Vous êtes attendu ? avait demandé mécaniquement la jeune policière, comme si l'habitude était trop forte, au point de poser des questions déplacées sur leur emploi du temps aux personnes de son entourage.
- Ce soir, je dîne chez le maire de Donville.
- Il veut vous prendre dans son équipe municipale ?
- Ah, il peut toujours essayer ! Non, il veut me présenter les médecins de la nouvelle clinique.

Chapitre 5

L'inspecteur Baudelaire

« *J'aime passionnément le mystère, parce que j'ai toujours l'espoir de le débrouiller* ». Il ne fait aucun doute que Baudelaire eût fait un excellent inspecteur de police. Il possédait toutes les qualités d'un médium, ce don qui permet de regarder le monde avec un autre œil. Libre, flâneur, rusé, méditatif, opiniâtre, son obsession du détail, son flair pour l'imposture, son sens inné de la laideur morale, auraient sûrement poussé le poète sulfureux à démasquer bien des coupables. Le poète se situe aux antipodes de ce que pensent ses contemporains. L'humain est blessé depuis la chute originelle ; aucun progrès ne peut le racheter. Couvrant de son mépris, d'aversion et de dégoût, ainsi que l'*inspecteur Javert*, tout ce qui avait franchi une fois le seuil du mal, il était absolu et n'admettait pas d'exceptions. *« La sottise, l'erreur, le péché, la lésine, occupent nos esprits et travaillent nos corps, et nous alimentons nos aimables remords, comme les mendiants nourrissent leur vermine »*. Ces mots n'auraient-ils pas peuplé la bouche du policier *des Misérables*, ce *chien fils de louve*, qui inspira Dostoïevski, au point de nous pétrir un *Smerdiakov* plus inflexible que son modèle ? D'ailleurs, les thèmes qui hantent les *Fleurs du Mal,* c'est dire de façon hâtive : souffrance d'ici-bas, expiation, dégoût du mal, obsession de la mort, aspiration à un monde idéal, accessible par de *mystérieuses correspondances*, chacun de ces thèmes ne sont-ils pas ceux qui allaient chaque enquête policière ?

Il est aisément ridicule d'imaginer Baudelaire habillé d'une redingote gris de fer, armé d'une grosse canne et coiffé d'un chapeau rabattu (vêtu comme Javert sur les traces de je ne sais quel Valjean), pourchassant l'ironie comme dernier viatique contre la crise du lyrisme qui frappe la modernité (ses cheveux mi-longs, son sourire indéfinissable, ses yeux mi-hagards, mi-hantés, par quelque vision de *corbeau noir*, comme sur l'une des dernières photos, prise par Étienne Carjat, peu de mois avant sa mort). Mais il est encore plus saugrenu de l'affubler d'un chapeau de chasse façon traqueur de cerf des *Highlands*, portant le nom d'une méthode ancestrale, pratiquée à pied, de manière furtive, sans l'aide d'un chien, et baptisée le *Deer Stalking*. Avec sa double visière, qui protège du soleil, à la fois le visage mais aussi la nuque, dotée de grands cache-oreilles souples rétractables, et attachées par des lacets qui permettent de protéger les ouïes du froid, des vents mauvais de l'Écosse pluvieuse, vous avez reconnu, lecteur intelligent, la fameuse casquette de tweed, aux couleurs automnales, qu'on appelle *Deerstalker* : le légendaire couvre-chef de Sherlock Holmes.

S'il vous paraît extravagant de faire porter ce type de chapeau à notre poète, sachez lecteur intraitable, que Conan Doyle lui-même n'a jamais attribué aucune casquette de tweed au grand Sherlock, et que ce stéréotype n'est apparu que dans les illustrations des histoires par Sidney Paget. Ce qui tend à prouver, s'il en était besoin, que les personnages de fiction, tel le monstre de Mary Shelley, finissent un jour ou l'autre par échapper à leurs créateurs. Non, toutes les études holmésiennes vous le diront, il n'y a pas plus de chapeau sur la tête du Sherlock de Doyle que de folie dans les yeux de Baudelaire, quoi qu'en aient dit bien des critiques, incapables de saisir un soupçon d'humour noir chez notre poète. Car il aime rire, le diable, et même avec férocité. Espiègle, mais non méchant, comme tous les grands artistes, toujours très poli, hautain et onctueux à la fois, entre quelques belles recettes de poulet au haschisch, de canard au safran, de gigot à l'opium, enclin à Dieu sait quelle plaisanterie sombre, il attrapait tous ses amis à ce jeu baroque et piquant, auquel il excellait. Quelle verve ! Quel feu ! Élégant, à peine maniéré, timide, frondeur, il y avait en lui du moine, du soldat, du mondain. Des amis, mais pas de camarades. Il s'exprimait chaudement, à bâtons rompus, impétueux, naïf comme un cœur de vingt ans. Oui ! *« Je suis un douloureux pince-sans-rire, et quand ma langue écorche autrui, le cœur me saigne »*.

Mais quelle place peut bien tenir Baudelaire dans un roman policier ? Que vient faire notre grand poète dans cette histoire ? Ici, le narrateur vous doit une explication. Dans une enquête précédente (*Le Fantôme de Combourg*) il fut précisé que l'ancien secrétaire de Paul Féval, Émile Gaboriau, avait inventé le roman policier en France, avec son fameux *inspecteur Lecoq*, dont la perspicacité avait inspiré à la fois - *excusez du peu* - le célèbre détective *Sherlock Holmes* et le *juge Porphyre* dans *Crime et châtiment* ; lequel avait servi de modèle (avec notre cher ami *Father Brown)* à l'enquêteur distrait qui possède l'imperméable le plus infâme et difforme des États-Unis, parvenant à établir une filiation - *qui ne saute pas aux yeux* - entre l'*inspecteur Columbo,* police de Los Angeles, et le personnage du *Bossu*, qui n'est autre que le Chevalier de Lagardère. Tout ceci est parfaitement juste, me direz-vous, mais Baudelaire dans tout ça ? Avez-oublié, lecteur impitoyable, qui était Edgar Poe ? Ne savez-vous pas qu'il est réputé pour avoir inventé le genre policier ? N'avez-vous pas lu sa trilogie du *Chevalier Dupin*, dont les enquêtes, au sein du Paris mouvementé de la monarchie de Juillet, permettent de venir à bout de redoutables énigmes judiciaires, grâce à ses seules facultés d'observation ? Oui, oui, oui, mais Baudelaire ? En 1856, avec sa traduction des *Nouvelles extraordinaires* qu'il publie en France, Charles Baudelaire se révèle non seulement un lecteur de génie, mais il permet d'introduire le genre policier dans la littérature française. Car, avant lui, personne n'avait publié aucune nouvelle, aucun roman policier. A ce titre, l'auteur immortel des *Fleurs du mal* mérite une statue, nanti d'un *Deerstalker*, d'une loupe et d'une pipe (sans préjuger de ce qu'il y fumerait).

Poe, Baudelaire, Féval, Dostoïevski, Chesterton, mais alors le roman policier serait-il né dans l'esprit de ceux que la critique se plaît à baptiser du qualificatif ambivalent d'*antimodernes*, c'est-à-dire, si l'on veut en croire Antoine Compagnon, tout ceux qui épousent ces notions vomies par la modernité, comme d'autres se partagent une bonne bouteille de cognac : contre-révolution, anti-Lumières, pessimisme, péché originel, goût pour le sublime, sens de la vitupération ? Ni conservateurs (le Comte de Chambord disait que le mot commençait mal), non plus conformistes, ni réactionnaires, ni académiques, encore moins néoclassiques, ce sont seulement des esprits libres, à la fois modernes par leur époque (tout en la détestant) ; des résistants au modernisme, censeurs de l'américanisation du monde, pourfendeurs du matérialisme, furieux ennemis de l'embourgeoisement des consciences, pour certains même jusqu'à la jubilation, tels que peut nous le fait entendre Chesterton : « *le christianisme, même attiédi, est encore assez chaud pour faire bouillir jusqu'à la corde toute la société moderne* ».

Il y a fort à parier que Nora et Brune se souciaient peu de la place des antimodernes dans la littérature contemporaine. Étaient-elles en vie ? Avaient-elles été enlevées ? Par qui ? Où pouvaient-elles bien se trouver ? Pourquoi ce silence ? Toutes ces questions ne cessaient de rouler dans l'esprit d'Amanda. Sa nature la poussait à s'inquiéter, à se tourmenter, à ressasser, son esprit livré à l'incapacité d'oublier. Comme les vaches, les écrivains, les tisserands, la jeune policière remâchait, radotait, reprenait, revenait à son sujet, encore et toujours. Pénélope en habit de police, elle recommençait sans arrêt son ouvrage étendu sur l'esprit. Tel le penseur de Nietzsche : elle ruminait.

La jeune femme observait Dubois, assis à son bureau. C'était la première fois qu'elle l'examinait ainsi. Aucune lueur ne brillait jamais dans ses petits yeux. Visuellement, il semblait isolé dans un monde d'abstractions inertes. Avait-il perdu contact avec la vie réelle, était-il retranché à l'intérieur de lui-même, comme ces malades qui souffrent de déficiences neurologiques ? Il pouvait parler des choses, mais ne semblait jamais affecté. Ni par les aspects sordides ou pervers d'une affaire, ni par la douleur des victimes ou de leurs proches. Elle avait parfois le sentiment qu'il ne possédait pas plus d'empathie qu'un insecte dans une ruche, totalement absorbé par sa tâche. Il fonctionnait exactement comme une machine, se situant juste à l'intersection du mécanique et du vivant. Non seulement, il manifestait l'indifférence digne d'un logiciel au monde réel mais, chose plus étrange encore, il décomposait les dossiers, comme le faisait un ordinateur, au moyen d'indices clés et de rapports schématiques. Il était bien différent du père Brun, fort comme un lion et malin comme un singe. Dubois, pour sa part, travaillait avec la persévérance d'une fourmi, sourcilleux du moindre détail, et totalement voué à l'exécution plutôt rigoureuse de sa mission. Mais après tout, se consolait-elle, le monde a autant besoin de lions et de singes que de fourmis.

Ce qu'Amanda redoutait le plus était l'inaction. Une fois la vie des disparues épluchée, une fois fouillé leur emploi du temps, une autre fois leur entourage entendu, il ne restait pas beaucoup de pistes à explorer. Jusqu'à ce jour, les éléments ne donnaient rien, pas même l'espoir d'une hypothèse. L'esprit est habitué à s'appuyer sur des certitudes, ce qui lui permet de se confronter au doute, à l'éventualité, à l'inconstance. On ne peut pas rester debout quand on marche sur des sables mouvants. Le pied a besoin de se poser sur un élément solide, s'il veut aider le corps à se déployer sans son entier. Le corps humain, ce petit cosmos selon Sainte Hildegarde, nous donne une indication sur le fonctionnement de l'esprit humain. Pour se déployer dans sa totalité, l'esprit humain a besoin, lui aussi, de s'appuyer sur des matières solides. Mais quand tout paraît flou, quand tout reste confus, quand tout semble vaporeux, nous sommes incapables de penser. Et la jeune policière ne pouvait déployer aucune idée valable avec des éléments aussi cotonneux.

Débrouiller le mystère, avait dit Baudelaire. C'était bien ce que tentait de faire Amanda. Elle avait repris les faits un à un pour les passer à la moulinette. Minute après minute, elle avait voulu dresser le déroulement des drames. Mais Nora et Brune avaient disparu toutes les deux dans une tranche horaire, ce qui ne facilitait pas la tâche des enquêteurs. Aucun témoin n'avait assisté aux enlèvements. Aucune caméra de surveillance n'avait enregistré les exactions. Comment, dans ces tristes conditions, dresser le déroulé minute après minute ? Comment faire une estimation du temps nécessaire aux enlèvements ? Comment faire face à toutes ces incertitudes quand on préfère les situations stables, sûres et prévisibles ? La jeune femme ne pouvait s'empêcher d'imaginer le pire scénario, de passer du temps à planifier ses pistes, avec un soin trop méticuleux, pour se préparer en vue de tous les dénouements possibles, de chercher à être rassurée par la présence de ses collègues ou de ses amis pour sonder le bien-fondé de ses décisions personnelles, de vérifier plusieurs fois les tâches et les plans de ses équipes, de se sentir anxieuse au moment où le téléphone sonnait, et même paralysée à plusieurs reprises, au point d'éviter certaines situations qui comportaient une trop forte dose d'incertitude.

Cependant, la jeune femme ne pouvait s'empêcher d'espérer. Elle savait par expérience, mais aussi par une forme d'intuition (que son éducation rationaliste ne pouvait expliquer) que tous les efforts de son enquête finiraient par aboutir à la vérité. Non pas qu'elle se mettait à croire en Dieu, ou au pouvoir de puissances célestes, mais parce que quelque chose au plus profond de son être lui susurrait de garder l'espoir. C'était un frisson qui était difficile à définir, comme cette étincelle ayant embrasé le cœur du premier homme le jour où il avait réussi à allumer un feu, ou cette émotion saisissant l'être sensible face à la beauté d'une œuvre d'art, ou encore ce petit tremblement d'âme devant la délicatesse des premières fleurs au début du printemps. Elle ne savait pas nommer cette impression, mais elle gardait conscience que *quelque chose* existait bien derrière l'apparence visible des objets physiques, et que ce *quelque chose*, qui lui procurait la joie d'exister, lui commandait d'espérer, envers tout, contre tout, conférant à sa condition humaine la dignité de se tenir debout.

Une goutte de sang, une simple goutte de sang suffit parfois à débrouiller les fils d'une enquête. Mais dans ces deux dossiers, pas la moindre goutte de sang. Pas la moindre trace de cadavre. C'est le pire cauchemar pour des enquêteurs. Parfois le cadavre se met à parler. Il révèle quelques menus secrets : une arme, un mode opératoire, des empreintes. Mais sans cadavre ? Sans aucun mort à constater ? La disparition reste la pire forme de néantisation. Elle engendre la crainte terrifiante d'une dissolution du Moi. Elle pose de façon brutale la question de l'identité. Et moi, qui suis-je ? Si je peux disparaître aussi facilement, sans laisser de trace ? Rien, pas une seule goutte de sang à étudier. Qui suis-je ? se demande l'inspecteur Baudelaire, sinon un être déchu, et honteux d'exister, faisant le mal, piétinant dans une boue qui ne diffère pas de moi-même ? Dans son malheur, il se découvre poète, ce qui ne veut pas dire qu'il est différent des autres, mais plutôt qu'il a une conscience plus éclairée de sa bassesse humaine. Qui suis-je ? se demande Baudelaire, sinon un être de spleen et de sang ?

Car le sang obsède notre poète. Pas moins de 28 pièces portent la trace du sang. Quand le liquide vital ne s'écoule pas de son propre corps, il contemple autrui perdre le sien. Dans ses rêves, un *lac de sang* est hanté par de mauvais anges. Partout il en distingue. La figure effrayante du vampire buveur de sang agite ses pires cauchemars. Il en voit même dans le soleil couchant, dans la lueur d'un foyer. Chez

Baudelaire, le sang traduit le vice, la culpabilité, la douleur, la cruauté humaine, et le poète, de façon novatrice, au-delà de la vue, va associer le sang aux autres sens physiques. Sa quête métaphysique du sang est tout à la fois sacrée, religieuse, et mystique. Baudelaire est catholique. Il n'ignore pas les paroles fondatrices du Christ : « *Ceci est la coupe de mon sang, le sang de l'Alliance nouvelle et éternelle (mystère de foi) qui sera versé pour vous et pour la multitude en rémission des péchés.* Hic est enim calix sanguinis ».

Quand Brutus, les mains tachées du sang de César, le poignard rougi de son forfait, sa toge maculée par le sacrifice, avait accompli son crime, aussitôt, en compagnie des autres conjurés, il s'était dirigé vers le Forum, en vue d'expliquer son geste devant le peuple romain. Pourquoi ? Parce que Brutus, le fils de la victime, est un *homme honorable*, nous affirme Antoine dans son discours mémorable, par le moyen d'un diasyrme génial qui se révèle un chef d'œuvre d'humour noir. Selon toute évidence, Brutus, sénateur, consul, gouverneur, préteur, poète, philosophe, fin lettré, ami intime de Cicéron (qui lui dédicace son *Orateur* après Pharsale), sans conteste, Brutus est un *homme honorable*, parce qu'il est homme plein d'honneurs. Figure de rhétorique, le diasyrme recèle une espèce d'ironie dédaigneuse ou maligne qui, par une raillerie humiliante, voue au mépris la personne qui est en l'objet. Tout au long de son discours devant le Forum, Antoine va répéter ces mots, comme un air entêtant qui finit par obséder le cerveau. *Homme honorable*. D'accord. Mais comment un *homme honorable* peut-il tuer son père ? Oui, comment un *homme honorable* a pu tuer César, dont la parole, la veille encore, pouvait tenir le monde en échec ; César dont les plébéiens mendieraient un cheveu s'ils pouvaient entendre son testament ; César qui laisse ses lieux privés de promenade, vergers particuliers, jardins nouvellement plantés au bord du Tibre, au peuple de Rome à perpétuité. Quel genre d'homme est donc cet *homme honorable* et criminel ?

Si notre inspecteur Baudelaire avait mené l'enquête, sur ces disparitions, muni du chapeau légendaire de Sherlock Holmes, pipe à la bouche, il n'aurait pas manqué de prendre une lanterne, comme Diogène, pour aller chercher dans les rues de Normandie, un *homme honorable*, un assassin revendiquant son geste avec orgueil, tel Brutus, brandissant fièrement l'arme de son crime devant le peuple de Rome. Mais les *hommes honorables* ont disparu de nos jours, ils ont quitté la scène. Aujourd'hui, les criminels se cachent pour exécuter leurs actes ; ce qui, avouons-le, nous offre une belle occasion de nous distraire. Parce qu'ils veulent nous empêcher de savoir, nous voulons les démasquer. Parce qu'ils agissent en catimini, nous voulons les surprendre au grand jour. Parce qu'ils mentent, ils dissimulent, ils trichent, nous voulons la vérité. Si le sens de l'honneur avait persisté, pas de détective, pas d'enquêtes, pas de roman policier. Et vous ne seriez pas là, cher lecteur, à suivre cette enquête. Alors laissons Baudelaire dans sa quête, avec sa lanterne, à la recherche des vestiges de l'honneur, parmi les ruines de la pensée. Notre poète sait que le surnaturel n'existe pas sans le naturel, que le spirituel ne peut durer sans lois du temporel fondées sur la dignité, sur la vertu et sur le respect, sans un équilibre sage maintenant le principe supérieur au-dessus du principe inférieur, sans volonté intègre de privilégier le poids de nos âmes sur celui de nos corps, sans jamais renier notre honneur, tant que nous vivrons sous les lois physiques du temps, puisque l'honneur, nous dit Bernanos, est le gardien du temporel.

Un piège ? Des sentiments brouillés se partageaient le cœur d'Amanda. Traquer plutôt que subir. Oui, mais traquer où et qui ? Et comment établir un tel piège ? Comment faire mordre à l'hameçon ? L'idée paraissait séduisante. Plutôt que d'attendre au bureau, en se croisant les bras, la police pouvait déployer un filet tendu pour prendre le ravisseur. Dans toute nasse, il existe un appât. Mais qui pour jouer le rôle ? Amanda glissa un regard du côté de Dubois. Elle regarda son collègue fixement, avec un œil nouveau et interrogateur. Qui pourrait bien vouloir enlever Dubois, avec son visage inexpressif, son allure informe, son imperméable sans couleur ? Lui faire ôter ? Non, c'était impossible. Autant se gratter l'oreille avec le pied. Il ne quittait jamais sa foutue gabardine. Pourquoi ? Personne ne le savait. Décrypter les raisons qui poussaient Dubois à porter son imperméable, en toute circonstance ? C'était comme chercher à résoudre les équations de Navier-Stokes sur le mouvement des fluides newtoniens, ou vouloir élucider l'affaire de la *tuerie de Chevaline,* ou tenter de comprendre les grandes névroses obsessionnelles de la philosophie allemande.

Gargarin ? Pourquoi pas ? L'idée avait germé dans l'esprit d'Amanda. Il ferait un otage de première main, se disait la policière. Mais qui voudrait l'enlever lui aussi ? Son physique imposant n'était pas de nature à favoriser un tel projet. Il fallait faire preuve d'un peu plus de réalisme. Melle Martin ? Mais la pauvre jeune organiste risquait de trembler de peur. Il était inutile d'exposer sa personnalité rêveuse à une telle brutalité. Non, la prudence imposait de choisir quelqu'un d'aguerri. Le père Brun ? Bonne idée ! Il était sportif, de carrure athlétique, son passé musclé chez les commandos lui permettrait sûrement de réagir avec intelligence à une situation extrême. Mais sera-t-il d'accord ? Que pensera la hiérarchie policière d'une telle initiative ? Non, c'était vaincu d'avance. Elle n'obtiendrait jamais l'autorisation. Que faire ? Prendre le risque ? Sans prévenir sa direction ? Trop compliqué. Non, à part un collègue, la jeune femme ne voyait pas comment mettre en œuvre son dessein. Et même, à supposer que le candidat idéal fût trouvé, quelle serait marche à suivre ? Comment attirer le prédateur ? De quelle manière lui faire choisir sa victime ?

Et pourquoi pas Baudelaire ? Oui, après tout notre artiste ne manquait pas d'ennemis ! Enlever un poète ne doit pas être une entreprise bien compliquée, la plupart du temps ses pieds ne touchent pas le sol. Jules Lemaitre, totalement oublié, disparu aux yeux de la postérité, autant que de la mémoire des poètes, ne manquait jamais une occasion de déverser sa haine contre l'auteur des *Fleurs du Mal* : « *Un maître très dangereux. Il a, aujourd'hui encore, une foule d'imitateurs. Il faut voir en lui le romantisme diabolique »*. Avouez que ce vieux Jules a le sens de la formule. Quel talent ! On ne se lasse pas de ses pensées. Il s'amusait à convoquer les mânes de Verlaine pour enrichir ses diatribes : « *Celui-là a été une victime de Baudelaire et l'on dit même qu'il a poussé l'imitation pratique du maître jusqu'à gâter sa vie* ». Le censeur ne manquait pas d'humour, puisqu'il est capable de nous faire rire, plus de cent après sa mort, *à l'insu de son plein gré* (si le lecteur nous permet cette joyeuse locution) : « *J'ai senti l'impuissance et la stérilité de cet homme, et il m'a presque irrité par ses prétentions. Et son catholicisme ! Et son dandysme ! Et son mépris de la femme ! Et son culte de l'artificiel ! Que tout cela nous paraît, aujourd'hui indigent et banal* ». Avouez que ces analyses brillantes mériteraient une inscription en lettres d'or au sommet du Parnasse !

Chapitre 6

Un dîner chez le maire

L'introduction orchestrale tenait quelque chose de presque brutal, faisant penser à un jet de terre glaise sur un mur de pierre, avec un tempo endiablé, quasi trop rapide, un vrai galop. Tout allait très vite. Les *tutti* se trouvaient animés par une énergie nerveuse. Au terme de l'introduction orchestrale le piano intervenait alors à toute allure. Orchestre et soliste chargeaient tous deux avec un brio formidable, s'entendant à la perfection. En avant toute, comme Murat conduisant la plus grande charge de cavalerie de l'Histoire militaire, à la bataille d'Eylau, avec maestria, fureur et panache. Folle allure, cette version du *3ème Concerto pour piano en ut mineur* de Beethoven, qui n'avait strictement rien d'allemand ! Les notes caracolaient dans la pièce, en sourdine. Cris d'oiseaux lointains près d'une mer en furie, percutant les murs à l'étouffé, avec élégance et sauvagerie, comme les pieds des chevaux tapant le sable dans un carrousel.

- Je crois que c'est la version de Rudolf Serkin avec Léonard Bernstein.

- Ah mais vous avez l'oreille !

- Merci.

- Et comment avez-vous reconnu ?

- A l'évidence, le chef choisit de battre en 2/2 plutôt qu'en 4/4. Et puis, je ne sais pas. Sans doute le tempo de cette allure folle.

- Voyez-vous, messieurs, je vous avais bien dit que le père Brun n'était pas un moine ordinaire.

Les messieurs en question s'inclinèrent. Il s'agissait des deux médecins qui dirigeaient la nouvelle clinique de Donville, que le maire avait invité à dîner avec le curé du village.

Hubert Pépin était maire de Donville-sur-mer depuis au moins quatre mandats. Il avait remporté les dernières élections, haut la main, face à une liste fourre-tout, attelage hétéroclite, composé par des utopistes de tout poil, à tendances écolo-bobo-wokiste, soutenue par l'avocate Filembourg. La population respectait son maire, parce qu'il se dévouait pour sa commune, avec un sens rare de l'engagement et du service. On pouvait compter sur sa probité, son sens du bien commun et son désir de faire une place à chacun. Se montrant simple, altruiste et compétent, il jouissait d'une vraie popularité. Avec cette manie bien française de semer la dérision dans tous les compartiments de la vie, spécialement face à toute forme d'autorité, et, à cause de sa longévité politique exceptionnelle, les habitants de Donville avaient pris pour coutume, quand ils parlaient entre eux de leur maire - *façon débonnaire de lui rendre hommage* - de le surnommer *Pépin-le-bref*.

Les deux médecins rivalisaient de compliments, pour montrer à leurs hôtes qu'ils étaient heureux d'être là.
- Votre commode Louis XV est magnifique ! jeta le petit Dr Chilonidès, avec une grimace toute sartrienne.
- Elle vient de ma grand-mère maternelle, des gros marchands de drap, précisa Mme Pépin, fière d'exhumer les origines prospères de ses ascendants.
- Quel travail sur les marqueteries ! ajouta le Pr Phisbène, avec la mine d'un rabbin qui se serait déguisé en jésuite.
- Il faut bien reconnaître que l'art français est un sommet du genre, professa le maire, non sans emphase, comme s'il était soudain monté à la tribune de l'Assemblée nationale.

- Il existe des techniques dans toutes les civilisations, objecta le Professeur Phisbène, avec de telles minauderies de chattemite, qu'on ne savait plus distinguer le rabbin du jésuite. En Chine, en Perse, et dans tout le monde islamique.

- Je collectionne des marqueteries japonaises, se plut à délivrer le Dr Chilonidès (en faisant tourneboulcr, derrière ses grosses lunettes, un étrange regard sartrien sur les autres convives, jetant un œil sur l'être et l'autre sur le néant).

- La marqueterie japonaise ? avait interrogé Mme Pépin.

- Je suis passionné par l'art du *yosegui-zaiku.*

- Ce soir, je vous ai préparé une marqueterie de porc aux petits légumes. J'espère que vous allez vous régaler, ajouta la maîtresse de maison, en arrachant des sourires à ses invités.

La conversation avait roulé sur différentes banalités, quand le Professeur Phisbène, grand gaillard à la mine sévère et aux cheveux frisés, lunettes carrées, celui qui avait percuté Amanda, en sortant de la librairie de Gargarin, avait repris la parole.

- Institut Clinique Hospitalier Organique Régional.

- Bravo ! fit le père Brun pour marquer son adhésion.

- ICHOR, c'est l'acronyme de notre établissement.

- Si j'ai bien compris, questionnait le moine, vous développez une sorte de méthode révolutionnaire appliquée au traitement des organes lésés ?

- Oui, vous avez bien compris, répondit le plus petit des deux cliniciens, avec ses pupilles minuscules qui clignotaient à vive allure, derrière ses verres multifocaux.

- En quoi est-elle révolutionnaire ?

Les deux médecins se consultèrent du regard, avec des airs de conspirateurs, pour déterminer lequel allait répondre.

- Si vous permettez, nous tenons à nos petits secrets. Ce qu'on peut seulement vous confirmer, c'est notre désir de faire progresser l'humain. Nous souhaitons ouvrir une phase inédite dans ce siècle de transition vers une humanité nouvelle, avait débité le Pr Phisbène, sur le ton d'un robot.

- Le transhumanisme ?
- Nous ne renions pas le terme.
- Pardonnez-moi, rétorqua poliment le franciscain, mais dans *transhumanisme*, j'entends le curieux mot de *transhumance*, comme si l'humanité se trouvait réduite à un vil troupeau, conduit vers des cieux inconnus.
- Joli trait d'esprit, chuinta le Pr Phisbène en se haussant du col avec de grands airs dignes d'un héron, mais le progrès, quand on le distribue au plus grand nombre, permet à l'humanité de s'élever.
- Mais de s'élever vers quoi ?
- Nous souhaitons améliorer toutes capacités intellectuelles, physiques et psychiques du troupeau humain, articula le petit médecin avec suffisamment d'arrogance pour faire enrager tout un régiment de hussards.
- Est-ce une raison, ajouta le moine dont chaque trait du visage tendait à exprimer sa réprobation, pour traiter l'humanité comme un simple troupeau ?
- Peuple, troupeau, quelle différence ? exposa le petit docteur avec un rire sardonique.
- *« Un peuple de moutons*, nous dit Agatha Christie, *finit par engendrer un gouvernement de loups »*.
- Les métaphores ne font pas une vérité, clama le petit homme décidé à poursuivre sa joute contre le moine.
- J'entends bien. Ma question demeure inchangée. Améliorer l'humain mais pour en faire quoi ?
- Un *humain augmenté*, souffla le Dr Chilonidès, une étincelle de jubilation dans chacun de ses yeux, qui clignotaient comme des fanaux dans la tempête, derrière les gros carreaux gigognes de ses lunettes épaisses.
- L'*Homme nouveau* n'est pas une idée nouvelle. Un vieux refrain qu'on nous a chanté sur toutes les mélodies.
- A commencer pas votre Église, mon père, ironisa d'un coup sec le professeur Phisbène, avec le petit rire d'un corbeau qui lâche un fromage.

- C'est vrai que l'Apôtre Paul nous invite à nous revêtir de l'*Homme nouveau*, mais créé selon Dieu, dans la justice et la sainteté conformes à la vérité. Avouez tout de même que ça fait une différence avec votre projet !

- Croyez-vous ?

- Pour nous autres Chrétiens, la vie terrestre est ordonnée en préparation de la Vie éternelle.

- Nous ne nions pas ce fait.

- C'est pourquoi nous professons que l'être humain ne peut être augmenté qu'en Dieu.

- Et pourquoi l'*humain augmenté* serait incompatible avec votre Dieu ? réagit le Docteur Chilonidès, dont le visage aux teintes de poivron, de radis, de betterave, évoquait à s'y méprendre ces tableaux d'Arcimboldo, drôlement composés par un savant amas de légumes monstrueux.

- C'est une excellente question !

- Nous prônons le bien-être, pour tout ce qui éprouve des sentiments, qu'ils proviennent d'un cerveau humain, artificiel, post-humain ou animal, proféra le Pr Phisbène, avec une sorte de visage inconnu qui dépassait toute la laideur du buste de Caton l'Ancien.

- *Post-humain* ? reprit le franciscain, vous annoncez la fin de l'humain ?

- Non, mais son prolongement. Nous croyons à la propension de l'être humain à se nourrir, à développer son imagination pour esquisser un autre futur. Nous voulons transcender toutes nos limites biologiques actuelles, tentait de persuader le petit médecin, dont les jambes tricotaient sous la table, au point de provoquer chez lui de brefs sursauts, lui conférant une allure de batracien.

- Un autre futur, j'ai bien compris, mais lequel ?

- Nous croyons fermement à la liberté individuelle. Nous voulons abolir les frontières entres vivants et humains, autant qu'entre biologique et technique, un idéal conçu par et pour des vrais intellectuels, souffla le grand médecin avec l'haleine d'un dragon, cherchant à repousser des visiteurs à l'entrée de sa caverne.

- *« Il est des idées d'une telle absurdité,* nous prévient Orwell, *que seuls les intellectuels peuvent y croire ».*

- Nous voulons incarner les aspirations les plus audacieuses, courageuses, imaginatives, et idéalistes de notre humanité, récita le petit médecin, avec la mine de ces crapauds roussâtres, dans les contes de sorcellerie, qui vont régurgiter une pierre magique, quand on agite devant eux un chiffon rouge.

- *« Dieu n'est pas compatible avec les machines, la médecine scientifique et le bonheur universel ».*

- Encore une citation ?

- Oui, *Le meilleur des mondes* d'Aldous Huxley.

- Nous pensons avec force que l'immortalité par la technologie est possible et désirable, insista le plus grand des deux, le visage drapé dans une attitude sévère et prétentieuse.

- Derrière le mythe transhumaniste (pour reprendre la conclusion d'une étude de Jean Mariani et Danielle Tritsch, neuroscientifiques et chercheurs au CNRS), je peux vous annoncer, messieurs les médecins, que s'avance masquée une gigantesque toile d'intérêts économiques.

- L'argument de ceux qui refusent tout changement.

- Vous souhaitez la modification génétique dans toute la chaîne du vivant, *de la carotte à la calotte* ?

- Ahaha, ne put s'empêcher de rire le maire, au visage empêtré par la querelle qui montait entre ses invités, et par le désir insatisfait de mettre fin à cette joute oratoire.

- Avez-vous trouvé le fameux *chaînon marquant* ? poursuivait le père Brun avec une ironie féroce.

- Vous ne faites pas du tout preuve de tolérance ! s'empourpra le petit Dr Chilonidès, dont le système sanguin était au bord de l'implosion.

- Relisez Thomas Mann : *« La tolérance devient un crime lorsqu'elle s'étend au mal ».*

- Le mal ! Voilà le mot magique, que vous brandissez comme un épouvantail, devant toute forme de progrès ! se mit à hurler le Professeur Phisbène, qui dérogeait à toute règle de bienséance.

- Qui veut reprendre du rôti ? s'enhardit Madame Pépin pour voler au secours de son mari.

- C'est tout de même étrange d'entendre un prêtre citer des auteurs profanes : Thomas Mann, Aldous Huxley, George Orwell, Agatha Christie, c'est parce que vous n'avez pas assez de théories dans vos Évangiles ? piqua vivement le petit docteur qui pensait avoir planté une banderille sur le crâne du franciscain.

- Non, rassurez-vous, messieurs, c'est une vieille tradition de l'Église qui remonte aux premiers siècles, quand fleurissaient les noms d'Athanase, de Chrysostome, Grégoire de Nazianze, Ambroise, Augustin, Jérôme et tant d'autres encore qui, malgré leur humilité sincère, ont jeté un éclat propre à effacer, sans contredit, les plus habiles rhéteurs et philosophes de leur temps, les plaçant à côté des plus célèbres écrivains de l'Antiquité.

Il y eut un répit, dont profita Madame Pépin pour faire circuler son plat, que les invités s'empressèrent allègrement de désemplir, mais le père Brun, une fois servi, remonta en selle.

- Dans son merveilleux *Discours adressé aux jeunes gens sur l'utilité qu'ils peuvent retirer de la lecture des livres profanes*, saint Basile nous enseigne à nous méfier des plaisirs faciles.

- Ah ces religions du désert ! soupira le petit médecin qui oscillait toujours entre les 600 et les 700 nm sur le spectre de couleur des longueurs d'ondes.

- Non, il cite Platon qui, sachant combien le corps peut nuire à l'âme, avait choisi exprès à Athènes l'*Académie*, un lieu malsain et pestilentiel, difficilement accessible, dans l'espoir de retrancher le trop d'embonpoint du corps, comme on taille dans la vigne le luxe des feuilles.

Et le père Brun, fixant chacun des deux adversaires avec le sourire de Jude Law, quand il s'apprête à jouer *M. Tête de serviette* devant ses deux filles, dans le film *The Holiday* :

- Et saint Basile ne manquait jamais d'esprit. Il se plaisait à formuler : *« J'ai entendu dire à un médecin qu'un excès de santé est souvent dangereux ».*

Les époux Pépin avaient ri bruyamment, à gorge béante, obligeant ainsi les invités à se détendre.
- Vous êtes redoutable ! siffla le Pr Phisbène.
- Non, croyez-moi, c'est plutôt Saint Basile qui est redoutable, et son grand ami Saint Grégoire de Nazianze, quand il écrit : *« En cherchant la science, j'ai trouvé le véritable bonheur, à peu près comme Saül qui trouva un royaume en cherchant les ânesses de son père ».*
- Mon rôti aura fait des heureux ! chanta Mme Pépin qui avait enfin trouvé un motif de satisfaction.
- Saint Basile nous rappelle que Moïse, dont la sagesse est si vantée, s'exerça d'abord dans les sciences des Égyptiens ; que Daniel fut instruit dans la sagesse des Chaldéens, avant que de s'appliquer aux sciences sacrées.
- Nous ne doutons pas des bienfaits prodigués par les sciences profanes, persifla le Dr Chilonidès, avec un sourire machiavélique, qui laissait entrevoir une dentition minuscule et mal ordonnée.
- Basile est issu d'une grande famille, noble et illustre de Césarée. Il part étudier à l'Académie d'Athènes, où il côtoie le futur empereur Julien. Là, il s'attache d'une amitié profonde et spirituelle à Saint Grégoire de Nazianze, lequel nous laissera le témoignage d'une véritable charité chrétienne : *« Ce fut-là le commencement de notre amitié, c'est la première étincelle de ce feu qui s'alluma dans nos cœurs, c'est ainsi que nous fûmes, pour ainsi dire, blessés des traits d'un amour réciproque ».*
- *« Parce que c'était lui, parce que c'était moi »* disait Montaigne, déclara Mme Pépin, une petite larme au coin des yeux. Comme c'est touchant ces amitiés entre beaux esprits !
- Basile est incontestablement un bel esprit. Appelé auprès de l'empereur Valens qui veut persécuter les chrétiens,

il vient défendre ses amis. A la suite de l'empereur était un officier de sa maison nommé Démosthène, qui voulant faire quelque reproche à saint Basile, fit une faute de langage ; saint Basile se retournant de son côté se contenta de lui dire : « *Un Démosthène ignorant !* » puis il continua de parler au prince, d'une manière divine, à un point tel que Valens, touché de ses excellents discours, fit le choix de s'adoucir envers les catholiques.

- Où sont les beaux esprits aujourd'hui ? soupira Mme Pépin, qui inspectait du regard les assiettes de ses invités.

- Pour en finir avec l'étude des sciences profanes, voici ce que développe saint Basile avec une grande sagesse : *« Si les sciences profanes ont quelque rapport avec les sciences sacrées, il nous sera avantageux de les connaître ; sinon, nous en connaîtrons la différence en les rapprochant l'une de l'autre, et cela ne contribuera pas peu à nous affermir dans la connaissance de la vérité ».* Et puis ce bouquet de mots sublimes : *« Par quelle comparaison pourra-t-on mieux se représenter l'une et l'autre doctrine ? Les arbres ont une vertu naturelle pour se charger de fruits dans leur saison, mais ils produisent aussi des feuilles qui sont comme l'ornement des rameaux que le vent agite avec elle : c'est ainsi que les âmes produisent la vérité, qui est comme le fruit de la production principale ; mais c'est un avantage que ces mêmes âmes soient environnées des sciences profanes, comme de feuilles qui ombragent le fruit et qui l'embellissent ».*

- De beaux esprits en quête du divin, souffla Mme Pépin en contemplant son plat vide.

- Ce sont en quelque sorte des *détectives de Dieu*, lui répondit le père Brun avec une ombre de malice.

- On m'a dit que vous étiez détective ? insinua le plus petit des deux médecins, dont la figure crispée démontrait qu'il cherchait à lancer une diversion.

- Disons que j'ai donné un ou deux coups de main à la police, indiqua le moine qui avait compris la manœuvre du petit docteur et accepta de s'y plier par respect pour ses hôtes.

- Le sang ne vous fait par peur ? interrogea le plus grand d'un lourd visage sec, froid et nerveux, dont les muscles buccinateurs et sternocléidomastoïdiens creusaient les joues avec une forme aiguë de sadisme.

- Je ne suis pas médecin légiste. Et puis le sang n'est pas le vrai cœur d'une enquête policière. Je considère avec Chesterton qu'on se trompe quand on vient supposer que notre intérêt pour l'intrigue est d'ordre mécanique, alors qu'il est en réalité d'ordre moral.

- Figurez-vous que de plus en plus d'étudiants se spécialisent sur les questions du sang, avait précisé le Docteur Chilonidès, se réjouissant de cette curieuse nouvelle.

- La popularité de ces séries américaines : *NCIS*, *Bones*, *Les Experts*, les autres, n'est sans doute pas étrangère à l'intérêt que les portent les jeunes élèves au curieux cocktail du sang et des nouvelles technologies, proposa le maire qui ne savait pas dans quel sens allait tourner la conversation.

- Vous avez raison, la télévision porte un rôle crucial dans cette diffusion de la culture du sang, manifesta le père Brun, avec le ton d'un prophète qui annonce une catastrophe.

Mme Pépin fit signe à ses invités de lui faire parvenir les assiettes vides, pour les empiler avant de quitter la table.

- Savez-vous que le Dr Chilonidès est un grand spécialiste des questions du sang ? indiqua le Pr Phisbène, qui voulait montrer que la science aura toujours le dernier mot.

- Mais dites-moi, Dr Chilonidès, puisque nous avons la chance de nous trouver en compagnie d'un technicien, sollicita le père Brun avec une douceur quasi séraphique, pourriez-vous nous dire comment on sait avec certitude, après un prélèvement sur une scène de crime, qu'on est réellement confronté à une trace de sang ?

- Très simple, la molécule d'hémoglobine possède les mêmes propriétés que la catalase, car elle comporte, comme cette molécule, du fer inclus dans un groupement hème.

- Hème ? Qu'est-ce que ça veut dire ? sonda la femme du maire, réjouie par cette accalmie.

- Voyez-vous, on appelle hème la molécule qui donne au sang sa couleur rouge : $C_{34}H_{32}FeN_4O_4$.

- Ah oui, c'est beaucoup plus clair, répondit madame Pépin en fronçant les sourcils.

- Formée de quatre chaînes polypeptidiques, avait poursuivi le Dr Chilonidès, d'environ 500 acides aminés, comportant chacune un groupe hème. La catalase est une enzyme universellement présente dans les cellules aérobies qui catalyse (ou accélère, si vous préférez le mot) de façon extraordinairement efficace la dismutation du peroxyde d'hydrogène en oxygène gazeux et eau, en suite de la réaction qui suit : $2\ H_2O_2 \dashrightarrow O_2 + 2\ H_2O$.

- Ah oui, en effet, bredouilla Mme Pépin.

- La production rapide d'oxygène gazeux se traduit de façon visible à l'œil nu par la production de mousse. La mousse est donc une présomption de traces de sang. Toutefois, il n'est plus utilisé en médecine légale depuis que des tests beaucoup plus sensibles et plus spécifiques sont disponibles.

- Comment sait-on à chaque fois si l'on est en présence de sang humain ou animal ? se réveilla bizarrement le maire qui donnait l'impression de vouloir rattraper un train en marche. Comment font les enquêteurs ?

- Les hématies d'actinoptérygiens, de lissamphibiens, ou bien de sauropsidés possèdent un noyau, alors que celles des mammifères en sont dépourvues.

- Les humains ne sont-ils pas des mammifères ? demanda madame Pépin, se repassant mentalement les grands imagiers qui ornaient les murs de ses classes en primaire.

- Bien sûr ! Mais l'identification de l'espèce est impossible. On a donc recours à l'ADN.

- Et on sait alors à quel groupe appartient le sang ?

- Dans le cas où la reconnaissance de l'antigène se fait par l'anticorps, de nombreux points apparaissent : c'est une réaction par l'agglutination des globules rouges.

- Mais pour savoir le groupe ?

- Un exemple : si le sang produit une réaction d'agglutination avec un sérum contenant des anticorps contre les molécules A notés anti-A, le groupe sanguin est A.
- Ah d'accord !

L'atmosphère du dîner s'était aimablement détendue. Et l'un des convives lança une proposition.
- Je vais vous raconter l'histoire d'un de mes patients, lâcha le Docteur Chilonidès, dans un souffle caverneux qui sentait le feu préhistorique. Une histoire incroyable !

Chapitre 7

Sherlock et le bénédictin

Amanda demeurait plongée dans un bon gros livre, le visage concentré. A voir le mouvement de ses yeux, vif et continu, on pouvait deviner que son cerveau était absorbé par le contenu des signes qui s'étiraient, parfaitement alignés en rang serrés, sur le papier blanc. Lisa était couchée depuis un moment. Sa maman avait besoin de se délasser après une longue journée difficile, son corps emmitouflée de confort, de chaleur et d'élégance dans un merveilleux plaid d'alpaga beige. Certains aiment se prélasser dans un bain, d'autres s'abîmer dans la création d'un ouvrage, d'autres encore noyer leur fatigue dans un verre de vin. Elle avait perdu l'habitude de se planter devant la TV depuis qu'elle fréquentait les amis du père Brun, les membres de la petite *Académie des Durtaliens*, ayant pris goût à ces lectures du soir, assise dans son canapé, sous le halo flavescent d'une lampe, bercée dans la quiétude des fins de journée par un doux fond de musique. Sur la couverture du gros livre, en lettres vermeilles, s'affichaient deux mots que tout le monde connaît, mais dont peu savent le sens. Deux mots latins qui claquaient sur cet ouvrage comme un vent sur le fanion d'une centurie romaine. Amanda suspendit un instant sa lecture. Les yeux dans l'ombre, elle écouta monter les notes du piano. Grâce au franciscain, elle découvrait des œuvres qui la faisaient sourire ou bien pleurer. Le 2ème mouvement du *Concerto pour piano de Dvorak* lui tirait des larmes, mais sans provoquer aucune tristesse. Des larmes causées par l'émotion d'un trop-plein de *BVB*, selon le vocabulaire personnel du père Brun, qui se plaisait à désigner, par cet acronyme facétieux, les trois piliers de la trinité fameuse antique, célébrée par Dostoïevski : *le Beau, le Vrai, le Bien*.

Une nouvelle fois, elle avait suivi les conseils du libraire de Donville au physique d'ours, avec ses manières *cyclopédiques*, et sa mémoire encyclopédique. Où était l'esprit de la jeune femme à ce moment précis ? Quelque part sur les rives du Tibre, dans les temps tourmentés de l'empereur Néron, assistant en secret à une assemblée nocturne, où se cachaient les membres d'une secte composée, selon les propres termes de sa lecture : *« d'ennemis du genre humain, d'empoisonneurs de fontaines et de puits, d'adorateurs d'une tête d'âne, d'individus qui immolent les enfants et se livrent à la plus ignoble des débauches »*. Leur chef s'appelait Pierre. Il arrivait tout droit de Judée. Dans ce gros livre au titre latin, Amanda avait repéré des personnages rares et attachants, au premier rang desquels Pétrone, l'immortel auteur du *Satiricon*, homme du monde, amoureux des muses, brillant esprit, à la conversation de miel et de rose. Amanda appréciait particulièrement ses manières élégantes et son intelligence des situations, qui ne manquaient pas de rappeler celles du père Brun. La jeune femme leva le nez, l'espace d'un instant pour imaginer le délicieux Pétrone en bure de franciscain, mais la vision lui parut à la fois si burlesque et si décalée qu'elle ne put réprimer un petit rire étouffé, avant de replonger les yeux dans le long récit palpitant qui la dévorait avec passion.

Quo Vadis ? Amanda s'était figuré un roman plutôt bien fait, sorte de péplum sur papier, œuvre assez roborative. Mais non ! dès les premières lignes, elle avait trouvé un chef d'œuvre. Tout lui semblait remarquable, personnages, intrigue, même l'écriture ! Les dialogues, la plupart du temps, composaient un régal ; surtout ceux où intervenait Pétrone, remplis de vivacité, d'esprit, de sagacité. Jamais l'auteur n'ennuyait son lecteur (le premier devoir d'un écrivain, selon les lois de Gargarin). C'était mieux que brillant, c'était génial.

Amanda avait compris pourquoi, dans l'Histoire du livre, cet ouvrage restait l'un des plus vendus. *Quo Vadis ?* appartient à ces œuvres qui élèvent les âmes et purifient les cœurs. D'ailleurs, si vous permettez au narrateur de faire une digression, il vous invitera, pour le cas où vous n'auriez pas encore fréquenté ce monument, à le visiter au plus vite. Enfin, veillez tout de même à terminer auparavant la lecture de cette épisode, sinon vous risqueriez de mélanger les deux intrigues et de voir débouler Gargarin en costume de gladiateur au beau milieu de ces pages, ce qui ne manquerait pas de vous faire rire, je m'en doute bien, mais ne vous aiderait guère à favoriser la compréhension de notre enquête.

- Maman !

Une voix venait de mugir au beau milieu de l'assemblée tandis que Pierre exhortait les fidèles chrétiens.

- Maman !

La voix criait, tandis que tremblait le visage de Pierre, illuminé dans la nuit par des flambeaux, ses yeux vibrants de douceur et d'humilité.

- Maman !

La voix criait toujours, et Pierre leva la main pour bénir les fidèles quand Lisa apparut devant sa mère en pyjama.

Elle ouvrit les bras pour réconforter sa fille qui venait de se réveiller d'un mauvais rêve, se reprochant sottement de n'avoir pas entendu Lisa plus tôt, tout absorbée qu'elle était par sa lecture. Mais l'attrait de *Quo Vadis ?* lui était irrésistible et, une fois Lisa choyée, recouchée, replongée dans ce sommeil si profond que les adultes aimeraient tant retrouver, elle écouta un moment sa petite respiration, franche, nette et forte, signe de vie pure dans cette nuit épaisse, puis se prit mollement à sourire de sa mésaventure.

Lisa faisait un peu plus de cauchemars en ce moment. Était-elle sujette à des angoisses ? Absorbait-elle comme une éponge les tensions qui traversaient sa mère, à cause des disparitions ? Ou était-ce tout bêtement l'histoire qu'elle lui avait racontée avant de dormir ? Amanda évitait de lire des contes trop sombres au moment d'éteindre la lumière pour dormir. Elle préférait que sa fille s'endorme avec de belles images en tête. Le monde était si laid. Pourquoi le rendre encore plus moche dans la tête de Lisa ? La jeune femme se disait qu'en lui inculquant des idées fortes, lumineuses, rassurantes, elle chasserait les pensées négatives. Oui, se répétait-elle, un enfant se construit dans la confiance et la bienveillance. Elle aura tout le temps de découvrir la laideur. Elle méditait cette idée du père Brun, pillée à C.S. Lewis : il est probable que les enfants rencontreront des ennemis cruels ; qu'ils aient au moins entendu parler de braves chevaliers et de courage héroïque, *sinon vous rendez leur destin non pas plus brillant, mais plus sombre.*

Depuis qu'elle connaissait le monde du franciscain, elle avait changé. Le jeune femme se sentait mieux. Plus apaisée. Ses lectures commençaient à la transformer. A prendre le temps de lire des œuvres intelligentes, elle développait un équilibre personnel. Elle réduisait son stress, en favorisant sa relaxation, en aiguisant sa concentration. Ce qui lui permettait de s'accomplir, en renforçant son bien-être psychologique, pour améliorer son travail policier ; et consolider ses qualités d'enquêtrice avec empathie, ouverture d'esprit et créativité. Amanda savait désormais que tout restait possible, même le meilleur. Avant tout, c'était une expérience de liberté intérieure. A l'ombre du moine, elle avait découvert la force de la gentillesse, comprenant que la vraie puissance ne consistait pas à hurler avec les loups, mais à les combattre par le sourire. Les méchants sont des êtres de tristesse. Partout, ils répandent la haine, la déprime, la désolation. Les salauds, les malveillants, les criminels, ne sont ni fascinants, ni courageux. Non, c'est vraiment la gentillesse qui représente le plus grand pouvoir dans ce monde, lorsqu'elle est ce courage du bien, ce désir de bien faire, cette envie de brandir la bonté, contre vents et marées, alors que tout pousserait à ne rien faire.

Amanda s'était souvenue de sa conversation avec Gargarin en fin de journée, quand elle était venue acheter *Quo Vadis* ? Il savait toujours la conseiller avec un grand sens de son métier, pour lui fournir le livre dont elle avait précisément besoin au moment où elle venait chez lui, ne manquant jamais l'occasion de donner envie, une envie puissante, immanente, irrépressible, de revenir avec un camion, pour acheter toute la librairie.

- Il existe une confrérie secrète entre les religieux détectives, entre le père Brun, Guillaume de Baskerville, Father Brown, frère Cadfael, le bénédictin de l'abbaye de Shrewsbury

- Frère Cadfael ? Qui est-ce ?

- Un herboriste réputé.

- Un pharmacien ?

- Ancien croisé, luttant avec Godefroid de Bouillon à la prise d'Antioche, commandant un bateau lorsque le roi de Jérusalem tenait toute la côte de Terre sainte. Ensuite, il a servi contre les pirates barbaresques pendant dix ans, avant d'enfiler la bure.

- Ah, il est mort !

- Nenni ! Son âme vit toujours dans les livres d'Ellis Peters, un des pseudonymes d'Édith Pargeter, qui appartenait à cette belle tradition des romancières britanniques, écrivant dans un style simple, élégant et fort judicieux.

- Un personnage de fiction !

-Après son vrai succès, sa trilogie *Heaven tree* qui préfigure le *Nom de la Rose* d'Umberto Ecco mais aussi *Les piliers de la Terre* de Ken Follet, elle démarre, à 64 ans, une longue série de romans policiers médiévaux. Son personnage, frère Cadfael, est un homme sympathique, portant le vrai nom de baptême du grand saint gallois : Saint Cadog. Ayant acquis une vaste expérience dans le monde des laïcs, vraiment doté d'un fonds inépuisable de tolérance empreinte de résignation à l'égard de l'espèce humaine, ce moine pratique le code d'honneur des gens d'armes, devenu chez lui une seconde nature, au point de ne jamais revenir sur son serment, même s'il est engagé envers quelqu'un, quels que soient ses sentiments.

- Mince alors, je ne connais pas le frère Cadfael !
- Une merveille de lecture, avec des personnages passionnants dans un Moyen-âge haut en couleur et tellement attachant. Cadfael, un herboriste de grand niveau, va résoudre de nombreuses énigmes.
- On peut dire que vous savez vendre vos livres !
- À lire avec une loupe, assis dans un fauteuil de cuir profond, un plaid de laine d'Écosse sur les genoux, muni d'une tasse thé fumante...
- Je veux l'acheter !
- Terminez d'abord *Quo Vadis* ! Je promets de mettre de côté toute la collection des 21 épisodes.

Amanda jeta un œil sur l'ensemble des rayons, admirant le bariolage des couvertures, avec ces titres tous différents. Que sa vie était plus intense depuis qu'elle s'était mise à la lecture ! Elle examina tous ces dos bien sagement rangés comme des sardines entre leurs tranchefiles, envahie d'une curiosité teintée de mélancolie. Combien de trésors dormaient-là, sur ces étagères, alors qu'à l'extérieur tant de gens inquiets s'agitaient pour trouver un peu de joie de vivre et de réconfort ?

- Je suis fascinée par tous ces enquêteurs de légende.
- Dans la littérature policière, on peut recenser généralement deux familles d'enquêteurs, ou si vous préférez, pour m'exprimer dans un langage plus fleuri, le roman policier exige sa propre mythologie. Deux types de *héros-enquêteurs* se confrontent.
- Ah bon, lesquels ?
- Induction ou déduction, ruse ou force, calcul ou destin.
- Mais encore ?
- Encore ? Fantaisie ou rigueur, divagation poétique ou tension nerveuse, pensée créatrice ou pensée labyrinthique.
- Rien que ça !

- Ulysse ou Thésée.
- Expliquez-moi !
- Le détective Ulysse : un artiste de la dérivation. Le détective Thésée : un méthodiste de la concentration.
- Je commence à comprendre.
- Thésée, c'est Holmes, Poireau. Ulysse c'est Father Brown ou Cadfael.
- Dans quelle famille rangez-vous notre père Brun ?
- Dans les deux, mon lieutenant. Notre curé est à la fois Ulysse dans un labyrinthe et Thésée sur un bateau.

Amanda ne put réprimer un sourire.
- C'est tout de même étonnant ces prêtres au milieu de tous ces romans.
- Mais la littérature est remplie de prêtres ! Pour le pire comme pour le meilleur : le père Aubry, l'abbé Gubin, l'abbé Chélan, Claude Frollo, l'abbé Busoni, l'abbé de la Croix-Jugan, le Curé de Cucugnan, l'abbé Mouret, le curé de Torcy, Léon Morin, le recteur de l'île de Sein, et tant d'autres !
- Je ne m'en étais jamais rendu compte.
- Souvenez-vous de l'admirable figure de Mgr Myriel, ce saint évêque qui va laisser à Jean Valjean les chandeliers que celui-ci vient de lui voler.
- Ah, la plus belle scène des *Misérables* !
- Examinez ce *Dictionnaire Sherlock Holmes*, le premier rédigé en langue française.
- D'accord.
- J'ai rencontré son auteur dans un cocktail, organisé au *Musée d'Anatomie pathologique Dupuytren* à Paris, au milieu d'un fatras de squelettes, de moulages de cire et de fœtus dans des bocaux, un lieu culte pour tous les amateurs de bizarreries. J'étais invité par l'éditeur, mais ce qui avait surtout motivé ma présence était la personnalité de l'auteur : *Jean-Lucien Nord*.
- Ah bon et pourquoi ?

- Sur le carton d'invitation, j'avais repéré cette mention incroyable : *moine bénédictin à l'abbaye Saint-Martin de Ligugé, où il tient la bibliothèque.*
- Un vrai moine bénédictin ?
- En chair et en os !
- Mais pourquoi Sherlock Holmes ?
- Notez que c'est l'abbaye où Huysmans s'était retiré en oblat. Je voulais en être !
- Incroyable !
- Je me souviens de cet essaim de curieux vibrionnant autour de sa robe noire pour savoir s'il n'y avait pas chez lui quelque chose du *Nom de la rose* d'Umberto Ecco. *« Quoi*, s'était-il étranglé, *ce bouquin bourré d'invraisemblances ? Un souverain poncif ! »*
- Ah, ah, excellent !
- Un whisky hors d'âge à la main, j'avais discuté avec son ami le colonel Prunier : *« Dans la vie, il est plutôt porté sur les langues anciennes. Il en parle une quinzaine, le latin et le grec, bien sûr, l'araméen, l'hébreu sous toutes ses formes ».* Et après une rasade de ce si délicieux whisky hors d'âge : *« Vous connaissez sans doute ses manuels de sumérien à l'usage des débutants ? »*
- Vous êtes sérieux ?
- Le plus sérieux du monde. Jean-Pierre Maillezais, lui, est le compagnon de battue du moine : ensemble, ils pratiquent la chasse à courre et rédigent des traités cynégétiques sur la période médiévale ou le tir à l'arc en Eurasie. Quelques jours avant, Maillezais avait tué un sanglier avec un épieu de chasse, fabriqué à la mode du XVème siècle. *« C'est l'arme idéale,* me confia-t-il, *bien aiguisé, ça rentre comme dans un gâteau ».*
- C'était un rêve ou un cauchemar ?
- Un autre invité venait de s'approcher : *« Avez-vous lu les recherches de Nord sur les bêtes de l'Apocalypse ? ».*
- Êtes-vous sûr de n'avoir pas été le dindon du dernier canular littéraire ?
- Absolument certain.

- Mais pourquoi Sherlock Holmes ?

- Nord est un savant. Un Mabillon du roman policier, membre de plusieurs sociétés savantes, telle que la *New York Academy of Science*. Sa mère, une artiste, douée pour les langues, le piano, le dessin. Et son père, ingénieur, ne pouvait respirer qu'en présence d'ouvrages anciens. Ah, on peut dire qu'ils formaient une famille française de vieille souche, vivant à Paris, croyant fermement en Dieu et parlant entre soi anglais ou italien, pour le plaisir à l'heure des repas ! Enfant, le futur moine a réalisé un jour que certains humains n'ouvraient jamais un livre. Il s'était demandé de bonne foi : *« Mais qu'est-ce qu'ils peuvent bien faire ? »*. Il se le demande toujours.

- Mais pourquoi Sherlock Holmes ?

- *Ben-Hur* est le dernier film qu'il a vu au cinéma. Il vit en dehors du monde. Il a étudié l'antiquité orientale à l'École des Hautes Études à Paris, ensuite la théologie à Bruxelles, la philosophie à Strasbourg, ou bien l'inverse je ne sais plus. *« En même temps j'avais une interrogation sur l'absolu »* donne-t-il pour toute explication. Un puits de science. Il dévore le savoir comme d'autres avalent des frites. Il a besoin d'apprendre, tout le temps et partout. A 40 ans, pendant une retraite, il décide de se faire moine, sans provoquer de surprise excessive dans son entourage. Frère Jean-Lucien se lève à 5 heures, s'occupe de la bibliothèque de son abbaye, riche de 300 000 volumes, dirige le bulletin de la communauté, participe à des sociétés savantes, prépare des conférences, entre deux messes et deux offices. Certains jours, il a tellement lu que le monde semble disparaître autour de lui malgré les verres épais de ses lunettes. Il lui faut alors marcher sur les pas de Saint Martin, le long du Clain, la rivière qui coule à Ligugé.

- Mais pourquoi Sherlock Holmes ?

- Après les vêpres, chantées à 18 heures, il se remet au travail. *« L'abbé a été assez intelligent, pour laisser les repas du soir en libre-service. J'avale une soupe et j'y retourne »*. De temps en temps, noyée au plus profond de sa recherche, son âme savante franchit les portes de l'extase : « *Quand je parviens, par exemple, à établir de façon précise ce qu'Aliénor d'Aquitaine a fait tel jour à telle heure* ».

- Mais pourquoi Sherlock Holmes ?
- Sherlock Holmes ?
- Oui, Sherlock Holmes !
- Ah Sherlock Holmes, il est tombé dedans quand il était petit !
- A quel âge ?
- Il devait avoir 10 ou 12 ans. En anglais, évidemment. Tout amateur de roman policier court derrière l'intrigue et veut chercher l'assassin. Nord, lui, préfère enquêter sur les mots. A chaque terme inconnu, l'enfant s'arrête, remplit des notes sur des pages, consulte des encyclopédies, vérifie dans des guides d'époque le nom des rues, des gares, des hôtels. Il s'évertue à débrouiller le réel de l'imaginaire. Et comme il transcrit tout dans des cahiers : « *Quand l'idée de ce dictionnaire est venue, j'ai repris mes notes* ».
- On dirait un personnage de roman.
- Quand on lui demande pourquoi il dévore autant de livres, le moine réfléchit. « *Au fond, ce que j'aime le plus dans les livres, ce sont les notes de bas de page* ».
- Inimaginable !
- C'est devenu une référence en *holmésologie*.
- En quoi ?
- L'holmésologie, la science des aventures du héros de Conan Doyle.
- C'est quand même étonnant qu'un moine s'intéresse à cette science !
- En 1911, Ronald Knox donne à l'université d'Oxford une conférence qu'il publie peu après sous les titres *Essai sur la littérature de Sherlock Holmes*. Un acte absolument fondateur. Avec un humour spécifiquement britannique, ce pionner prend le parti de considérer comme

réels tous les récits où apparaît Holmes, les tenant pour véritablement écrits par Watson.

- Quand ils deviennent futiles, les Anglais adorent se montrer incroyablement sérieux.

- Il s'amuse à résoudre plusieurs contradictions entre les récits. Par exemple, dans *L'Aventure de l'homme à la lèvre tordu,* Watson se fait appeler *James* par sa femme, alors qu'il se prénomme *John.*

- *« Tout le monde peut se tromper »,* comme glapit le pauvre médecin parachutiste, tombé du mauvais côté du pont, dans *Le Jour le plus long.*

- Ah, faites attention, Amanda, vous risquez bientôt de vous transformer en vraie *Durtalienne* ! Eh bien, figurez-vous que Ronald Knox, fondateur involontaire des études holmésiennes, va devenir un prélat catholique de grande renommée.

- Encore un ? Mais on est cerné !

- Plus que vous ne croyez !

- Ne me dites pas que c'est un ami de Chesterton ?

- Grand ami, qui n'est pas étranger à sa conversion.

- C'est une conspiration !

- A son tour, le révérend Knox va écrire quelques romans policiers, mais surtout ce prêtre va édicter le fameux *Décalogue de Knox.*

- Un décalogue ?

- Oui, une série de 10 lois rédigées pour codifier les intrigues des nouvelles et romans policiers.

- Quelles sont ces lois ?

- Je suis vraiment désolé, Amanda, l'heure tourne et je dois fermer la librairie. Mais je vous promets de vous les faire lire un jour.

- Vous le promettez ?

- Oui, je vous le promets !

- Et que devient notre bénédictin ? Il s'intéresse toujours à Sherlock ?

- Il reste troublé. Il sent bien que son dictionnaire remue plus d'air que ses grammaires sumériennes. Aussi, ne peut-il s'empêcher de songer à Lewis Carroll, qui demeure, se plaint-il : *« passé à la postérité pour* Alice au pays des Merveilles *et non pour ses traités de mathématiques. Vous ne trouvez pas ça bizarre ? »*

Chapitre 8

Une histoire de cannibalisme

- Je vais vous raconter l'histoire d'un de mes patients.
- Avec plaisir Dr Chilonidès ! notifia le maire, de façon à faire comprendre aux invités qu'il espérait un espace de répit dans cette conversation musculeuse.
- Augusto B. était assis au milieu de l'avion Fairchild F-227, sur le vol 571 de la force aérienne uruguayenne, parmi les autres joueurs de l'équipe des anciens étudiants du lycée *Stella Maris* de Montevideo. Il faisait partie d'une joyeuse bande qui s'envolait vers Santiago en vue de disputer un match de rugby. Certains d'entre eux prenaient l'avion pour la première fois. A bord, on chahutait entre copains, heureux de rigoler, de boire, de chanter. Simplement comblés d'être ensemble. En dépit des mauvaises conditions climatiques, l'itinéraire du vol imposait de franchir la barrière des Andes. L'avion décolla de Carrasco, le 12 octobre 1972, mais le très mauvais temps força l'appareil à faire escale pour la nuit, à Mendoza, en Argentine. Chacun des passagers fit bonne figure, même si on ne repartait que le jour suivant.
- Je pressens un malheur, susurra madame Pépin, tout en posant sur la table ses assiettes à dessert.
- Le lendemain l'avion s'écrase en pleine cordillère des Andes, après une erreur du pilote, le colonel Julio Ferradas, au point précis : 34°45'4''S et 70°17'11''O, à proximité de la frontière entre le Chili et l'Argentine. Un vendredi noir ce 13 octobre 1972 ! Une poignée de passagers survit à l'accident, sans nourriture, sans radio, éloigné du monde sur un glacier, dont la température tombait à - 40°.

Après des semaines de frayeur, abandonnés là-haut dans les immenses froidures neigeuses, seize d'entre eux seront sauvés grâce à l'énergie incroyable de Fernando Parrado et Roberto Canessa, deux rescapés courageux, partis chercher les secours, pendant dix jours de marche et d'escalade à travers les Andes.

- Mon nougat glacé va fondre si personne n'en prend ! geignit Mme Pépin, dont le visage était contrarié.

- Les malheureux sont restés deux mois, isolés du reste de l'humanité, au milieu des glaces, des rochers, sans aucune trace de vie, exposés aux cruautés des solitudes glaciaires. La montagne était pour eux un univers inconnu. En Uruguay, leur pays d'origine, on ne trouve ni neige, ni altitude. Pour aiguiser leur rage de survivre, ces individus se sont retrouvés contraints de faire face à des conditions extrêmes. L'épreuve la plus difficile fut de se nourrir, car l'épave de l'avion n'abritait aucun aliment. Aucun moyen de se réconforter. Aucun espoir de manger. Rien à ingurgiter, pas une miette, par un morceau, à part des corps humains : ceux des autres passagers morts entassés dans l'avion. Enfer ! Discussion impossible à trancher, mais jugement sans appel. Il fallait sauver sa vie.

- C'est épouvantable ! rugit Mme Pépin, les yeux rivés sur son nougat en train de fondre.

- Comment accepter un tel défi ? Comment dévorer des êtres humains ? Par qui on commence ? Un coéquipier ? Un compagnon ? Par quel morceau ? Comment digérer sans vomir ? Un des survivants déclarera par la suite (veuillez-me pardonner mon père) : *« nous nous sommes dit que si le Christ, pendant la dernière cène, avait offert son corps et son sang à ses apôtres, il nous montrait le chemin en nous indiquant que nous devions faire de même : prendre son corps et son sang, incarné dans nos amis morts dans l'accident. Et voilà, ça a été une communion intime pour chacun de nous. C'est ce qui nous a aidés à survivre... »*

- Mon Dieu, quelle horreur ! proféra Mme Pépin qui rongeait son frein devant le plat de nougat délaissé.

- Quand ils révélèrent ce terrible secret, les rescapés des Andes furent accusés de cannibalisme par la presse du monde entier. Les journaux accablèrent les éprouvés, fustigeant les consciences. Devant un si grand tapage, le Pape Paul VI lui-même donna son absolution. Bientôt, chacun tenta d'oublier les acteurs du drame. Et les survivants retournèrent à leur vie quotidienne. Augusto B., pour sa part, s'envola vers l'Europe. Il s'établit d'abord en Espagne, avant de se fixer à Paris, où il a ouvert un restaurant, au nom de son ancien collège uruguayen le *Stella Maris*. Quand je l'ai connu, Augusto souffrait encore de visions et d'affreux cauchemars. C'est alors qu'il m'avoua quelque chose de terrible.

- Pouvez-vous faire circuler le nougat ? Dr Chilonidès, s'il vous plaît, sinon il va se transformer en flaque.

- Dès la première bouchée, il avait été saisi d'un plaisir violent. *Quel goût !* répétait-il. Une forte illumination lui avait ôté le sens commun, folie joyeuse brûlant tout le sang de son corps. Il adorait cette saveur si spéciale de la chair humaine. Il en rêvait la nuit, au point de penser à cuisiner des morceaux de corps humains dans son restaurant. Il était devenu fou…

- Quel est le goût de la chair humaine ? interrogea Mme Pépin sans quitter des yeux son plat de nougat glacé qui commençait à circuler entre les convives.

- J'ai fait des recherches sur la question, rétorqua le Dr Chilonidès tout en se léchant les babines. S'il faut en croire Nando Parrado, l'un des autres survivants de la catastrophe aérienne de la cordillère des Andes, la première bouchée n'avait aucun goût et il ne se souvient pas vraiment des autres, puisqu'il mangeait pour survivre. L'explorateur William Buehler Seabrook, dans les années 1920, est plus précis. Il a étudié les rituels cannibales du peuple Guéré, en Afrique de l'Ouest, et il juge que c'était si proche du veau qu'il serait difficile à un palais ordinaire de distinguer entre les deux, explique-t-il dans son livre *Secrets de la jungle*. De son côté, le tueur cannibale japonais Issei Sagawa, juste après avoir dévoré quelques étudiants d'université en 1981, était parvenu à comparer le goût de ses collègues au meilleur thon, mais sans l'odeur.

- On se demande où ils vont chercher tout ça, signifia le maire, qui ne pouvait masquer son embarras.

- Dans une revue d'archéologie mexicaine, j'avais noté des recettes de cuisine cannibale, vieilles de 2500 ans. J'y avais lu que la viande humaine était bouillie ou grillée avec différents ingrédients comme des piments.

- Une sorte de rougaille saucisse, commenta le maire qui ne savait pas comment détourner la conversation.

- Armin Meiwes, quant à lui, condamné à la prison à vie pour avoir préparé un steak d'ingénieur, à partir d'une victime consentante, a déclaré que la viande était dure, et qu'elle avait un goût de porc, en plus amer, plus fort. Mais le cannibale de Rouen, Nicolas Cocaign, qui avait tué un codétenu pour lui déguster un morceau de poumon, s'était montré enthousiaste : *« Ce qui est terrible, c'est que c'est bon. Ça a le goût de cerf. C'est tendre »*.

- Il faut un bon estomac pour digérer tout ça, observa le maire, son visage de plus en plus désappointé.

- Diego Alvarez Chanca, le fameux médecin de l'expédition de Christophe Colomb, rédige le premier récit ethnographique sur les cannibales du Nouveau Monde. Il écrit à propos des Indiens Caraïbes : *« Ils prétendent que la chair de l'homme est si bonne à manger que rien au monde ne peut lui être comparé »*.

- Et la chair de la femme ? tenta gauchement Pépin-le-Bref, avec un sourire niais en direction de son épouse.

- Avez-vous oublié la réplique d'Anthony Hopkins, dans le *Silence des Agneaux*, quand il joue le rôle du Dr Lecter ? chuchota le Pr Phisbène avec une étincelle de joie inquiétante dans les yeux : *« J'ai été interrogé par un agent du recensement. J'ai dégusté son foie avec des fèves au beurre et un excellent chianti »*.

- J'en ai donc tiré la conclusion suivante, pontifia Chilonidès avec les yeux brillants d'un Diafoirus de comptoir quand il a déniché un bon mot : en matière de chair humaine, comme en matière de musique ou de couleurs, *nous n'avons pas tous le même goût.*

- Je me demande si mon coulis de framboise était bien indiqué pour ce soir ? se plaignit Mme Pépin, avec la mine d'un chien battu.

- Un peu plus, reprit le père Brun en opposant son plus beau sourire aux deux médecins, et je vais vous imaginer dans une soirée de dégustation de chair humaine, masque blanc sur le nez, porte secrète et sous-sol discret, avec des flambeaux éclairant une table où travaille Augusto B. entouré de douze convives. Et là je suppose que vous partagez en silence un repas succulent. Un chant mystique accompagne religieusement vos mastications. Jamais vous n'avez savouré de plat si inspiré. La pénombre, les masques, les costumes, votre mutisme, tout conduit à penser que vous concourez au projet d'un vaste complot, à la réunion d'un groupe d'initiés ou au grand conseil d'une secte puissante. Mais plus qu'à l'excitation des lieux, vous cédez au tumulte intime d'une jubilation inconnue.

- Bravo mon père ! Vous êtes un vrai romancier ! battit des mains Mme Pépin, transportée par les frissons d'un lyrisme barbare.

Le Dr Chilonidès leva des yeux pleins d'aigreur, teintés de malice et de fourberie.

- Mais vous-même, mon père, ne seriez-vous pas un peu cannibale dans vos cérémonies chrétiennes ? Pour quelle raison vous réunissez-vous dans vos églises ? Pour manger le corps et boire le sang du Christ ? Dites-moi si je me trompe !

Le visage de Mme Pépin ressemblait à s'y méprendre à un masque de papier mâché, tordu sous l'action conjugué de la sueur et de la chaleur.

- La doctrine catholique qui reste vraisemblablement la plus déroutante est celle de la *Présence réelle* de Jésus-Christ dans le Saint-Sacrement, riposta le moine, éclairé d'un nouveau sourire qui aurait pu désarmer les cœurs les plus endurcis.

- C'est le moins qu'on puisse dire ! se gargarisa le petit médecin, lèvres pincées.

- Je vais vous surprendre, réagit le franciscain très calmement, mais je veux d'abord inspecter les preuves en détective avant de vous donner le point de vue du prêtre.

- Très intéressant ! acquiesça Mme Pépin qui se sentait soulagée par la figure apaisée du père Brun.

- Oh, le dossier n'est pas nouveau. Les Romains accusaient déjà les chrétiens de cannibalisme. Cette calomnie fut répétée plusieurs fois à travers les siècles.

- Une calomnie ? Diable ! flûta le Dr Chilonidès, avec une voix qui devait sûrement être celle du Serpent au jardin d'Éden.

- Selon les apparences physiques, l'eucharistie ne se fait ni sur un cadavre, ni après un meurtre. Je m'explique. Le rituel pratiqué par les chrétiens se fait à partir de pain et de vin, et personne n'est tué pendant le déroulement de la messe. Le détective est bien obligé de conclure, puisqu'il n'existe ni meurtre ni cadavre, que l'acte de cannibalisme est totalement impossible. Donc l'accusation ne tient pas.

- Bravo ! s'écria Mme Pépin, belle démonstration !

- Examinons maintenant le point de vue du prêtre, si vous me le permettez.

- Nous sommes impatients ! renchérit Mme Pépin, laquelle se réjouissait de voir que son nougat avait fini par disparaître.

- Le point de vue du prêtre est encore plus simple. Selon les mystères de notre Foi catholique, l'eucharistie se fait avec un corps vivant, il est bon de le rappeler.

- Un corps vivant ? blésa de mauvaise grâce le Dr Chilonidès contre les arguments du moine.

- Oui, tout d'abord Jésus-Christ institue le sacrement de son vivant, pendant la Cène, la veille de sa Passion. Ensuite, l'eucharistie célèbre son corps *vivant*, sous les espèces du pain et du vin.

- Admettons que ce soit un corps vivant, selon votre Foi, répondit le Dr Chilonidès ; partons du principe qu'on rejette le cannibalisme. Que faites-vous de l'anthropophagie ? Au sens strict, il s'agit bien de manger la chair d'un corps ?

- Il s'agit précisément de se nourrir de Dieu (qui est la Vie) grâce au corps mystique de Jésus-Christ.

- C'est quand même un corps ?

- Le corps mystique du Christ, ressuscité, glorifié, transfiguré. Allez dire, après ça, que les catholiques n'aiment pas la chair !

- Je n'y avais jamais pensé, avoua Mme Pépin, les yeux rivés sur le plat vidé.

- Dans la plupart des rites cannibales, on mange la chair et on boit le sang des guerriers tombés, dans l'espoir de prendre leur *force vitale* ou bien leur courage, mais aussi de s'accaparer leur esprit pour le détruire.

- Donc, si vous consommez de la chair de votre Dieu, c'est pour prendre sa force vitale !

- Disons plutôt que l'eucharistie nous consomme, puisque la nourriture que nous mangeons s'intègre à nous.

- Ah vous avez réponse à tout ! soupira Mme Pépin, en lançant un regard désolé du côté de son mari.

- Ensuite, rappelons que l'eucharistie est non-violente, à la différence des rituels de cannibalisme.

- Un point pour vous ! souligna Mme Pépin.

- D'un point de vue métaphysique, on peut considérer que les pratiques cannibales sont une parodie perverse, insane et démoniaque de notre Sainte communion.

Il y eut un léger silence, pendant lequel le Dr Chilonidès fronça les sourcils, avant de protester :

- En somme, vous considérez que tout ce qui existe se rapporte à votre religion ?

- Peut-être, dégoisa la femme du maire (ne sachant plus quoi faire pour apaiser la conversation), peut-être qu'en chacun de nous, sommeille un cannibale ?

- Vous connaissez l'essai de Montaigne *Des cannibales,* tenta le maire, qui cherchait à instaurer un climat de dialogue serein et de compromis, manifestement atteint par une brusque crise de centrisme politique. Pour le philosophe, il n'existe rien de barbare ni de sauvage dans le fait de manger son prochain, car chacun appelle barbarie ce qui n'est pas de son usage.

- Avec un tel relativisme, on finit par admettre que les Nazis étaient des gens fort sympathiques, pas plus barbares que sauvages, cultivant simplement d'autres usages, riposta le père Brun, sans se laisser démonter.

- Ah vous êtes un coriace ! geignit le Pr Phisbène.

- *Mais si toutes les cultures se valent, alors le cannibalisme est une question de goût.*

- C'est de mauvais goût !

- Non, c'est de Lévi-Strauss.

Il y eut un nouveau silence, pendant lequel se brouilla le visage du Dr Chilonidès, passablement agacé.

- Je suis bien désolé de vous décevoir, mais partout où elle s'est implantée, l'Église a mis fin aux pratiques de cannibalisme, interjeta le moine qui ne lâchait pas son affaire.

- Vous allez nous chanter le couplet colonialiste des braves missionnaires qui sont partis évangéliser les mauvais sauvages !

- Tenez, l'exemple de Mgr Augouard, surnommé *l'évêque des anthropophages*, est assez frappant. Il arrive en Afrique dans le sillage de Brazza. Peu impressionné par le cannibalisme de ses paroissiens, il fonde une mission, au sein de ce qui va devenir la colonie française du Congo. Peu à peu, à force de patience et de charité, il fait reculer les pratiques cannibales.

- Avec son goupillon ? chuinta Chilonidès non sans un petit bêlement de voix qui semblait provenir d'un incube.

- Ses armes sont bien entendu la prière, reprit le père Brun, avec un petit sourire joyeux, sans oublier un panel de mesures : construction d'école, alphabétisation, création de dispensaires, aménagement de routes commerciales, rachat d'esclaves, lutte contre la polygamie, soutien des expéditions à vocation scientifique.

- Mais, dites-moi si je me trompe, le cannibalisme n'est pas une spécialité africaine ? glana Mme Pépin, sur le ton d'un élève qui révise une leçon.

- Lorsque les Espagnols arrivent en Amérique, ils sont effrayés par les sacrifices humains rituels, mais aussi par la consommation de chair humaine. Les Aztèques pratiquaient la cardiectomie, technique permettant d'extraire, de la cage thoracique du sacrifié, son cœur encore palpitant.

- Quelle horreur !

- On trouve aussi des cas en Asie, notamment dans la Chine de Mao. Dans le Sichuan en 1960, l'écrivain Jung Chang mentionne des meurtres d'enfants dont les assassins vendaient la viande séchée sur les marchés. Et dans son autobiographie, l'ancien garde rouge Wei Jingsheng évoque, depuis son village natal, des cas de cannibalisme. De même, le journaliste Francis Deron, ancien correspondant du Monde à Pékin, évoquait des *bourses aux bébés*.

- C'est épouvantable ! Pauvres enfants !

- Gilles Van Gradorff, écrivain, journaliste, historien, rapporte dans *La cinquième modernisation et autres écrits du* Printemps de Pékin : *« Devant mes yeux, parmi les mauvaises herbes, surgit soudain une scène qui m'avait été rapportée au cours d'un banquet : celle des familles échangeant entre elles leurs enfants pour les manger »*. Puis il ajoute cette phrase qui fait froid dans le dos : *« Je distinguais clairement le visage affligé des parents mâchant la chair des enfants contre lesquels ils avaient troqué les leurs »*.

- Vous considérez que les Européens sont supérieurs au reste du monde, parce qu'ils ne mangent pas de chair humaine ? Quelle indignité ! Vous infusez une dose de racisme latent dans vos propos honteux !

- Allons donc, Dr Chilonidès, soyez sérieux ! Mes propos sont factuels. Je n'ai pas inventé les cas cités. Ensuite, je vous ai précisé que l'Église a mis fin aux pratiques cannibales, la plupart du temps liées à des pratiques rituelles. Relisez *La violence et le sacré*, de René Girard. Les sacrifices humains ont été pratiqués dans toutes les civilisations, chez les Grecs, les Romains et les Celtes.

- Ce qui veut dire que nous descendons tous de cannibales ? s'effraya Mme Pépin en roulant des yeux apeurés vers ses convives.

- Toutes les civilisations ont recherché la domination du corps humain. Toutes, sans exception, seule l'Église a toujours défendu la dignité du corps humain, de la conception à la mort.

A ce moment, on entendit le son d'un bouchon, que le maire avait fait sonner au-dessus d'une bouteille de calva, dans l'espoir de signer un traité de paix.

Le père Brun, ayant noté les efforts prodigués par ses hôtes, entreprit de détendre l'assemblée :
- Ah, un bouchon ! Connaissez-vous la différence entre les pessimistes et optimistes ?

Devant les mines curieuses, il répondit en levant son verre, scintillant d'un bel éclat ambré :
- Bernard Pivot donne la réponse : *« Quand il entend le mot* « bouchon », *le pessimiste pense aussitôt aux autoroutes, l'optimiste à une bonne bouteille de vin »*.

La soirée s'était terminée sous le signe de la détente. Le calva du maire avait permis de déposer les armes. Et chacun des convives avait fait preuve d'aménité.

Au moment de sortir, le père Brun, ayant remercié ses hôtes avec chaleur, avait repris son téléphone. Sur son écran, un texto d'Amanda scintillait, envoyé en fin de soirée :
- Appelez-moi vite SVP !

Chapitre 9

Montjoie Saint Denis

« Je trouve que nous sommes injustes envers les paysages de cette Normandie, où chacun de nous peut aller coucher ce soir. On vante la Suisse ; mais il faut acheter ses montagnes par trois jours d'ennui, les vexations des douanes et les passeports chargés de visas. Tandis que, à peine en Normandie, le regard, fatigué des symétries de Paris, et de ses murs blancs est accueilli par un océan de verdure. ». On sait que Stendhal souffrait du syndrome de Florence, ce magma de troubles psychosomatiques, générant suffocations, vertiges, accélération du rythme cardiaque, et même des hallucinations, chez certains voyageurs exposés à une œuvre d'art, ou à une profusion de chefs d'œuvres, en un même lieu et en un même temps. On comprend mieux sa nécessité de célébrer la douceur des paysages normands au début de *Lamiel*. Ailleurs, il dira en marchant dans la Baie : *« On voit de temps à autre la mer et le Mont-Saint-Michel. Je ne connais rien de comparable en France. Aux yeux des personnes de quarante ans, fatiguées des émotions trop fortes, ce pays-ci doit être plus beau que l'Italie ou la Suisse ».*

Les Antiques, c'est connu, coupaient leur vin, le plus souvent à l'eau de mer. Pline l'Ancien, sorte de Robert Parker du monde romain, nous raconte que cette pratique vient d'un esclave atteint de dipsomanie, une variété de l'alcoolisme qui pousse un malade à ingurgiter des boissons toxiques, pendant des crises intermittentes. Puisant allégrement dans les amphores de son maître, il avait pris l'habitude de remplacer la part dérobée par une portion d'eau salée. De son côté, le maître trouvait son vin meilleur, de jour en jour. Il accepta de gracier le serviteur à la condition qu'il lui donnât sa recette. L'anecdote est peut-être fausse, mais la pratique était courante. Ainsi, dans son traité *Sur l'Agriculture*, Caton fournit aux viticulteurs trop éloignés du rivage moult conseils pour fabriquer de la fausse eau de mer. Les Romains coupaient aussi le vin avec du miel, de la saumure de poisson, de l'ail, et même du plomb. Pline approuve en outre l'ébullition du vin dans des cuves de plomb, procédé qui facilite la conservation et renforce l'arôme, en plus de procurer le saturnisme.

Lorsqu'il fut de passage à Donville-sur-mer pour visiter la collégiale, Stendhal avait été pris d'assaut par une soif d'anthologie. Après qu'il eût épuisé son temps dans l'admiration du célèbre tableau de *Saint Colomban présentant sa règle,* par Pietro di Bobbio, artiste de la Renaissance, guéri par le saint moine, pendant un séjour à Donville, qui avait offert son œuvre en remerciement à la paroisse, nul doute que Stendhal aurait accepté de boire du vin coupé à l'eau de mer, en guise d'expérience archéologique et esthétique, non point dans un crâne de moine, comme aimait le faire Byron, mais dans un verre du *Bar des Sports*, près de la mairie. Il aurait certainement voulu savourer un grand hanap de bourgogne, amoureux qu'il était du *clos-vougeot*, découvert à Lyon, en compagnie de riches négociants, pour déguster une trentaine bouteilles (on ne connaît pas le nombre de convives) dans un *« silence religieux »* ne manquera pas de nous préciser l'auteur de *La Chartreuse ;* lequel ne tarissait pas d'éloges pour le merveilleux clos-vougeot : *« Il faut bien l'avouer, rien ne lui est comparable »*. Hélas pour Henri Beyle, le *Bar des Sports* n'existait pas encore, et il dut se contenter de mourir de soif auprès d'une fontaine, ainsi que le chante si bien Villon dans un poème.

Le *Bar des Sports* était le seul café de Donville, sis sur la place de la mairie. On y croisait tout le monde, chacun selon ses heures. Une petite confrérie d'habitués venait s'y réfugier pour lire le journal, jouer au loto, boire un godet, cueillir les potins du jour, papoter de la pluie et du mauvais temps. Sous ce plafond bienveillant régnait un doux air de liberté, un sentiment de laisser vivre, un pelotin de vie, que l'on trouve encore dans certains cafés de France, au cœur des petites cités rurales, qui demeurent, avec un soin jaloux, à l'abri de la frénésie ambiante. Le midi, on pouvait y avaler un sandwich avec une bière au comptoir, picorer quelques crudités, ou alors se régaler avec ces plats de bistrots qui faisaient la gloire de nos grands-mères, et constituent, encore aujourd'hui, le splendide rameau d'un art de vivre à la française, que Rabelais, Balzac, Dumas, Maupassant Flaubert, Hugo, ou Zola, mais aussi Madame de Staël, George Sand ou Colette, ont tous célébré.

Depuis quelques années, au grand dam des âmes éprises de tranquillité, on avait installé dans les bars, les commerces, les halls de gare, les transports en commun, les salles d'attente, les entrées de musée, les mairies, les salles de sport, bref, dans tous les lieux on l'on vient se confondre dans la rêvasserie d'un moment perdu, on avait disposé des écrans de télévision afin d'asséner les informations en continu aux quelques cerveaux qui échappaient à l'oppression des réseaux sociaux. Et le *Bar des Sports* de Donville ne faisait nulle exception à cette mode envahissante. Impossible désormais de se soustraire au bruit de fond général pour goûter aux joies du silence, à part peut-être dans les églises, encore que beaucoup d'entre elles se plaisent à nous encombrer les oreilles d'une musique enregistrée, qui a pour effet de brouiller la douce quiétude de nos âmes, si jamais la parole de Dieu a décidé de se manifester dans le mutisme de nos cœurs.

Melle Martin terminait ses *œufs mimosa*, tandis que l'intrépide Gargarin croquait dans une *entrecôte frites*, sauce Roquefort, de belle ampleur, avec un appétit non moins saillant que celui du Général de Castries, retour d'Indochine.

Roland Barthes, avait décrypté dans cet appétit solide, non sans aménité, que l'appel du général n'était pas un vulgaire réflexe matérialiste, mais un *« épisode rituel d'approbation de l'ethnie française retrouvée »*. Chaque samedi les tables étaient pleines, et les clients se régalaient dans une joyeuse cohue de voix dont la cacophonie rieuse couvrait à peine le cliquetis des couverts, tandis que se livrait un chœur de combats féroces sur le bord des assiettes. *« On n'habite pas un pays mais on habite une langue. Une patrie c'est ça et rien d'autre »* affirme Cioran. Cependant, à observer le libraire de Donville, qui pouvait douter qu'on habite aussi une assiette de frites ? Parce que (toujours Roland Barthes sur l'appétit du général de Castries) le sémillant sémiologue nous témoigne que le grand soldat connaissait parfaitement notre symbolique nationale. Il savait que la frite était pour toujours le *signe alimentaire de la « francité »*.

Accaparée par les besoins de l'enquête, Amanda avait confié sa fille aux bons soins de Melle Martin et de Gargarin, et la petite fille s'était d'abord promenée avec la jeune organiste, avant de rejoindre la librairie pour lire quelques ouvrages de bandes dessinées. Restée sage pendant toute la matinée, elle commençait à s'agiter sur sa chaise, parce que Melle Martin avait promis de l'emmener, après le déjeuner qui n'en finissait pas, dans la tribune de la collégiale pour lui montrer comment on joue de l'orgue dans une église.

- Oh, le père Brun !
- Où ça ? interrogea Gargarin mastiquant allègrement son entrecôte, avec la satisfaction d'un ours qui vient de voler un pot de confiture.
- Mais là ! rétorqua la jeune Lisa, son petit index pointé en direction de la télévision.

Gargarin avait levé sans hâte des yeux évaporés vers l'écran, avec l'expression indifférente d'un lion qu'on dérange pendant qu'il dévore une carcasse.

- Mais non, ce n'est pas lui, riposta Melle Martin, son petit regard en coin pour guetter l'arrivée de ses *paupiettes de veau à la crème et au vin blanc, petits pois à la Clamart*.
- Si c'est lui ! s'entêta Lisa en sautillant sur sa chaise.
- Ahaha, mais non ! opposa derechef Gargarin qui s'amusait de la méprise, tout en cherchant avec sa langue un filament de bœuf, resté coincé entre deux dents.
- Le père Brun ! Le père Brun ! se mit à tambouriner la petite Lisa, qui comprenait que le libraire commençait à rire de la situation, espérant voir apparaître un sourire sur le visage de Melle Martin. Les enfants possèdent un sixième sens pour savoir s'engouffrer dans les interstices humains, même les plus minuscules, ces sortes d'espaces invisibles permettant d'ajuster la distance nécessaire à la bonne tenue des relations entre adultes.

Le visage d'un homme barbu remplissait tout l'écran de la télévision : un documentaire sur les sports de combat. En examinant de plus près ce visage, on ne reconnaissait pas le père Brun, malgré une ressemblance dans l'allure générale. Les cheveux bruns et courts, la barbe moyenne, un regard de feu, on pouvait dire que l'apparence de ces deux hommes concordait. Cependant, le moine était sûrement le moins jeune des deux. Et puis notre franciscain possédait le visage d'un philosophe grec des temps antiques, tandis que cet autre gaillard affichait la figure d'un hoplite, ces terribles guerriers qui ont fait la gloire de Sparte, semant l'ordre et la force dans les rangs de leurs ennemis, par la puissante discipline de leurs formidables phalanges.
- Non, Lisa, c'est un champion de MMA, trancha Gargarin, auguste et radieux, qui avait visiblement triomphé du fil de viande entre ses dents.
- MMA ? Qu'est-ce que c'est, s'enquit Melle Martin, qui lorgnait toujours avec inquiétude du côté des cuisines.
- *Mixed Martial Arts* : un sport de combat. Un mélange de plusieurs arts martiaux.

- Ah ! fit l'organiste, apparemment moins accaparée par la réponse du libraire que par l'absence de ses paupiettes.

- Mais c'est Benoît Saint Denis, crut bon d'ajouter Gargarin, alors que le nom du champion s'étalait en toutes lettres dans un bandeau en bas de l'écran.

- *Montjoie Saint Denis !* s'écria Lisa en brandissant son bras droit en l'air pour faire tournoyer une épée imaginaire.

- Ahaha, s'esclaffa Gargarin, bien déterminé à faire rire Melle Martin, cette petite est vraiment drôle ! Mais l'esprit de la pauvre organiste était encombré par un plat de paupiettes.

- Montjoie Saint Denis ! Montjoie Saint Denis ! chantait Lisa, qui était descendu de sa chaise, pour tournoyer autour de la table.

- Tiens-toi tranquille, Lisa ! couinait Melle Martin avec toute l'impuissance de sa petite voix, qui commençait à montrer des signes d'agacement. Si tu es sage, ajouta-t-elle, tandis qu'elle fouillait dans son sac, je te paye une sucette !

- Montjoie Saint Denis !
- Ah c'est idiot, je n'ai pas de monnaie.

Monet ? Ce peintre fit la gloire de la Normandie, depuis son jardin de Giverny. A ce moment précis, l'esprit de Gargarin fut traversé par une pensée diabolique. Il venait de se rappeler que Claude Monet commençait invariablement ses journées par une andouillette grillée, arrosée d'un verre de vin blanc, en guise de petit déjeuner. Aussi, chercha-t-il à se convaincre qu'il devait accompagner Melle Martin. Pourquoi la laisser seule avec ses paupiettes, quand elles arriveraient ?

- Savez-vous que le grand Balzac était un fervent adepte de la gastronomie normande ?

- Je ne sais pas ce qu'ils font avec mes paupiettes !

- Il souffrait de fringales terribles quand il n'écrivait pas !

- C'est long aujourd'hui. Il y a du monde. Lisa, viens ici s'il te plaît ! Dépêche-toi !

- Il avalait une centaine d'huîtres en hors-d'œuvre, arrosées par quatre bouteilles de vin blanc, puis commandait le reste du repas : douze côtelettes de pré-salé au naturel, caneton aux navets, paire de perdreaux rôtis, sole normande, sans compter toutes les fantaisies, entremets, fruits, poires de doyenneté, qu'il absorbait par douzaine !

- Vous croyez qu'ils m'ont oubliée ?

- Après quoi, sans prendre le temps de digérer, celui qui se flattait d'être « un coûteux convive » adressait la note à son éditeur.

- Ils m'ont oubliée, ce n'est pas possible !

- Attendez un peu, je vais m'occuper du service, rassura le bon Gargarin qui se leva pour aller dire quelques mots au patron du bar.

Ensuite, revenant s'asseoir avec cette sorte de désinvolture majestueuse qui trahit les gros mangeurs :

- Pour motiver le service, et afin de leur donner envie de cuisiner plus vite, j'ai commandé une andouillette grillée !

Une fois les plats servis, elle s'était détendue. Melle Martin se tenait immobile, entre deux bouchées, à regarder Gargarin se bagarrer avec son andouillette, dans une attitude réservée qui aurait pu passer pour de la curiosité, si son visage, muni d'une paire de lunettes et d'un joli petit menton en pointe douce, n'avait été la plupart du temps dénué de toute expression.

- Tout de même, ce n'est pas chrétien cette violence !

- Pas chrétien ? Mais Saint Denis est catholique comme vous et moi. Il ne cache pas sa foi. Sur son torse, il s'est fait tatoué la croix de Templiers, et un portrait de Jeanne d'Arc dans son dos !

- D'abord, j'ai horreur des tatouages, fit Melle Martin avec la moue d'une grenouille qui boirait du vinaigre, et puis je ne supporte pas la violence.

- Mais ce n'est pas de la violence. C'est du sport ! Dans les arts martiaux, on aime dominer la brutalité, on canalise la férocité, on discipline la bestialité.

- Art martial ? Mars était le dieu de la guerre, et non pas l'ami de la Paix !

- Les Pères de l'Église, lesquels vivaient dans l'Antiquité, ont souvent pris l'image du lutteur pour nous montrer que la vie est un combat. Connaissez-vous l'origine du mot *ascèse,* cette volonté de discipliner le corps et l'esprit pour chercher à tendre vers une certaine perfection ? Il vient du grec ancien ἄσκησις (askêsis) qui veut dire « exercice, entraînement ».

La jeune organiste piquait du nez sur son plat de paupiettes.

- Saint Basile le Grand exhorte chacun de nous à se livrer à des exercices préparatoires pour le combat, en prenant exemple sur des lutteurs célèbres dans le monde antique, tels que Polydamas ou Milon. Nul doute que Saint Basile aurait cité Benoît Saint Denis, s'il avait vécu en son temps.

- En tout cas, je n'imagine pas le père Brun avec un tatouage de Templiers sur le torse.

Alexandre Dumas aimait appeler le vin : *la partie intellectuelle du repas.* Collette y voyait le seul moyen de ressusciter l'art français de la conversation. Pour Hemingway *le vin est une des matières les plus civilisées du monde, une des choses matérielles qui ont été poussées au plus haut degré de perfection.* Selon Pirotte, l'immortel auteur des *Contes bleus du vin,* c'est *le refuge ultime de la délicatesse et, disons le mot, de la civilisation.* Quant à Claudel, il juge que la vigne est *signe mystérieux de notre salut,* car c'est Dieu *qui a inventé de faire tenir ensemble dans un verre et la chaleur du soleil, et la couleur de la rose, et le goût du sang, et la tentation de l'eau qui est propre à être bue !*

Ce n'était pourtant pas le vin que Melle Marin avait bu avec une modération de bon aloi, ni l'évocation de Sainte Jeanne d'Arc qui lui avait fait entendre cette interjection locutoire. Mais une voix avait résonné après l'allusion de la

jeune femme au tatouage de Templier et au torse du père Brun, une voix qui n'était pas celle de Lisa, ni celle de Gargarin.
- Il en serait bien capable !

Derrière eux, un homme, un drôle de paroissien, affublé d'une paire d'oreilles en choux-fleurs, regard sombre et mauvais, les fixait des yeux. Il émanait de sa physionomie quelque chose d'étrange, une sorte de radiation dissipant une énergie obscure, avec une forte amplitude, suffisamment importante pour provoquer les signes d'un comportement non linéaire et d'une singularité rare, ainsi que ces déferlements de vagues sur le rivage, qui se raidissent avant de refluer, dans une sorte de compression située à la frontière des mondes visible et invisible.

Gargarin avait terminé de se battre avec sa belle andouillette et il se tourna vers l'inconnu pour lui demander :
- Vous le connaissez bien ?
Le curieux personnage aux oreilles de choux parut indifférent devant les autres clients, et grommela des grappes de mots sur un ton mécanique, comme ces moines en robe de safran qui répètent des mantras sans tenir compte de leur entourage :
- Capable... Oui capable... Escroc... Bandit...

Il est évidemment très impoli de jeter du bon vin. Dans *Les Possédés,* un jeune homme décide de se suicider dans un hôtel après avoir dilapidé au jeu les 400 roubles que ses malheureux parents lui avaient confiés. Avant de se tuer, il fait monter un *château-d'yquem*, et ne boit que la moitié de la bouteille. Les hôteliers, sans égards pour le cadavre qui gît à leurs pieds, choisissent de finir le vin, ce que Dostoïevski semble condamner. Un *château-d'yquem* permet-il une telle entorse à la dignité humaine ? Il va de soi que l'impolitesse est un manquement grave aux règles de la bienséance. Et la manière dont se comportait l'inconnu aux oreilles de choux-

fleurs relevait d'une attitude désagréable qui dépassait la notion même d'impolitesse.
- Escroc... Salaud... Balance...

Tandis que l'inconnu poursuivait son étrange litanie sur un ton macabre, Gargarin regardait Melle Martin. Un fol éclair d'indignation agitait ses yeux. Son petit visage tout chiffonné, exprimait la noirceur d'une colère rentrée. Un curieux dilemme s'était emparé de l'esprit du libraire. Devait-il attraper au col ce ténébreux, afin de lui faire entendre raison, venger l'honneur du moine et apaiser la fureur de Melle Martin, au risque de susciter un incident dont personne ne pouvait prévoir l'issue ? Ou était-il plus sage d'ignorer ce marginal qui semblait se tenir comme un goujat, et dont la mine de cafard ne valait pas le tiers de la valeur d'un kopeck ? Ce qui dérangeait le plus Gargarin, dans ce tourbillon de réflexions, c'était seulement la peur de passer pour un couard aux yeux de la jeune organiste. Pour une fois, il possédait une belle occasion d'entrer en lice et de lui prouver sa force et son courage.

Mais avant d'avoir pu tenter le moindre geste, Lisa avait posé une question :
- Pourquoi il dit ça le monsieur ?
- Parce qu'il a une petite araignée au plafond.
- Non, une grosse araignée, avait lancé la petite fille en fixant l'inconnu droit dans les yeux, en plus il est moche et il raconte que des bêtises !

Gargarin avait lâché un grand rire qui avait eu pour effet de figer tout le monde dans une sorte de suspension interdite.

L'inconnu aux belles oreilles de choux-fleurs mit un terme à sa litanie pour se dresser soudain comme un coucou déchu d'une horloge ; puis, sans un regard pour le reste de la salle, il était sorti d'un pas lourd et maladroit.

- *Che coglione !* s'exclama le libraire, employant le mot de Bonaparte, sous le balcon des Tuileries, quand il vit Louis XVI coiffé du bonnet phrygien.

Gargarin chassait un reflux de pensées qui lui intimaient de suivre le malotru, parce qu'il n'avait aucune envie de bouger de sa chaise, et qu'il n'entrevoyait aucun bénéfice à traquer un anonyme dans les rues de Donville. Alors, d'un geste fougueux, comme s'il avait jeté le pan de sa cape sur une épaule, il attrapa la carte des menus, avant d'envoyer sur le ton royal d'un grand-duc qui offre sa tournée au bar d'un palace :
- Et maintenant, les desserts ! Que prenez-vous ?

Chapitre 10

Le port d'Honfleur

L'hystérologie est une figure de rhétorique désignant une discontinuité dans le temps. Le terme latin *hysterologia*, du grec ὑστερολογία signifie « interversion de l'ordre naturel des idées ». Le renversement dans une disposition contraire à la chronologie ou bien à la logique. Un arrangement dans le discours fait placer la circonstance avant, quand elle devrait se trouver après. Virgile nous gratifie d'une belle hystérologie en disant *laissez-nous mourir et nous précipiter au milieu des ennemis*. Parce que l'hystérologie répond d'une hystérie élémentaire, régulière, fondamentale pour tout sujet parlant. Nous sommes constitués dans le dérèglement hystérologique, nous installant dans une hystérie du *logos*. Nous repoussons toutes les horreurs de l'absence avec une énergie phobique remarquable. Comme l'enquêteur, nous voulons échanger la certitude de notre présence, sur une base paranoïaque. Nous voulons savoir, jusqu'à la frénésie. Nous assaillons la forteresse du logos, lancés dans la langue, tels des bolides obsessionnels à la recherche du mot qui nous manque depuis le début et, dès que nous voulons vraiment jouir de notre droit à parler, nous sommes dans la position du pervers de coincer l'Autre. Le langage est la véritable matrice de toute enquête policière.

La rencontre entre Boudin et Baudelaire demeure un éblouissement pour le poète. Un sujet d'étonnement pour le peintre. Il écrira vers la fin de sa vie : *« J'habitais mon pavillon « ensorcelé » des trente-six marches... J'ai eu pour visiteurs bien des morts illustres… J'y régalais Baudelaire de la vue de mes ciels au pastel ».* Le poète se grisait des contemplations de la baie de Seine, des intimes causeries et du bon cidre normand. Boudin écrira bien plus tard : « *Un matin que Courbet et moi flânions sur le port, nous eûmes la surprise de rencontrer le poète Baudelaire, quand nous le croyions occupé à cultiver ses* Fleurs du Mal *dans un hôtel de la rue Mazarine ».* On imagine la conversation des trois artistes. « *Baudelaire nous explique qu'il était en villégiature forcée chez sa mère, la générale Aupick, qui possédait une maison de campagne aux environs de la ville* (Ces artistes-là soignaient une véritable éducation d'hommes du monde). *Et il ajouta : « Je vous emmène dîner et je vous présente à elle ». Nous étions fort embarrassés, car nous n'avions pas apporté de toilettes ; nos vareuses de voyage étaient mêmes dans un état pittoresque peut-être, en tout cas, déplorable ».* Pour Baudelaire, l'amitié précède le protocole : « *Mais notre ami insista sur un ton presque impérieux. Je vois encore mon ami Courbet plié en deux pour offrir le bras à la maîtresse de maison qui était de petite taille ».* L'ami Courbet plié en deux. Notez la plaisanterie. Et l'on termine par une note élégante aux accents baudelairiens, de plus en plus revendiqués : « *Le dîner, très luxueusement servi, fut charmant de tout point. Nous prîmes le café sous une véranda remplie de plantes rares, de laquelle on pouvait voir tous les astres se lever ou se coucher dans les flots ».*

Baudelaire connaissait déjà Courbet, rencontré (comme dans une nouvelle d'Edgar Poe) au café de la Rotonde, tout au bout de la rue Hautefeuille dans laquelle il était né. Les deux artistes sont présentés par l'intermédiaire de Charles Toubin, professeur, linguiste, littérateur, archéologue. Rencontrer un peintre dans la rue de sa propre naissance, en plein contexte d'exaltations intellectuelles et politiques, c'était plus qu'il n'en fallait à un poète pour s'enthousiasmer. La rencontre avec Courbet permet à Baudelaire de soutenir un nouveau peintre, et d'offrir un beau parallèle avec l'incontournable Ingres. Courbet partage à plusieurs reprises son atelier avec le jeune écrivain, dont la situation financière est souvent calamiteuse. C'est dire si le poète est heureux de retrouver son ami en Normandie, en compagnie d'un autre peintre.

« J'ai, je vous le répète, la très ferme résolution d'aller m'installer à Honfleur » écrira Baudelaire à Poulet-Malassis, son éditeur, autour du 10 décembre 1858. Une autre lettre suit en février 1859 : *« Il me tarde sincèrement d'être en dehors de cette maudite ville où j'ai tant souffert et où j'ai perdu tant de temps. Qui sait si mon esprit ne rajeunira pas là-bas, dans le repos et le bonheur ».* Avant de s'installer à Honfleur, le poète avait fait un saut en octobre, pour découvrir les lieux : *« Je suis allé voir le local. Il est perché au-dessus de la mer, et le jardin lui-même est un petit décor ».* Et il ajoute, tel un enfant au matin de Noël : *« Tout cela est fait pour l'étonnement des yeux. C'est ce qu'il me faut. La maison n'est pas dans une rue, elle est dans une situation isolée ».* Mais l'ennui, la tristesse et la grisaille de l'hiver normand auront raison des ardeurs du poète.

Dans les années qui suivront, Baudelaire ne fait plus que de courts séjours à Honfleur. Toutefois le village reste dans son esprit, malgré les souvenirs de grisaille, comme un refuge et un havre. *« A Honfleur ! Le plus tôt possible, avant de tomber plus bas »* écrit le poète après une première alerte médicale, puis quelques jours avant d'être assommé par cette attaque qui le rendra hémiplégique et aphasique pour les derniers mois de sa vie, il redit à sa mère : *« Mon installation à Honfleur a toujours été le plus cher de mes rêves »* illustrant cette idée qu'il dépeint dans un poème en prose du *Spleen de Paris* : *« Un port est un séjour charmant pour une âme fatiguée des luttes de la vie ».* On songe ensuite aux ciels de Normandie : *« L'ampleur du ciel, l'architecture mobile des nuages, les colorations changeantes de la mer, sont un prisme merveilleusement propre à amuser les yeux sans jamais les lasser ».* Et aux bateaux qui sculptent les côtes depuis la nuit des temps. *« Les formes élancées des navires, au gréement compliqué, auxquels la houle imprime des oscillations harmonieuses, servent à entretenir dans l'âme le goût du rythme et de la beauté ».*

Mais jusque dans sa physionomie, le poète est remuant. *« Je ne sais plus,* disait le peintre Courbet, *comment aboutir au portrait de Baudelaire ; tous les jours il change de figure ».* Les relations entre eux vont se distendre, notamment pour des raisons de divergence picturales. Courbet ironise dans une lettre à Max Buchon, en 1856 : *« Quant à Baudelaire, je n'ai pas encore lu ses traductions ni sa préface, il y avait en effet quelques analogies dans nos natures quant à la manière d'envisager certaines choses, la métaphysique, par exemple. Maintenant je ne sais pas ce qu'il en reste car il y a longtemps que je ne le vois plus ».* Ils sauvegardent toutefois une estime mutuelle. Baudelaire écrira quelques années après : *« Il faut rendre à Courbet cette justice, qu'il n'a pas peu contribué à rétablir le goût de la simplicité et de la franchise, et l'amour désintéressé, absolu de la peinture ».*

Sa mère lui a réservé deux pièces mansardées, chambre et bureau donnant sur le port. *« Ici, dans le repos, ma faconde est revenue. Vous voyez que la muse de la mer me convient »*, écrit-il à ses amis Sainte-Beuve et Calonne. Mais Baudelaire ne se sent pas libre à Honfleur, il sait que le voisin de sa mère, Emon, le surveille, et il se heurte à une réprobation muette, car sa réputation l'a précédé, bien qu'il se comporte calmement, même s'il reste continuellement inquiet à chercher de l'opium, en vue de calmer ses vives douleurs d'estomac liées à la syphilis, et dont il est devenu dépendant. Mais toujours ce goût pour les ciels de Boudin : *« Tous ces nuages aux formes fantastiques et lumineuses, ces ténèbres chaotiques, ces immensités vertes et roses suspendues et ajoutées les unes aux autres, ces fournaises béantes, ces firmaments de satin noir ou violet, fripé, roulé ou déchiré, ces horizons en deuil ou ruisselants de métal fondu, toutes ces profondeurs, toutes ces splendeurs me montèrent au cerveau comme une boisson capiteuse ou comme l'éloquence de l'opium ».*

La vie de Boudin se déroule autour de l'estuaire. Du côté du Havre, tout d'abord, vers Honfleur ensuite. Il va se lier avec des peintres de la région. Millet dira de lui *« par le seul exemple de cet artiste épris de son art et de son indépendance, j'avais saisi ce que pouvait être la peinture ».* Boudin passe des soirées mémorables avec ses amis, les esprits s'échauffent, tournent, la raison vacille. Il a un don pour l'amitié. Il travaille mieux entouré de ses amis. Fils de marin, il aime l'atmosphère maritime mais il redoute la solitude. Baudelaire est attiré par le monde de Boudin, l'amitié, la peinture, la mer, les nuages, les ciels changeants, les pastels, l'art, l'indépendance, que lui faut-il d'autre ?

Boudin installe Courbet et son ami Schanne dans une ferme rustique, à mi-côté de la falaise, l'auberge de la Mère Toutain : *« une vraie ferme je vous l'atteste, et dans la plus ravissante situation du monde. Une haie à hauteur d'homme en protège les abords. On entre dans une cour normande : pommiers d'ici, pommiers de là, avec Manon, une ânesse noire, et Toinette, une vache gazelle. Quelques tables rivées au sol sont semées avec une profusion qui devient de la parcimonie aux beaux jours d'été, quand les pêcheurs accourent pour vider de pétillants pichets de cidre ».* On chante, on crie, on tapage jusque tard dans la nuit, le verre à la main. Au milieu de cette joyeuse société, Boudin continue à peindre ce qu'il y a de plus inconstant, de plus insalissable, le ciel et la mer, dans toutes leurs forces et leurs couleurs, couvrant ses toiles de vagues, de nuages et de voiliers, illustrant si bien cette parole de Saint Ephrem le Syriaque : *« Si vous donnez toute votre vie à la terre, la terre vous donnera un tombeau. Mais si vous donnez toute votre vie au ciel, le ciel vous donnera un royaume ».*

Vigor Bassan, dit *le Fou*, était un marin avisé, qui tenait mieux son pied sur mer que dans les bars d'Honfleur. Fort et vigoureux, ses parents lui donnèrent le prénom de Saint Vigor, l'évêque de Bayeux qui avait vaincu le dragon sur les terres du seigneur Volusien, en amadouant le monstre, avant d'attacher à son cou une étole de laine, symbolisant la domination sur un mal que les païens ne pouvaient pas détruire. Fuyant devant les Vikings, Avicien de Bayeux avait emporté les ossements du saint, si bien qu'aujourd'hui le corps de saint Vigor se trouve aux quatre coins, éparpillé par petits bouts, façon puzzle, une omoplate au prieuré de Saint Vigor, une côte à Conlie, un tibia à Bayeux, d'autres morceaux ailleurs, dynamités, dispersés, ventilés, jusqu'à la résurrection de la chair, quand les morts se lèveront pour retrouver leur intégrité, dans la lumière des corps glorieux, incorruptibles, subtils, immortels, affranchis de toute possibilité de souffrir, étincelants, transparents, parfaitement libres, épousant toutes les caractéristiques réservés aux esprits.

En douze ans de pêche, Vigor n'avait jamais manqué un départ. Mais ce matin-là, il n'était pas venu au quai. Avait-il la tête trop lourde ? Il adorait les pommes au point de les pinter, les écluser, les engloutir dans le cidre et le calva. Le brave Vigor n'avait jamais lu Baudelaire, parce qu'il n'ouvrait jamais un livre. Sa poésie à lui, c'étaient le vent qui balayait le pont, les embruns qui fouettaient le visage, la houle qui faisait rouler le bateau, les oiseaux qui hurlaient dans le ciel, le sel qui piquait les yeux, les poissons bleutés d'argent qui dansaient dans les filets. Mais il connaissait un vers du poète, un seul, et pour ce vers il aurait vendu son âme au dragon de Volusien pour garder toute l'ivresse de sa liberté. Un homme qui avait écrit un si beau vers ne pouvait pas être mauvais et tant pis si, au port, on racontait qu'il se droguait à l'opium. Non, cet homme ne pouvait pas être mauvais. Et pour célébrer sa mémoire, Vigor s'était fait tatoué son joli vers, en rosace sur le cœur : *« Homme libre, toujours tu chériras la mer »*.

Henri Vilardouin, dit *Riton*, était patron de pêche depuis bientôt 15 ans sur le *Saint Wandrille*. Comme tous les marins, il était superstitieux. Ni bon catholique, ni mauvais chrétien, il ne mettait les pieds à l'église qu'à Noël et à Pâques, et de temps en temps, pendant les tempêtes d'équinoxe, pour poser un cierge à la sainte de Lisieux, qui les protégeait, lui, ses hommes et son bateau. En 15 ans de pêche, son chalutier n'avait jamais connu un naufrage, ni une avarie. Il l'avait fait bénir par le curé de Donville-sur-mer, ce franciscain dont on disait tant de bien par ici, heureux de vivre de sa pêche, ainsi que les premiers apôtres qui avaient suivi le Christ, Simon et André, simples pêcheurs du Lac de Tibériade, persuadé que son métier, s'il le menait en mer aujourd'hui, ne manquerait pas un jour de le conduire au ciel.

Jamais il ne s'inquiétait pour son Vigor, son fidèle second, même dans le vent de ce petit matin frais où il ne s'était pas présenté au quai, injoignable, sans un signe de vie.

- On n'attend pas *le Fou* ? avait demandé Nicolas l'un des deux matelots qui composaient l'équipage.

- C'est la marée qui commande, brailla Riton, agacé par la question de Nicolas autant que par l'absence de Vigor. Riton n'avait peut-être pas toutes ses dents, mais il avait encore toute sa tête. Il était temps d'appareiller. Vigor devait cuver dans son lit. Depuis quelque temps, le grand gaillard ne lésinait pas sur le calva. Le capitaine se promit de le sermonner à son retour, et prit le chemin de la baie de Seine, en attrapant le micro de sa radio marine pour discuter avec la capitainerie du port :

- Si tu vois *le Fou*, dis-lui qu'il a raté la marée. On est parti sans lui !

Mais le soir, au retour, sur le quai de la Quarantaine, pas de nouvelles de Vigor. Personne ne l'avait vu de la journée. Une fois la pêche débarquée, Riton avait fait le grand tour des troquets du port. On avait vu *le Fou*, la veille, au *bar de la Goélette*, mais il avait quitté les lieux vers 19 heures, dans un état normal, pour se coucher de bonne heure. Où était-il donc passé ? Chez lui, pas de réponse. Riton avait prévenu la police. On était venu ouvrir sa porte : personne. Tout était en place. Le lit n'était même pas défait. Alors quoi ? Il avait disparu après son dernier verre à *la Goélette* ? Était-il tombé en mer, après une bordée sur le quai ? S'était-il jeté à l'eau ? Devant toutes ces questions, Riton répondait que c'était impossible. *Le Fou* se tenait comme un roi sur le bateau, jamais il n'aurait glissé d'un quai. C'était un vrai costaud, un dur au mal, un besogneux, un teigneux. Il n'avait pas l'âme d'un dépressif. Ce Viking solide, ce vrai guerrier de la mer, avec ses larges épaules, ses cheveux jaunes teintés d'ambre, affrontait la vie comme une force sauvage.

En quittant le dîner du maire, avec le texto sur son téléphone, le père Brun avait appelé aussitôt :
- Amanda, que se passe-t-il ? Il est presque minuit !
- Ah merci d'appeler ! Je suis désespérée. Nous avons une autre disparition. Un marin, à Honfleur !
- Un marin ? Cette fois c'est un homme.
- Oui, notre hypothèse sur un tueur de femmes ne tient plus. Je suis découragée.
- Calmez-vous, Amanda, il est tard, nous y verrons plus clair demain.
- J'ai du mal à dormir avec tous ces disparus.
- Ce n'est peut-être pas la même affaire ?
- Une disparition aussi mystérieuse que les deux autres.
- Je comprends, mais nous ne pourrons pas résoudre ces mystères si nous ne dormons plus et que nous sommes à bout de forces !
- Je n'arrête pas d'y penser.
- Le premier devoir d'un policier, c'est d'être en forme pour assurer son service !
- Facile à dire !
- Saint Paul dit que nous devons agir comme des soldats au service du Christ.

- Mais le combat est rude.
- Dormir, c'est le plus doux des combats !
- Comment faites-vous pour avoir toujours cette fougue de vivre, cette de rage de sourire, cette envie de lutter ?
- C'est très simple : « *Crois et tu comprendras ; la foi précède, l'intelligence suit !* »
- C'est de vous ?
- Non, de Saint Augustin.

Le lendemain, le moine était venu jusqu'au bureau de la jeune policière, en vue d'étudier les éléments sur la disparition du marin pêcheur. Mais la police n'avait rien de plus en sa possession. Pour l'exprimer en d'autres termes, Vigor s'était volatilisé ; et comme à chaque fois, son téléphone s'était arrêté de borner.

- C'est tout de même étrange ces trois disparitions !
- Et si (c'est juste une hypothèse) les trois disparus avaient tout simplement choisi de s'évanouir dans la nature ?
- Quoi ? Ce seraient des disparitions volontaires ?
- Amanda, je ne pense rien. Je pose une question. Combien de disparition chaque année en France ?
- On parle de 70 000 personnes, dont 45 000 mineurs.
- Tant que ça ?
- Oui, la plupart sont retrouvés.
- Chaque année ?
- Oui.
- C'est beaucoup.
- Pour une année, on estime entre 4000 et 5000 personnes disparaissant volontairement.
- Incroyable !
- Dans ce cas, ce sont des décisions réfléchies. Des gens qui veulent absolument partir à la suite d'une rupture ou d'un différend familial, d'un gain financier, parfois d'un héritage.
- Et où vont-ils ?
- La plupart du temps, ils partent à l'étranger.
- C'est plus compliqué de suivre leur piste.

- Certains sont très organisés. Ils ont prévu leur nouvelle vie, avec une autre identité, des faux papiers.
- Comme de vrais agents secrets.
- Consécutivement à une crise existentielle, d'autres s'évanouissent dans la nature, sans trouver leur place dans le monde actuel. Un épais malaise s'installe. Petit à petit, des difficultés à vivre en société surgissent.
- Des marginaux.
- En quelque sorte, une vision noire du monde en vient à leur peser. Ils ne voient pas d'issue à leur situation, à part une décision très radicale.
- On peut les comprendre, dans un certain sens.
- Ils décident alors de fuir et planifient leur *évasion*.
- Icare et ses ailes de cire.
- Dans leur esprit c'est à la fois tragique, immature et enchanté, avec l'idée romanesque de vivre en aventurier.
- C'est terrible pour les familles !
- Elles restent otages du silence. Tant que le corps n'est pas retrouvé, la disparition ne permet pas de faire le deuil.
- C'est évident. Un drame de nature métaphysique. Le besoin de savoir et de comprendre.

Amanda présentait le visage des mauvais jours. Autant que les familles, et peut-être même plus, allez savoir, elle avait nécessité de comprendre. Elle voulait savoir. Chaque enquête la projetait dans un état douloureux, lui tenaillant les entrailles. Mais celle-ci l'étranglait d'une autre manière. Elle ne pouvait pas expliquer pourquoi, mais quelque chose l'oppressait, ainsi qu'un poids sur le cœur, l'intuition que ces drames cachaient la pénombre d'un autre danger, une sorte de menace qu'elle était incapable d'identifier. De toute sa carrière, elle n'avait jamais connu trois disparitions aussi rapprochées, avec des profils qui n'avaient rien en commun. Non, toute cette histoire ne lui disait rien qui valût. La précognition de ce risque indécelable, obscur, angoissant la renforçait dans son désir de faire toute la lumière.

- Vous oubliez la tentative d'enlèvement du bébé !

- Oui, vous avez raison Amanda, un élément de nature à faire pencher nos analyses du côté de la thèse des enlèvements.
- Volontaires ou non, il faut retrouver ces disparus !
- Bien sûr, c'est un devoir de vérité.
- S'ils sont partis voyager, on finira par le savoir.
- *Le monde est un livre et ceux qui ne voyagent pas n'en lisent qu'une page.*
- Encore Saint Augustin ? demanda la policière,
- Bravo Amanda ! vous êtes une vraie *Durtalienne* !

Chapitre 11

L'alchimiste

Là, tout n'est qu'ordre et beauté,
Luxe, calme et volupté.

Ses deux vers les plus célèbres sont écrits à Honfleur, où il ne reste rien du passage de Charles Baudelaire. Rue Alphonse Allais, la *maison Joujou* n'existe plus. Achetée en 1855 par son beau-père, le général Aupick, la bâtisse a changé plusieurs fois de mains. Elle a même été louée à Alphonse Allais. Détruite en 1903 pour agrandir un hôpital, on y appose une plaque en 1930 *« Ici s'élevait* le *pavillon de Baudelaire »*. Elle va disparaître définitivement avec la fermeture de l'établissement en 1977. Dans son livre, publié en 1917, Jean Aubry écrit ces mots : *« Bâtie sur un contrefort de la Côte de Grâce, la petite villa était enfouie dans la verdure. La maison n'avait qu'un étage mansardé, un rez-de-chaussée un peu surélevé et une cuisine en sous-sol »*.

Les semaines que passa le poète sur la Côte de Grâce, en 1859, correspondent à une période d'une exceptionnelle fécondité créatrice. Baudelaire possède tous les atouts ainsi que l'atmosphère pour écrire *L'invitation au voyage.* Là, tout n'est qu'ordre et beauté, luxe, calme et volupté : *« L'estuaire aux ciels pâles lui traverse l'âme comme des courants glacés. Féerie du paysage dans la vase du quotidien »*. Est-ce le ciel gris d'hiver ou les ciels bleu pastel du printemps ? Est-ce la prison de pluie ou la véranda aux plantes rares ? Baudelaire serait-il ce grand poète sans son passage en Normandie ? A

Narcisse Ancelle, il écrit en 1864 : *« L'hiver est venu brusquement ici, on ne voit pas le feu, puisque le feu est dans un poêle. Je travaille en bâillant, quand je travaille. Jugez ce que j'endure, moi qui trouve Le Havre un port noir et américain, moi qui ai commencé à faire connaissance avec l'eau et le ciel à Bordeaux, à Bourbon, à Maurice, à Calcutta ».*

Chez Baudelaire, toujours la vie et l'œuvre se mêlent. Des textes sont écrits dans une petite chambre mansardée qui donnait sur la mer. D'autres sont inspirés par la contemplation du port et de l'estuaire. Sur le quai, le poète croise souvent son voisin de la rue de l'Homme-de-bois, le peintre Boudin avec son ami Gustave Courbet. Même s'il leur parle d'un « séjour forcé », le génie de Baudelaire se déploie, comme les ailes d'un géant, dans les rues d'Honfleur. Écrit 18 ans plus tôt, il ressort son poème *L'Albatros* des tiroirs pour le retravailler. Il reste fasciné par *« ces prodigieuses magies de l'air et de l'eau »* qui hantent l'œuvre d'Eugène Boudin. Paris lui manque. Il a peur de tomber dans l'oubli en Normandie. Il se sent seul. Il a froid. La ville ne lui rend pas l'amour qu'il lui porte. Il est peu connu du grand public, seulement de quelques cercles à vocation littéraire ou artistique. Sa vie excentrique, son besoin d'opium, le font mépriser par la population. Les Honfleurais ont l'habitude d'affubler chacun d'un surnom. Pour lui, ce sera un quolibet terrible : le *fait-nul-bien*. Face à la bêtise des bien-pensants, le poète répond par son génie : *« Il faut être toujours ivre, tout est là ; c'est l'unique question. Pour ne pas sentir l'horrible fardeau du temps qui brise vos épaules et vous penche vers la terre, il faut vous enivrer sans trêve ».*

Sur le quai, ce matin-là, un vent frais soulevait cheveux et casquettes. Il faisait un ciel mélangé de pastels et de nuages où apparaissaient quelques *culottes de gendarmes*. Une douce agitation remuait les rues, passé le moment où les enfants sont enfermés à l'école, à cet instant où sortent les ménagères, et que le monde du travail, déjà à pied d'œuvre, commence à fournir les premiers remous d'activité. Gargarin aimait beaucoup se poser là, pour observer la vie. Le lundi, jour de repos, il filait parfois jusqu'au petit port pour changer d'air. Il appréciait l'ambiance d'Honfleur, ses bateaux, ses commerces et ses fantômes. Quand il regardait autour de lui, Gargarin ne pouvait s'empêcher de considérer des silhouettes que les autres ne voyaient pas. Dans son panthéon intime, les ombres d'Eugène Boudin, de Charles Baudelaire, de Claude Monet, d'Henri de Régnier, d'Erik Satie, d'Albert Sorel, de Jacques Brel, de Françoise Sagan, défilaient sous ses yeux, pour se mêler à celles des autres passants.

- Je viens de terminer la lecture de Mircea Eliade : *Forgerons et alchimistes.* Passionnant ! Il démontre que l'utilisation des premiers minerais provient des météorites, métaux composées par des éléments de fer et de nickel sous forme de kamacite et de taénite. La dague de Toutankhamon, 1300 ans av. JC, a été forgée dans un fer météoritique. On a retrouvé de nombreux objets de ce type.

Gargarin avait levé les yeux vers le ciel. Un chapelet de petits nuages caressait tous les pastels du firmament, dans la grâce d'un mouvement si particulier qu'on pouvait les croire dessinés par la main même d'Eugène Boudin. Il aimait discuter avec son ami et collègue, Anselme Rondeau, libraire à Honfleur, sur la terrasse de *La Goélette*, un bar du port.

- En ces temps anciens, les humains considéraient que le ciel ensemençait la terre. Les métaux tombés du firmament constituaient une semence divine. On pouvait donc utiliser les métaux en surface, mais non pas ceux qui fécondaient le sous-sol de la Terre-Mère.

La voix de son ami pénétrait Gargarin jusqu'au fond de l'âme. Il aimait ces moments de belle conversation, d'échange intelligent, de savoir partagé, qui lui permettaient d'apprendre à regarder le monde avec d'autres yeux.

- La croyance s'était répandue dans toutes les civilisations archaïques que les métaux se transformaient sous terre, selon la propre évolution d'un cycle, comme font tous les êtres vivants.

- Ils pensaient que les métaux étaient des organismes vivants, avec plusieurs stades de croissance ?

- Exactement ! Les Anciens considéraient un filon d'or comme un minerai de fer parvenu à maturation.

- C'est fascinant !

- Or, argent, bronze, fer, correspondent aux quatre âges de l'humanité. Pour les minerais, le cycle de vie était inversé. Un minerai commençait sa vie sous l'apparence du fer, avant de se modifier en bronze, se transformait en argent, avant de finir en or pur.

- Comme le cycle d'une plante avec la graine, le bourgeon, la fleur et le fruit ?

- Bravo ! Tu as tout compris !

Anselme Rondeau paraissait aussi mince que Gargarin était costaud. Existait-il deux amis plus différents ? L'un tout en finesse, en nerfs et en os. L'autre, en force, en muscles et en chair. Le visage d'Anselme était cireux, maigre, avec des yeux creusés, derrière ses petites lunettes cerclées de fer. La figure de Gargarin, rose et jouflue, témoignait d'une vigueur barbare, à travers une excellente circulation sanguine. Le plus petit était fait pour copier des manuscrits et dessiner des enluminures sous les ogives médiévales d'un *scriptorium*, à la lueur des chandelles, dans une bure austère ; l'autre pour œuvrer dans une fromagerie et figurer sur l'étiquette d'une boîte de camembert, dans le but d'offrir son sourire jovial d'un amoureux des bienfaits de la vie terrestre. Ils se réjouissaient de leurs dissemblances, puisqu'ils savaient qu'au-dessus de la vie, au-dessus du bonheur, selon la pensée de Flaubert, il y a quelque chose de bleu, d'incandescent au grand ciel immuable et subtil dont les rayonnements qui nous arrivent suffisent à animer des mondes.

- Ils rechignaient à exploiter les mines ?

- Les Anciens considéraient que les minerais tombés du ciel ensemençaient la Terre-Mère. Au moment où les cultes du soleil ont commencé à apparaître, des esprits plus hardis ont cherché à prélever des minerais sous la terre. Et d'autres ont commencé à imaginer un moyen de faire accélérer leur croissance.

- Tu veux dire de transformer le fer en or ?
- Oui, c'est la naissance des alchimistes.
- Les alchimistes sont donc les successeurs des forgerons ?
- Exact ! Les forgerons transformaient la forme des métaux, les alchimistes cherchaient à presser le cycle de leur croissance, selon les croyances archaïques.
- Ah, la fameuse transmutation ! *Nec species sua cuique manet rerumque novatrix et aliis alias reddit natura figuras.*
- Que dis-tu ?
- *Aucun élément ne garde son apparence propre et la nature, qui toujours innove, crée des formes à partir d'autres formes.*
- Qui a dit ça ?
- Ovide. *Les Métamorphoses.*

Flaubert, qui avait musardé bien des fois lui aussi sur les quais d'Honfleur, ne cessait de proclamer qu'il existe par le monde une conjuration géniale et permanente contre deux choses, à savoir, la poésie et la liberté ; les gens de goût, se plaisait-il à dénoncer, se chargeant d'exterminer l'une, comme les gens d'ordre de poursuivre l'autre. Par leurs lectures, leurs réflexions ou leurs conversations, nos deux amis résistaient sans relâche à cette conjuration, comme des moines-soldats de la poésie, des chevaliers de la liberté, ayant voué leurs épées au culte du vrai, du savoir et de la beauté.

- Les poètes sont les nouveaux alchimistes. Car ils changent le plomb de nos vies en or verbal.

- Hermès inconnu qui m'assistes
Et qui toujours m'intimidas,
Tu me rends l'égal de Midas,
Le plus triste des alchimistes ;

Par toi je change l'or en fer
Et le paradis en enfer ;
Dans le suaire des nuages.

- C'est Baudelaire ?
- Oui, *Alchimie de la douleur*, le 81ème poème de *Spleen et Idéal*, dans *Les Fleurs du Mal*.
- Baudelaire et l'alchimie, tout un poème ! s'amusa notre bon Gargarin, fier de son bon mot.
- Tu ne crois pas si bien dire, évoqua Anselme sur le ton bas d'un conspirateur, en distribuant des regards à la dérobée, comme s'il redoutait d'être entendu.
- Que cherches-tu à insinuer ? répliqua Gargarin, avec des sourcils froncés.
- Il y a quelques temps, on m'a demandé d'expertiser une bibliothèque dans une maison médiévale, à deux ou trois rues d'ici. Des centaines d'ouvrages, accumulés par plusieurs générations. Les nouveaux propriétaires n'ont aucune envie de s'encombrer de tous ces vieux grimoires. J'ai fait l'acquisition du fonds. Et au milieu de tous ces volumes, j'ai trouvé une sorte de journal, écrit par un dénommé Chilonidès, grec venu en Italie pour le Concile de Florence, dans les années 1440, qui a fini, Dieu sait comment, par s'installer à Honfleur.
- Intéressant !
- A en croire son journal, Chilonidès est à l'origine du voyage de *Georges le Grec*, plus connu sous le nom de Georges Paléologue de Bissipat, un marin d'origine grecque byzantine, entré au service des rois de France Charles VII, Louis XI, ainsi que Charles VIII, après la chute de Constantinople en 1453.
- Passionnant !
- Peu avant sa mort, Louis XI lui avait commandé une mission étrange. Georges le Grec appareilla depuis ce port en direction des îles du Cap-Vert, car un homme d'Honfleur s'y était procuré des remèdes pour soigner sa lèpre, et le vieux roi souffrant de dermatose, pensait qu'il était atteint de ce mal.

- Ah oui, j'ai entendu cette histoire. On dit même qu'il était parent de Christophe Colomb, prince byzantin lui aussi, et que ce dernier a découvert l'Amérique grâce à lui.

- En effet. De toute façon, le roi Louis XI est mort pendant l'expédition. Mais ce n'est pas tout. Dans son journal, Chilonidès affirme qu'il a fourni les plans de l'Acadie à Samuel de Champlain, le fondateur de Québec, lorsqu'il avait levé l'ancre depuis Honfleur.

- Mais c'était au début du XVIIème siècle !

- Oui, je sais bien, tout ceci est très étrange !

- C'est vrai qu'Honfleur était un port important pour la pêche à la morue sur les bancs de Terre-Neuve, que ses marins connaissaient bien les côtes puisque de nombreux marchands, de capitaines et de soldats s'y affairaient.

- Timothy Brook a raconté l'épopée de ce brûlant moment de mondialisation dans *Le chapeau de Vermeer*, en détaillant le négoce des peaux de castors, pour fabriquer des feutres.

- Un livre passionnant ! Avec la naissance de la *Nouvelle-Angoulême*, un comptoir de peaux de castors dans la baie de l'Hudson, ainsi nommé en l'honneur de François Ier, qui sera rebaptisé *Nouvelle-Amsterdam* par les Hollandais, au cours de leur siècle d'or, avant de prendre le nom de *New-York,* après sa conquête par les Anglais, en l'honneur du Duc d'York, frère du roi Charles II.

- *Sic transit gloria mundi !*

- Et voici comment on peut voyager d'Honfleur à New-York, souffla Gargarin en avalant le fond de sa tasse de café.

- Mais attends, ce n'est pas tout. Non seulement ce drôle de Chilonidès prétend qu'il a soutenu le voyage de ces marins illustres à 130 ans d'intervalle, mais il affirme avoir indiqué la route à suivre depuis Honfleur, au célèbre Binot Paulmier, sieur de Gonneville, le premier navigateur français à avoir posé le pied au Brésil en 1504.

- Ton grec est décidément un sacré savant !

- Chilonidès prétend qu'il a formé Jean Doublet, le plus célèbre corsaire au service de Colbert, fils d'apothicaire, dans les sciences secrètes de l'alchimie.

- Ahaha, tu es sûr que ce journal n'est pas un roman ?

- J'y ai pensé. Mais de nombreux détails troublants font penser à un document authentique. Il raconte aussi qu'il est à l'origine de la vocation de Pierre Berthelot, navigateur du port d'Honfleur, maître chirurgien, qui sillonna toutes les mers d'Extrême-Orient, à la course aux épices, puis devint carme en 1634, à Goa. Mais il prendra le commandement d'une escadre catholique sur les instances du Vice-Roi du Portugal contre une attaque des Hollandais.

- Ah, un vrai moine-soldat !

- Il finira martyr, capturé par les Indonésiens.

- Paix à son âme sainte !

- Les Indonésiens exigent que les missionnaires renient leur foi pour se convertir à l'islam. Réduits en esclavage, ils ne veulent pas céder. Ils seront tués un par un, d'abord criblés de flèches, puis de coups de lance, et achevés à coup de cimeterre.

- La peste soit de ces démons !

- Selon un témoin, ils auraient été 60 à se faire tuer ce jour-là. Frère Denis (le nom de religion de Pierre Berthelot) est le dernier à mourir, après avoir soutenu ses compagnons dans leur martyre.

- Bravo ! Une âme noble !

- Son attitude face à la mort impressionne ses bourreaux qui hésitent et renâclent à lui décocher des flèches. Quelqu'un a l'idée de faire venir un éléphant pour le piétiner. Néanmoins, avant l'arrivée du pachyderme, un excité le frappe à coup de cimeterre sur le crâne !

- Les Normands ne tremblent pas devant la mort !

Gargarin avait fait sienne cette pensée de Flaubert, qu'il aimait ressasser avec toute la puissance d'une profession de foi : *« Je suis un barbare, j'en ai l'apathie musculaire, les langueurs nerveuses, les yeux verts et la haute taille ; mais j'en ai aussi l'élan, l'entêtement, l'irascibilité. Normands, tous tant que nous sommes, nous avons quelque peu de cidre dans les veines, c'est une boisson aigre et fermentée et qui quelquefois fait sauter la bonde ».*

- Et que raconte-t-il encore ?
- Qui donc ?
- Ton Chilonidès !
- Il certifie avoir formé l'esprit de Mme d'Aulnoy, femme de lettres du Grand Siècle qui tenait un salon à Paris, fréquentait Mme Des Houlières, la princesse de Conti, Mme de La Fayette, la Marquise de Sévigné, ainsi que Saint-Évremond.
- L'auteur du fameux conte *Le Nain jaune.*
- Absolument !
- Elle écrivait des contes merveilleux pour y insuffler un esprit subversif en usant d'allégories et de satires.
- *« L'image d'une sémillante et plantureuse beauté »* dit-on d'elle quelque part.
- On la compare à La Fontaine pour sa critique masquée de la cour et la société française du XVIIème siècle.
- Et qui d'autre aurait été formé par Chilonidès ? se mit à rire Gargarin qui se plaisait à ce petit jeu.

Anselme Rondeau prit un visage inconnu, un portrait du *Gilles* de Watteau, partagé entre affliction et perplexité. Sa figure exprimait le désarroi d'un homme qui venait de perdre ses dernières illusions.

- Je ne sais comment je peux te l'exprimer. Jusqu'ici son journal m'intéressait, m'amusait presque. Mais quand il a commencé à se confier sur Baudelaire, j'avoue que j'ai été saisi d'un vertige.
- Un vertige ? Et pourquoi donc ?

Anselme Rondeau n'était guère plus vieux que son ami libraire à Donville, mais, sa méticulosité, sa façon de s'habiller, ses petites lunettes cerclées de métal gris, ce vague air d'étourderie savante qu'il affectait constamment le faisaient paraître plus âgé qu'il n'était. De plus, il ne se

séparait jamais d'une petite boîte de gélules dans laquelle il puisait, de temps en temps, le courage d'affronter la vie.
- Disons que je connais mieux que bien l'œuvre de Baudelaire. Il m'accompagne partout depuis le Lycée. C'est mon inspirateur, mon viatique et mon maître.
Un léger tremblement agitait les pupilles d'Anselme.
- En parcourant les pages de Chilonidès consacrées au poète, j'avais l'impression de lire dans le cœur de Baudelaire.
Ses yeux avaient pris la forme de disques lunaires.
- C'était vraiment perturbant. Je possédais comme la certitude que Baudelaire me parlait à travers ces lignes. Je t'assure que c'était bouleversant, je n'ai jamais connu une telle sensation.

Gargarin ne savait pas comment réagir. Il voyait que l'âme de son ami, tel Saint Sébastien percé de flèches, était tourmentée par un tumulte de pensées brouillées, son visage fané par l'amertume d'un amoureux dépité.
Flaubert aime fustiger les idées nouvelles qui provoquent une réaction terrible dans la conscience moderne contre ce qu'on appelle l'Amour. Tout a commencé, pense-t-il, par des rugissements d'ironie (Byron, etc.), et le siècle tout entier regarde à la loupe et dissèque sur sa table la petite fleur du sentiment qui sentait si bon… jadis !
- Et Chilonidès évoque d'autres personnages ?
- Oui, il prétend avoir initié Erik Satie.
- Ah, le compositeur ésotérique, maître de chapelle des Rose-Croix, l'ordre créé par Joséphin Péladan.
- Exactement !
- Son ordre ésotérique se nommait : *La Rose+Croix du Temple et du Graal*.
- Absolument. Chilonidès prétend que la dernière œuvre de collaboration entre Satie et Péladan (un drame romanesque en cinq actes) est un hommage voué à son travail d'alchimiste. Elle s'appelle : *Le prince de Byzance*.
- En effet, c'est étrange !

A regarder Anselme, ou pouvait imaginer que son cœur s'était arrêté de battre. Nulle trace d'afflux sanguin, ni sur ses joues, ni sur le reste du visage. Sa peau semblait parcheminée comme les pages d'un vieil incunable. Son corps tout désanimé faisait montre d'une forme d'apathie, figé dans l'ostinato d'une obsession, d'un parcours dédaléen, comme si l'errance de son esprit était causée par l'amas de notes lentes, ensorcelantes et mystérieuses d'une *Gnossienne* de Satie, dont le nom, dérivé du crétois *Cnossos*, lie son œuvre à jamais au courage de Thésée, à l'amour d'Ariane, à la cruauté du Minotaure, au mystère éternel du labyrinthe.

- Tu penses que ton Chilonidès (qui aurait vécu plus de 500 ans) est toujours en vie ?

- Je n'en sais rien.

- Ce serait amusant de le rencontrer !

- Son journal est semé de nombreuses formules en grec et en latin. J'ai même trouvé ça : *Solve et coagula !*

- La devise des alchimistes ?

- Oui, *dissoudre et se fixer.*

- Et il parle de personnages plus proches de nous ?

- Il aurait initié une poétesse, née à Honfleur, Lucie Delarue-Mardrus, décédée en 1945

- Ce type est un vrai Méphisto !

- S'il est vivant, pourquoi aurait-il égaré son journal ?

- A son âge, il aura forcément perdu la mémoire ! s'était fendu Gargarin dans un formidable éclat de rire, avec toute l'innocence d'un enfant de dix ans.

Les pensées s'accumulent dans le cerveau d'un homme, sans qu'il en ait vraiment conscience. Puis, tout à coup, il semble que quelque chose se cristallise, à la manière des rayons de lumière qui traversent les nuages.

- Au fait, tu as entendu parler du marin disparu ?

- Oui, figure-toi qu'il a été vu ici, pour la dernière fois.

- Ici ?

- Oui, au bar de *La Goélette*.

Gargarin se leva avec une sensation de faim et de froid. De la lumière filtrait à travers les nuages, et il y avait dans l'air une senteur de sel et d'iode. Derrière la part visible des choses, il savait que des ombres circulaient autour du port. Il vint à sourire, fermant les yeux pour aspirer tranquillement un grand bol d'air maritime. Puis, il quitta son ami, en méditant cette pensée de Flaubert : « *Amants du beau, nous sommes tous des bannis et quelle joie quand on rencontre un compatriote sur cette terre d'exil* ».

Chapitre 12

L'eutrapélie

- C'est *l'eutrapélie*.
- Quel joli mot !
- Du grec ancien εὐτραπελία, *eutrapelia*, tiré de d'*eu* (bien) et *tropos* (tournure), qui donnent aussi *eutropos* (souple) et *eutrapelos* (spirituel).
- Qu'est-ce que ça veut dire ?
- Une vertu chrétienne si méconnue. Et bien mal pratiquée ! Écoutez attentivement ce que nous dit Saint Thomas d'Aquin, dans sa *Somme théologique*, écoutez-bien : *« Le repos de l'esprit, c'est le plaisir. C'est pourquoi, il faut remédier à la fatigue de l'esprit en s'accordant quelque plaisir. L'esprit de l'homme se briserait s'il ne se relâchait jamais de son application. Cela s'appelle divertissements ou récréations, le jeu, les plaisanteries. Il est donc nécessaire d'en user de temps à autre pour donner à l'esprit un certain repos ».*
- Dis comme ceci, je veux bien devenir chrétienne !
- L'eutrapélie est une manière vertueuse de cultiver la joie. Et Saint Thomas d'Aquin précise plus loin (IIa IIae, Q168, a 4) : *« Il est contraire à la raison d'être un poids pour autrui, de n'offrir aucun agrément et d'empêcher son prochain de se réjouir ».*
- C'est tellement vrai !
- *« Ceux qui ne racontent jamais de plaisanteries et rebutent ceux qui en disent, ceux-là sont vicieux, pénibles et mal élevés ».*

- Il n'y va pas de mainmorte ! *Vicieux, pénibles et mal élevés*. Je saurai m'en souvenir !

Amanda regardait sourire le moine, son beau visage illuminé de joie. Elle ne connaissait personne de plus joyeux. A l'évidence, cet homme était habité par une allégresse profonde qui débordait à chaque occasion. Ce n'était pas ce rictus qui va courir jusqu'aux oreilles, ni ces yeux submergés par la ruse fascinatrice du serpent, encore moins ces dents d'hyène qui croquent avec sarcasme. Non pas du tout. Son rire à lui était un épanouissement de fleur, un don métaphysique, un signe d'espérance. Nulle trace dans sa façon de rire de ces nombreux pépins contenus dans la pomme symbolique, mais la manifestation d'une présence mystérieuse, durable, unique, éternelle, à travers le caractère primordial du rire, souffle pur, angélique, innocent, qui s'exprime, ainsi que la douleur, par les organes où résident non seulement le commandement, nous dit Baudelaire, mais aussi la science du bien et du mal : les yeux et la bouche. Sa joie se tenait loin de ce souffle diabolique qui déforme les ligaments du visage et fait ressembler l'homme au singe, cultivant l'éminente dignité du rire classique, pétri de cet équilibre si français, ainsi que le note encore Baudelaire, quand il évoque le tempérament national, *« le fond de notre caractère est un éloignement de toute chose extrême »*.

- Lorsque les païens ont jubilé d'installer Saint Maur dans l'eau bouillante, celui-ci se plaignit que son bain était trop froid ; le sultan y plongea les doigts et s'ébouillanta la main.

- Un vrai pince-sans-rire !

- Lorsque le préfet de Rome demanda à Saint Laurent de lui apporter les trésors de l'Église, ce dernier réclama un délai de deux jours, avant de revenir accompagné d'une foule de mendiants, de malades, d'estropiés, mais aussi de veuves et de vierges consacrées.

- Un drôle de cortège !

- Le préfet exige alors des explications : *« Voici ce que tu m'as demandé »* lui répond Saint Laurent. *« Voici les trésors de l'Église. Même l'empereur ne possède pas de biens aussi précieux ».*

- Le préfet a rigolé ?
- Non, aucun humour. Il a condamné Laurent à être grillé vif à petit feu.
- Oulala, il a dû souffrir !
- Oui. Laurent chante en priant, tandis que le métal brûlant dévore sa chair. Il implore le Seigneur de prendre soin de ses trésors. Puis, sa prière terminée, il se met à rire, et se tourne vers son bourreau qui souffle sur les braises : *« Je suis assez rôti de ce côté. Retourne-moi maintenant pour que l'autre cuise aussi ».* Un dernier rire le secoue, puis il rend son âme à Dieu ».
- Comment peut-on rire sur un grill ?
- Bonne question, Amanda ! Vous ignorez sans doute que la Tradition de l'Église regorge de traits d'humour. Saint Thomas More, au pied de l'échafaud, exhorte son bourreau en ces termes : *« Pouvez-vous m'aider à monter, pour descendre je me débrouillerai tout seul ».* Saint Philippe Néri tirait la barbe des Gardes Suisses quand il voulait s'empêcher d'entrer en lévitation. Plus proche de nous, le pape Jean-Paul II aimait raconter : *« Quand je veux savoir comment va ma santé, je lis les journaux ».* Quant au pape Jean XXIII, il rencontre un jour une religieuse qui dirige l'Hôpital du Saint-Esprit, laquelle se présente : *« Je suis la supérieure du Saint-Esprit ».* Réponse du Souverain Pontife : *« Vous avez de la chance, moi je ne suis que le Vicaire du Christ ».*
- J'adore !
- Sans compter les mots célèbres de l'abbé Mugnier, auquel Céline dédicaçait ses livres en écrivant ceci : *« notre compagnon d'infini, bien amicalement et respectueusement ».*
- Des mots d'esprit ? Lesquels ?
- A une mondaine qui l'interrogeait : *« Monsieur l'abbé, à chaque fois que je me regarde dans un miroir je me trouve belle. Est-ce que c'est un péché ? ».* Et le pauvre diable d'abbé (comme il aimait se nommer lui-même) de lui répondre : *« Non, Madame, c'est une erreur ».*

- Ahaha, magnifique !
- Ou encore celui-là. Dans un dîner mondain, sa voisine se tourne vers lui, pour lui montrer sa croix en bijou, sur une poitrine décolletée, déjà bien fatiguée: *« Monsieur l'abbé, avez-vous vu la croix ? »* Et l'abbé malicieux : *« Non, Madame, je n'ai vu que le calvaire ».*
- La vache, ça taillait dur !
- *« Un saint triste est un triste saint »*, répétait Saint François de Sales. *« Je ris parce que j'ai joie »*, aimait-il dire.
- D'où vient cette joie ?
- Faut-il citer quelques passages de la Bible ? *Isaac* en hébreu signifie *« celui qui rit ».* Lorsque Sarah apprend qu'elle est enceinte à l'âge de 90 ans, elle est secouée d'un petit rire. C'est l'origine du nom de son fils.
- Je ne savais pas !
- On trouve aussi de nombreuses traces d'humour dans les Psaumes *« Celui qui siège dans les cieux rit, le Seigneur se moque d'eux »* (Psaume 2,4). Ou encore : *« Le Seigneur se rit des méchants »* (Psaume 37,1) *et « Dieu se moque des Rois ».* (Psaume 2).
- Vous m'épatez. Je n'ai jamais pensé qu'on pouvait rire dans la Bible.
- Comment expliquez-vous autrement l'humour juif, le plus drôle au monde, qui puise directement ses racines dans la Thora, le Talmud, et le Midrash ?

Amanda fut alors envahie par un sentiment de bien-être mêlé d'étonnement. Elle n'avait jamais envisagé la religion comme un chemin d'humour. La joie du moine, son inaltérable esprit d'enfance, son goût de la plaisanterie, aussi corrosive que loyale, lui faisait voir exploser ses angoisses, à la manière d'un feu d'artifice, un soir d'été, en l'honneur d'une irrépressible gaîté. Avait-il un jour cessé d'être un enfant ? Pouvait-il traverser la vie autrement que dans une grande bouffée d'allégresse ? Sa bonne humeur le protégeait contre les assauts du pessimisme et du désenchantement. Il affrontait les ennuis avec la fougue d'un chevalier, muni de son armure, toujours heureux d'entrer en lice. Ne vivait-il que dans un conte médiéval ? Regardait-il l'existence comme une immense chasse au trésor, avec des pièges, des épreuves ou des estocades ? Avec lui, on savait que la joie n'était pas un secret. Nul n'est méchant, nous dit Quintilien, sans être insensé. Et la vie du père Brun avait un sens unique, échappant à ce que nous redoutons le plus, selon Chesterton, un labyrinthe qui n'aurait pas de centre ; raison pour laquelle l'athéisme était, aux yeux du colosse anglais, un cauchemar, ainsi que le démontrait Kafka, admirateur attentif et lecteur captif de Chesterton : *« Cet homme est tellement joyeux, qu'on se dit qu'il a rencontré Dieu »*.

Sur la table était posé un livre, dont le titre ne manquait pas d'intriguer Amanda : *Détruire la peinture*.
- Que lisez-vous ?
- Ne vous fiez pas au titre !
- A qui se fier, de nos jours ?
- Louis Marin est un philosophe, spécialiste du Grand Siècle et de Port-Royal. Il nous offre ici une sorte de méditation passionnante sur Poussin et Caravage.
- Je préfère Caravage !
- Poussin, arrivé à Rome en 1624, nous annonce du Caravage qu'il est venu au monde pour détruire la peinture mais, qu'en même temps, il possédait l'art de peindre tout entier.
- Détruire la peinture. C'est fort de café, non ?
- Deux conceptions les opposent : l'art classique contre les prémices de l'art moderne.
- C'est-à-dire ?
- Délectation contre plaisir. Ou conception contre pulsion. Ou représentation contre vision.
- Je commence à comprendre.
- La peinture du Caravage est rupture. Place le dessin en position secondaire non dominante. Se détourne de la tradition de copier des modèles antiques.
- Je vois.

- Préfère l'aspect ou la surface à la profondeur de l'art. S'interdit une peinture d'histoire pour privilégier le regard au présent. *Hic et nunc.*

- Ici et maintenant. C'est donc ça, je suis résolument une fille de la modernité !

- Louis Marin médite sur deux œuvres essentielles qui sont *Les Bergers d'Arcadie* du Poussin et la *Tête de Méduse* du Caravage. C'est brillant, puissant, lumineux.

- Mais comment trouvez-vous le temps de lire tous ces livres ? Franchement, vous ne dormez jamais ?

- J'ai besoin d'étudier sans cesse, Amanda. Cet essai de Louis Marin, permet de comprendre les soubassements de la pensée moderne.

- Étudier sans cesse, mais pourquoi faire ?

- *Étudie*, nous dit Sénèque, *non pour savoir plus, mais pour savoir mieux.*

Le visage d'Amanda exprimait une préoccupation :

- Excusez-moi. Mais qui a raison ? Est-ce que l'art n'est pas la représentation d'une vision personnelle ?

Le moine fut illuminé d'un sourire franciscain, à la fois pur, jovial et humble, non sans quelque pointe de cette gaieté, célébrée par François de Sales. Le saint recommandait cette gausserie provoquant à rire par une simple liberté, confiance, familière franchise, conjointe à la gentillesse de quelque mot, pour accueillir au mieux cette parole du Christ, dans le sermon après la Cène : *« Que ma joie soit en vous et que votre joie soit parfaite ».*

- Si Baudelaire était avec nous, il vous dirait que le Beau est toujours, inévitablement, d'une composition double, en dépit que l'impression qu'il produit soit une.

- Baudelaire ? En opposition avec la théorie du Beau unique et absolu ?

- Pas exactement. Dans le sillage de Plotin, il évoque une théorie rationnelle du Beau, fait d'un élément éternel, invariable, dont il est excessivement difficile de déterminer la quantité, mais aussi, ajoute-t-il, d'un élément relatif, c'est-à-

dire circonstanciel, qu'on peut appeler, tour à tour : époque, mode, morale, passion.
- C'est un moderne ou un classique ?
- Baudelaire ? Il n'est ni moderne, ni classique. Ni romantique, ni symboliste. Baudelaire est Baudelaire.

Sur le front d'Amanda, un petit pli s'était formé :
- C'est une condamnation de l'Art pour l'Art ?
- Pas précisément. Plutôt un autre chemin. J'aime beaucoup Mallarmé, surtout *Brise Marine*. Mais il reste parfois intraduisible, même en français.
- Un poème magnifique !
- *Mais, ô mon cœur, entends le chant des matelots !*

A ce mot de *matelots*, Amanda prit un air sombre :
- Je pense à notre marin disparu. Mais pourquoi lui ? Je reste totalement obsédée par ces disparitions.
- Du nouveau dans les enquêtes ?
- Non, rien. On passe la vie des disparus au tamis. Mais on ne trouve pas un seul indice. Aucun lien entre Nora, la jeune serveuse du grand Hôtel à Cabourg, Brune, la bergère du Mont-Saint-Michel et Vigor le marin d'Honfleur.
- Il y a forcément une logique.
- Mais laquelle ? Aucun des trois ne connaissait les autres. C'est incompréhensible.
- Ne *connaissait* ? Vous parlez déjà au passé ? Ils sont peut-être en vie ? Pourquoi penser qu'ils sont morts ?
- Parce qu'on aurait un signe, quelque chose, une demande de rançon, une lettre de chantage, je ne sais pas moi, une photo !

Le père se caressait la barbe. Quand il faisait ce geste-là son esprit était absorbé par une réflexion, mais il avait le début d'une idée qui pointait.
- Vous avez raison. Quand on enlève des gens c'est pour obtenir quelque chose. On a peut-être affaire à autre chose qu'une prise d'otage ?

- Que voulez-vous dire ?
- Je l'ignore encore, mais ces trois-là ne me semblent pas riches. Donc il y a nécessairement en eux une qualité que le ou les ravisseurs cherchent à posséder.
- On les aurait enlevés pour eux-mêmes, et non pas pour ce qu'ils pourraient rapporter ?
- En quelque sorte.
- Si on est en présence d'un pervers, quelle qualité commune peut bien se retrouver dans ces profils si différents ?
- Saint Augustin accorde le nom d'intelligence à toute illumination de l'esprit. Continuons à chercher, Amanda, nos esprits finiront par être éclairés !
- Mais à chercher quoi ?
- Le ou les auteurs finiront par être confondus. Le malin fait toujours des erreurs.
- Mais nous aussi !
- Si nous restons du côté de sagesse, intelligence, conseil et science, croyez-moi Amanda, nous vaincrons la sottise, l'hébétude, l'ignorance et la précipitation.
- C'est vous qui le dites.
- Non, c'est le grand Saint Grégoire. Il nous assure que sottise s'oppose à sagesse, intelligence à hébétude, conseil à précipitation, et puis science à ignorance.
- Je veux bien, mais votre Saint Grégoire n'était pas enquêteur de police.
- Non, il faisait encore mieux. Avant d'être pape, il était préfet de Rome et dirigeait toute la police de l'empire.

Amanda ne parvenait jamais à river le dernier mot. Face au père Brun, il était difficile de triompher. Pourtant la jeune femme ne se sentait pas offensée, parce que le moine montrait sa bienveillance et ne cherchait pas à clouer son interlocuteur, mais à lui permettre de s'exprimer en toute liberté, souhaitant privilégier une écoute active, une humilité sincère et un respect mutuel. Et puis, la jeune policière n'avait pas envie de résister au pouvoir de son assurance malicieuse, non seulement à cause du sentiment de sécurité que lui procurait cette amitié solide, dans un monde difficile, mouvant et incertain, mais aussi parce qu'une étincelle de joie brillait toujours dans les yeux du père, quand il faisait un bon mot. Amanda se répétait qu'elle aimait considérer ce petit morceau d'éclair étincelant, signe, pour elle, qu'il existait autre chose dans ce monde que la bassesse morale, la brutalité aveugle et la laideur abjecte des actes criminels.

- En attendant, je ne sais pas du tout vers quoi orienter mes recherches. Les polices des 5 départements normands sont alertées pour passer la région au peigne fin : 2 885 communes, 39 906 km2 de superficie, 600 km de façade maritime, avec plus de 3,3 millions d'habitants, c'est-à-dire 111,5 habitants par km2. Comment voulez-vous qu'on y arrive ?
- Le ou les ravisseurs finiront par se trahir.
- Alors, on attend là en se croisant les bras ?
- Ce n'est pas ce que j'ai dit, Amanda.
- Et dehors, il y a un fou furieux, ou une bande de fous furieux qui peuvent enlever n'importe qui à tout moment !

Baudelaire nous relate que l'homme riche, oisif, et qui, même blasé n'a pas d'autre occupation que de courir à la piste du bonheur, l'homme élevé dans le luxe, accoutumé dès sa jeunesse à l'obéissance des autres hommes, celui enfin qui n'a pas d'autre profession que l'élégance, jouira toujours, dans tous les temps, d'une physionomie distincte, tout à fait à part. Mais notre poète pouvait tenir de tels propos, parce qu'il n'avait pas connaissance de l'existence du père Brun, auquel cas, il n'aurait pas manqué d'attester que certains détectives possèdent toutes les qualités de cette élégance et de cette physionomie distinctes. Il ne fait aucun doute que notre franciscain appartenait à cette catégorie d'êtres rares, capable de réconcilier les esprits les plus vaincus par l'Angoisse, et son drapeau noir planté au sommet de leurs crânes inclinés, sous la coupole spleenétique du ciel, les pieds plongés dans la poussière d'un sol aussi désolé que ce firmament, cheminant avec le visage résigné de ceux qui sont condamnés à espérer toujours, de les réconcilier intelligemment avec la force de vivre.

Les mauvais esprits, reconnaissons-le, qui jamais ne manquent une occasion de se ridiculiser par des pensées risibles, auraient peut-être accusé, à juste raison cette fois, notre moine de livrer son âme aux folies du dandysme, parce que les consciences les plus communes ne peuvent accéder aux plus hautes réalités. Il faut savoir que Baudelaire, lui aussi, aurait sûrement admis notre moine dans le cercle prisé des dandys, car le dandysme aux yeux du poète est une institution vague, aussi bizarre que le duel ; très ancienne, puisque César, Catilina et Alcibiade nous en fournissent des types éclatants ; et aussi très générale, puisque Chateaubriand l'a trouvée dans les forêts, aux bords des lacs du Nouveau-Monde ; institution en dehors des lois, mais qui possède des lois rigoureuses auxquelles sont strictement soumis tous ses sujets, quelles que soient par ailleurs l'indépendance, la fougue de leur caractère, ainsi qu'une plume de fer qui n'est pas sans beauté sur le cimier doré de leur âme de gentilhomme. On peut affirmer que, pour Baudelaire, le dandysme reste avant tout une école d'exigence morale.

« *Je suis un homme ancien,* disait Pasolini (dandy de l'esprit), *qui a lu les classiques, qui a récolté les raisins dans la vigne, qui a contemplé le lever et le coucher du soleil sur les champs. Je ne sais donc pas quoi faire d'un monde créé par la violence, par la nécessité de la production et de la consommation. Je déteste tout de ce monde : la précipitation, le bruit, la vulgarité, l'arrivisme... Je suis un homme qui préfère perdre plutôt que de gagner par des manières déloyales et impitoyables. Et la beauté c'est que j'ai l'effronterie de défendre cette culpabilité, de la considérer comme une vertu* ».

Soudain, le visage d'Amanda s'était décomposé, comme sous l'effet d'une croix trop lourde à porter, qui l'avait obligée à confier des ennuis personnels ; ce qui l'empêchaient de réfléchir :

— Vous savez, c'est vraiment difficile d'élever un enfant quand on est seule. Je crois que la nature est bien faite, on n'est pas trop de deux. Et puis, je me dis que Lisa ne connaît pas son père. C'est mieux quand un enfant connaît son père et sa mère.

Amanda baissa brusquement les épaules, dans un geste qui pouvait signifier que sa situation finissait par la rendre impuissante, et que cette petite voix, qui murmurait aux oreilles de l'humanité depuis des siècles pour la décourager, la jeter dans les vapeurs d'une mélancolie vague, dans les stupeurs de la paresse, dans l'atonie du corps et de l'esprit, que cette affreuse petite voix cruelle, si pleine d'influence, avait pris possession de son âme désemparée.

— Quoi ? Qu'est-ce que vous dites ?

— C'est vrai. Si la Nature nous a fait mâles et femelles, c'est qu'il y a une raison !

— Oualalalala ! *Faites attention, hein, faites très attention !* poursuivit le moine (avec le ton brusque de Stanislas Lefort, quand il vient d'escalader un mur, juste en perdant les chiens, dans *La Grande Vadrouille*), faites attention à vos propos ! Si Maître Filembourg vous entendait, elle ne manquerait pas de vous traîner devant les tribunaux pour vous coller un bon procès en *bonnet difforme* !

— Mais pourquoi ? Je ne dis que des évidences.

— Pourquoi ? Mais parce que depuis la nuit des temps, depuis que le jour et la nuit existent, depuis que la vie est apparue, notre si pauvre humanité vivait dans l'erreur !

— Dans l'erreur ?

— A l'évidence, depuis des millions d'années, dans toutes les civilisations, dans tous les siècles, dans toutes les religions, on a cru qu'il fallait un principe mâle et un principe femelle pour assurer la pérennité de l'espèce. Mais fort heureusement, les bonnes consciences *éveillées* de notre siècle ont compris que tout ceci était faux, que l'humanité avant elles, avait vécu dans l'illusion.

- Mais non, c'est ridicule !
- Pensez à la chance que nous avons de vivre en compagnie de ces êtres merveilleux qui nous conduisent avec bonheur vers un avenir plus radieux !
- Vous délirez !
- Tiens, je me mets à parler comme le Dr Chilonidès.

Chapitre 13

Le Festival de Donville

La situation s'était rapidement dégradée. En quelques jours, on avait encore signalé trois nouvelles disparitions. Un maçon, une boulangère, un agent du fisc. La police restait sur les dents. Cette fois, chacun des départements de la région était touché : Calvados, Eure, Manche, Orne, Seine Maritime. Les procureurs en Normandie, dans un élan commun, avaient publié une déclaration pour annoncer que leurs efforts se concentraient sous l'autorité du procureur général de Rouen, qui centralisait toutes les enquêtes. Ordres étaient donnés dans les territoires de s'occuper en priorité des enquêtes sur les disparus. La presse nationale s'était emparée du sujet. Le ministre de l'Intérieur en personne s'était déplacé à Cabourg, à Honfleur et à Rouen, afin de rassurer la population. Mais ses petits yeux de merlan frit, sa tête de fouine, son visage grêlé, son museau de tapinois, et sa mine de faux-témoin avaient semé du trouble dans la confusion générale.

Depuis des années, la classe politique, dans son ensemble, n'emportait plus l'adhésion de ses électeurs. Népotisme, arrogance, mensonges à répétition avaient achevé de réduire le peu de crédit accordé aux élus de tout bord. Une nouvelle génération, prétendument issue de la société civile, avait pris les manettes. Tout d'abord pleine d'assurance et de certitudes, elle avait commencé par distribuer des leçons d'économie, de vivre ensemble, d'utopies sociétales, puis avait sombré, degré après degré, dans une incompétence cruche, avant de patauger dans la boue d'un cynisme puéril, plus vulgaire que celui des anciennes générations. Sans aucune éducation, non seulement incultes, grossiers, ces nouveaux élus se comportaient de façon approximative, inconvenante, souvent insultante. Le seul résultat tangible, outre l'explosion des dépenses collectives et la dégradation des services publics, se mesurait à l'amertume de la grande majorité des citoyens qui désormais boudaient les urnes en masse.

- Alors *Padre*, tu parles au diable ?
- Au diable ? Dieu m'en préserve !
- Je t'ai vu tout à l'heure avec le médecin de la clinique. Tu lui parlais à bâtons rompus !
- Ah, le Professeur Phisbène ?
- Je ne sais pas comment tu l'appelles, mais je peux te dire que c'est un démon.
- Un démon ? Et pourquoi donc ?

Jojo n'avait jamais sa langue dans sa poche. Il sillonnait les routes du pays, selon son humeur et les licences du climat. De toutes les églises, il préférait celle de Donville, à cause de son curé, le meilleur de toute la Côte Fleurie. Peau tannée, poil hirsute, nez en poivron, couvert de fraises des bois, défroque en haillons, Jojo appartenait à l'ancienne école de la cloche. Il aimait bien le *Padre*, parce qu'il était charitable et généreux. A ses côtés, Jojo ne manquait de rien, il avait toujours un morceau de pain et de jambon, et parfois même un joli flacon de vin ou de cidre pour réjouir son cœur de philosophe, amoureux de la paresse, du laisser-vivre, poète du temps qui passe et de la dive bouteille, troubadour ou troubade selon ses heures, partout insouciant, détaché, partout flegmatique, désinvolte, sans ami, sans ennemi, sans feu, ni lieu.

Installé sous le porche de la collégiale, il ne manquait pas de trousser un mot pour les passants.
- Je t'ai vu tout à l'heure avec lui.
- Nous avons échangé quelques mots. Rien de plus.
- Tu connais ce diable, *Padre* ?

- J'ai dîné une fois avec lui, chez le maire.
- Depuis le temps que je suis à l'école de la cloche, sacrebleu, je sais reconnaître un mulet d'un saumon. Crois-moi, *Padre*, crois-moi, le grand Diogène lui-même n'en savait pas davantage !
- Je n'en doute pas un instant Jojo. Dis-moi donc ce que tu sais sur ce diable !
- Pas grand-chose, à vrai dire. Mais je sais repérer les cœurs noirs, ceux qui ont du cyanure dans les veines.
- On ne peut pas juger sur une mauvaise tête !
- Un crâne de mygale dans un sac de vices !
- Tu n'y vas pas avec le dos de la cuiller.
- Ahaha, claqua-t-il dans un grand rire, en montrant son nez fraise des bois, mon radar à connards vaut tous les GPS du monde !
- Jojo, tu mériterais un bol de cidre.
- Tu crois que je suis aveugle ? Non, mais tu crois que je ne les ai pas vus avec leurs grosses bagnoles ?
- Vus qui ?
- Les Américains !
- Quels Américains ?
- Pendant le festival de Deauville. Je ne sais pas bien ce qu'y venaient bricoler dans sa boutique, mais je peux t'dire qu'y avait du Yankee partout, ça tournait comme des mouches !
- Un *Festival du cinéma américain*, c'est normal qu'on les voit en Normandie à ce moment.
- Oui, mais là, j'sais pas. C'était plutôt le *Festival de Donville*. Des bagnoles, des bagnoles, des bagnoles ! Des grosses, aux roues démesurées, avec carrosserie noire, *des voitures-téléphones aux vitres aveuglées passaient dans la fumée des chicanes !*
- Ah, tu chantes du Sardou, maintenant ?
- Ahaha *Padre*, t'es le meilleur ! Non mais sans rire, méfie-toi de ce coco, et de sa bande d'Américains !

Si l'on en croit Fenimore Cooper, admiré du grand Balzac, la contagion du vice se trouve heureusement balancée dans ce monde par la sympathie qu'inspire la vertu. Il fallait donc supposer, qu'en dépit des disparitions signalées dans la région, la contagion du vice à Donville était balancée par la vertu du curé franciscain. Sans ce lourd contrepoids opposé à la tendance des passions humaines, se plaît à préciser l'auteur du *Dernier des Mohicans*, il y aurait peu d'espérance de voir jamais se réaliser les vœux de l'homme sage et bon, espérant l'extension graduelle du règne de la justice, mais aussi de la philanthropie.

Non loin de là, dans la librairie du village, une jeune policière discutait avec le maître des lieux :

- En venant, j'ai aperçu le père Brun, sous le porche de la collégiale, en pleine discussion avec Jojo.
- C'est un peu notre Kerouac local !
- Kerouac ? Pourquoi ?
- Il est toujours *Sur la route*, et en plus il a des *Satori*.
- Je n'ai jamais lu Kerouac. C'est bien ?
- Kerouac, si c'est bien ? Mais c'est fantastique !
- Ah bon ? Vous appréciez Kerouac, un routard, un traîne-savate, un anarchiste ?
- Il considérait Céline comme le plus grand écrivain du monde. C'est vous dire !
- Franchement, pas trop déjanté pour vous ?
- Pas du tout ! Un grand écrivain catholique !
- Quoi ? Mais il était drogué ?
- Kerouac a grandi dans un milieu profondément pieux.
- Mais il est devenu incroyant ?
- Non, pas du tout, même accro aux amphétamines, Jack n'a jamais rejeté le poids de la tradition. Tout au long de sa vie il est demeuré un fervent catholique.
- Jack Kerouac, le pape de la *Beat Generation* ?
- Oui, malgré un engouement pour le bouddhisme, mais vécu à travers le prisme d'une foi catholique sincère et affirmée.

- Mais on ne présente jamais Kerouac comme une grenouille de bénitier ? Vous êtes sûr qu'on bien parle du même ?

- Oui. Le choix du terme *beat* illustre parfaitement sa quête. Kerouac lui donne un sens métaphysique. Alors qu'il revisite l'église de son enfance, en 1954, il reçoit ce joli satori : *« J'étais tout seul là-dedans, il était cinq heures de l'après-midi, des chiens aboyaient dehors, des enfants criaient, et les feuilles d'automne, les flammes des cierges qui dansaient pour moi seul ». Beat* signifie béatifique. Être *beat,* ça veut dire *« être dans un état de béatitude, comme Saint François, essayer d'être absolument sincère avec chacun, pratiquer l'endurance, la bonté, cultiver la joie du cœur »*, peu importe qu'on soit pauvre ou paumé.

- Comme Saint François…

- Oui, quand Ben Hecht en 1958 demande à Kerouac ce qu'il cherche, il répond laconiquement qu'il attend que Dieu lui montre son visage.

- Carrément !

- Dans la préface du *Vagabond solitaire,* notre ami Jack écrit sans ambages : *« I'm not a beatnik, I'm a catholic »*. On ne peut être plus expressif !

- C'est dingue. J'ignorais tout ça.

- *« Je suis Canadien français, mis au monde à New England. Quand j'fâché j'sacre souvent en français. Quand j'rêve j'rêve en français. Quand j'braille j'braille toujours en français ! »*

- Moi qui le prenais pour un moderniste !

- Les bons écrivains rejettent la société moderne, et même la démocratie. Ecoutez : *« Je parie que, dans cinquante ans seulement, les mots :* Problème social, moralisation des masses, progrès et démocratie *seront passés à l'état de «* rengaine *» et apparaîtront aussi grotesques que ceux de* : sensibilité, nature, préjugés *et* doux liens du cœur, *si fort à la mode vers la fin du dix-huitième siècle ».*

- C'est de Kerouac ?
- Non, de Flaubert.

- C'est vraiment fou ! Avec vous, j'apprends une autre vision de la littérature. Rien à voir avec ce qu'on enseigne à l'école !

Gargarin avait soudain froncé les sourcils, comme si un nuage d'appréhension était venir assombrir ses pensées.
- Vous allez organiser des battues ?
- Des battues ?
- Pour chercher les disparus. Avec des chiens, des volontaires, des drones, des hélicoptères, des gendarmes, des pompiers, l'armée, je ne sais quoi encore !
- C'est impossible !
- Impossible n'est pas français !

Elle fixa le libraire droit dans les yeux :
- Nous avons 6 disparitions sur les bras. Aucun lien apparent entre elles. Des gens ordinaires, qui ne font pas plus de bruit dans leur vie qu'un électron dans un atome. Nos forces sont concentrées pour ratisser, fouiller, décortiquer le passé, le présent et même le futur de ces 6 inconnus. Nous cherchons un indice, une trace, une poussière, capable de nous aider à relier toutes ces personnes. Ces gens ne se sont pas évanouis par une sorte de contagion inexplicable. Il y a forcément un lien qui va donner la clé. Tant que nous ne trouvons pas ce fil, si ténu soit-il, un cours de danse, un voyage au bout du monde, ou bien une école, un concours de chant, une conférence, une maison de retraite, un club de loisirs et pourquoi pas une piscine, un café, une salle de sport, une randonnée, une fête de village, un match de foot, un tournoi d'échecs, une émission de TV, un livre, une secte, que sais-je encore, nous n'avons aucune chance de les retrouver. Des battues ? Alors que ne nous ne savons même pas de façon précise à quelle heure, ni à quel endroit ils ont disparu, c'est perdu d'avance !

Gargarin prit l'air penaud d'un enfant qui a la main dans le pot de miel au moment où quelqu'un pénètre dans la cuisine.

- « *Dans un monde parfait,* avait-il murmuré avec un air de perplexité extatique, *nous aurions battu la campagne, fouillé le moindre buisson jusqu'à ce qu'on le trouve* ».
- Que dites-vous ?
- C'est une réplique du film *Un monde parfait,* réalisé par Clint Eastwood.
- Nous ne vivons pas dans un monde parfait.
- Je sais que vous enquêtez. Je me doute que la police ne reste pas les bras croisés. Mais comprenez que c'est agaçant de savoir que des malheureux ont disparu, alors qu'on ne voit rien bouger. Vous savez, la population est excédée par cette montée de l'insécurité. Depuis quelques années, on vit dans la peur. Le gouvernement et les médias nous répètent à tire-larigot que c'est juste un *sentiment* d'insécurité. Mais croyez-moi, si on a le couteau sous la gorge, comme le malheureux Père Hamel ou le pauvre Samuel Paty, on n'a plus beaucoup de temps pour faire du sentiment. Je prie le ciel tous les jours qu'il ne m'arrive pas un incident, parce que je me connais. Mon agresseur risquerait de finir en bouillie, et moi en prison jusqu'à la fin de mes jours.

Amanda se pinça les lèvres :
- Je suis policière, et préfère ne pas commenter les décisions de justice. Nous aussi, vous savez, on en a plein le dos de tous ces multirécidivistes, qui sont relâchés trois heures après leur arrestation. C'est épuisant de courir après des voyous que la justice remet en liberté.

Gargarin hocha la tête avec un air désolé :
- Parfois je me dis que les Anciens avaient des méthodes plus efficaces. On ne s'est jamais vraiment remis des théories de Beccaria.
- Beccaria ? Le juriste italien des Lumières ? *Des délits et des peines ?*
- Lui-même. Contrairement aux idées reçues, avec les cachots et les oubliettes, le Moyen-âge utilisait très peu la peine de prison. Dans *Surveiller et punir*, Michel Foucault

démontre que l'âge d'or de la prison n'est apparu que dans les temps modernes avec la société de surveillance.

- L'âge d'or de la prison ?
- La pénalité moderne n'ose plus dire qu'elle punit des crimes. Elle prétend réadapter des délinquants. Alors elle fabrique en série des murs, des verrous, des cellules. Une vaste entreprise d'orthopédie sociale.
- Je n'avais jamais réfléchi à tout ça.
- Un viol, on emprisonne. Un vol, on emprisonne. Un meurtre, on emprisonne.
- Oui, enfin, en théorie. Aujourd'hui on emprisonne de moins en moins.
- Parce que le système arrive à saturation.
- Ce n'est pas faux.
- Mais d'où viennent cette étrange pratique et ce curieux projet de redresser, inscrits dans les Codes pénaux de l'époque moderne ? Pas du Moyen-âge nous explique Michel Foucault, mais de l'esprit des Lumières. Le catéchisme rousseauiste nous apprend que l'homme est né bon, que la société le corrompt. Il suffit de mettre l'homme corrompu à l'abri de la société pour que ce brave citoyen s'amende et se purifie.
- C'est un peu naïf, quand même.
- C'est le projet pénal des Lumières. Dès le XVIIème siècle, on commence à mettre en œuvre tout un arsenal de procédures en vue de quadriller, contrôler, mesurer, dresser les individus, pour les rendre à la fois « dociles et utiles ».
- C'est terrifiant !
- Surveillances et exercices, manœuvres et notations, rangs et places, classements, examens, enregistrements, afin de mieux trier les individus, au moment même où l'on proclame l'Égalité comme valeur suprême. Avouez que la République ne manque pas d'humour !
- C'est fou !
- Toute une vaste manière d'assujettir nos corps, de maîtriser nos multiplicités humaines, de manipuler nos forces s'est développée au cours des siècles modernes, dans les

hôpitaux, à l'armée, dans les écoles, les collèges ou les ateliers, en cultivant une valeur inconnue au Moyen-âge, qui s'appelle la *discipline*.

- On ne s'en rend même pas compte !

- Michel Foucault remet en cause la morale moderne à travers son histoire politique des corps.

- Je comprends mieux pourquoi vous citiez Beccaria.

- Il a dénoncé la cruauté de certaines peines, jugeant que les châtiments corporels étaient « barbares ».

- Bien sûr qu'ils sont barbares ! Vous voulez reprendre les châtiments corporels ?

- Ont-ils jamais cessé ? Ils ont changé de nature. Souvenez-vous de DSK et de son *Walk of shame*, sa fameuse marche de la honte, quand la police américaine l'avait exhibé devant les TV du monde entier, débraillé, mal rasé, menottes au poing.

- Vous ne trouvez pas que ça manque de dignité ?

- Ce sont les voyous qui manquent de dignité, pas ceux qui les répriment !

- Et la présomption d'innocence ? Il n'était même pas jugé ? Moi je me méfie des méthodes spectaculaires.

- Ah bon, vous ne croyez pas qu'une admirable série de coups de fouet en place publique, une belle potence avec le cadavre d'un meurtrier qui danse au bout d'une corde, un billot où roule la tête d'un assassin, un superbe bûcher où flambe le corps d'un salopard, ce ne sont pas là de merveilleux spectacles pour éduquer les consciences ?

La policière s'était figée comme la femme de Loth en quittant la ville de Sodome.

- Je plaisantais, Amanda ! Vous savez bien que malgré mes allures d'ours et mon physique de bateleur de foire, j'ai un petit cœur qui bat sous ma carcasse !

- Vous m'avez fait peur !

- Il y a des sujets qu'on ne peut plus aborder dans cette société de peine à jouir, même en rigolant !

- C'est vrai, vous n'avez pas tort.

- Si la peine de mort a été abolie pour les assassins, elle est toujours en vigueur pour les innocents.
- Vous voulez me mettre au chômage ?
- Ahaha, s'était fendu d'un grand rire le libraire qui ne résistait jamais au plaisir provoqué par un trait d'esprit.

Gargarin avait le visage réjoui des grands jours.
- Notez que la peine de mort est le meilleur argument contre la récidive ! Bon, j'arrête là mes bêtises. Sinon, je vais être dénoncé à la police de la pensée.

Puis, en fouillant dans ses étagères :
- Tenez, avant qu'on ferme le magasin pour opinion insalubre et contraire à la pensée dominante, je vais vous faire un petit cadeau. J'ai l'impression que vous êtes fatiguée. Je suis sûr que vous avez besoin d'un bon remontant !
- *Le Livre des Snobs* ? de Thackeray. Je ne connais pas du tout, commenta la jeune femme qui examinait la couverture.
- Si le cœur vous semble aussi lourd que l'estomac, par ces temps tristes et déprimants ; si l'époque vous paraît sombre et morose, sous le ciel bas et lourd de la modernité, sinistrement privée des soleils de l'intelligence et des bienfaits de l'honnêteté ; si vous souhaitez traverser la vie la tête haute et la conscience lavée de toute peccadille, le foie pur et le poil soyeux, alors n'hésitez pas davantage, plongez votre sémillant esprit dans les pages de ce petit opus, rempli de talent et de bonne humeur congénitale. Le divin *Makepeace*, pour notre plus grand bonheur, pourfend les ladres et les imbéciles, les arrogants et les sinistres, avec une plume jubilatoire, capable, d'un même élan, de nous dilater la bile et le cœur, pour nous faire digérer les scories de ces temps délabrés.

Amanda avait retrouvé le sourire.
- Vous avez un don pour nous donner envie de lire !
- C'est pour purifier nos esprits de toutes les mauvaises idées qui agitent nos âmes rétives.
- Ahaha, mais rétives à quoi ?

- Au progrès, à l'émancipation, à la libre pensée, nous devons nous mettre marche vers la lumière, dans l'espoir enfin d'atteindre le rêve socialiste, tel que Flaubert l'a décrit !
- Ah bon, que disait-il ?
- *« Le rêve du socialisme, n'est-ce pas de pouvoir faire asseoir l'humanité monstrueuse d'obésité, dans une niche toute pleine de jaune, comme dans les gares de chemins de fer, et qu'elle soit là à se dandiner sur son siège, ivre, béate, les yeux clos, digérant son déjeuner, attendant le dîner et faisant sous elle ? ».*
- Ah Flaubert ! Un vrai Normand !

Soudain, on entendit la clochette de la porte d'entrée, qui s'ouvrit dans un vacarme de tous les démons. C'était le père Brun qui entrait.

Chapitre 14

La science parle avec les plantes

Quand il n'allait pas se promener du côté d'Honfleur, il filait à travers la campagne, pour se gorger de paysages normands. Il aimait par-dessus-tout la vue des collines verdoyantes, paradis pour les vaches et les randonneurs. Gargarin avait l'âme d'un paysan. Si le temps le lui permettait, après les tempêtes de tous les diables qui secouaient la fin de l'hiver, il chaussait une paire de bottes et s'en allait méditer par les vertes prairies, sur la beauté de la nature et la laideur du monde moderne, conciliant ainsi (selon l'expression de Courteline) ses goûts de flâne avec le cri indigné de sa conscience. Nulle part ailleurs mieux qu'en Normandie on peut happer ce contraste entre nature et artifice. Flaubert pestait à qui mieux mieux contre l'horreur étendue comme une toile sur la délicate beauté des paysages : *« L'industrialisation a développé le laid dans des proportions gigantesques ! »*

Dans *Un conte normand*, Maupassant veut rendre hommage à la beauté des vieux ouvrages, pour fustiger, lui aussi, la laideur du monde moderne, laquelle atteint son paroxysme dans la vallée de la Seine : *« C'était là un des horizons les plus magnifiques qui soient au monde. Derrière nous Rouen, la ville aux églises, aux clochers gothiques, travaillés comme des bibelots d'ivoire ; en face, Saint-Sever, le faubourg aux manufactures, qui dresse ses mille cheminées fumantes sur le grand ciel vis-à-vis des mille clochetons sacrés de la vieille cité ».* Plus loin, il va dresser un parallèle faustien entre la cathédrale et une usine, le nouveau temple du siècle élevé à la gloire du Progrès : *« Ici la flèche de la cathédrale, le plus haut sommet des monuments humains ; et là-bas, la « Pompe à feu » de la « Foudre », sa rivale presque aussi démesurée, et qui passe d'un mètre la plus géante des pyramides d'Égypte ».* Dieu, quelle vision démoniaque ! L'industrie moderne face au sacré antique ! *« De place en place, de grands navires à l'ancre le long des berges du large fleuve. Trois énormes vapeurs s'en allaient, à la queue leu-leu, vers le Havre ; et un chapelet de bâtiments, formé d'un trois-mâts, de deux goélettes et d'un brick, remontait vers Rouen, traîné par un petit remorqueur vomissait un nuage de fumée noire ».*

Comment peut-on fuir ce petit nuage de fumée noire ? En allant marcher dans les vertes prairies, en laissant courir son esprit sur les pages d'un livre intelligent, comme ceux que Gargarin cultivait dans sa librairie, qu'il appelait son *jardin divers.*

- Ah, je suis sûr que ma plante a eu un sursaut !
- Un sursaut ?
- Un bel exemple de communication biocellulaire !
- Qu'est-ce que c'est ?
- Les éléments de la Nature sont interconnectés. Il existe une forme d'intelligence qui les relie entre eux.
- Que voulez-vous dire ?
- Que si les moutons pouvaient parler, Amanda, vous auriez déjà retrouvé l'auteur des disparitions, entonna Gargarin, avec un grand sourire, si fier de montrer à l'enquêtrice qu'il avait une longueur d'avance.
- Les moutons ? Ah ! Vous parlez de la bergère Brune qui a sans doute été enlevée devant ses moutons ?
- Absolument !
- Les moutons et les arbres, avait repris le père Brun, qui venait de les rejoindre dans la librairie. Je reste persuadé, chère Amanda, que l'avenir de l'enquête policière passera par une connaissance plus approfondie des plantes.

- Vous voulez confier les enquêtes criminelles à des plantes ? J'aurais tout entendu ! s'esclaffa Amanda qui riait de bon cœur. Remarquez, quand on voit Dubois, on se demande si ce n'est pas déjà fait !

Le libraire et le moine avait fait écho à sa plaisanterie.

- Sérieusement, je vous assure que la communication biocellulaire intrigue les scientifiques depuis le début du XXème siècle, par une approche du vivant qui remet en cause toutes nos idées reçues sur la Nature.

- Expliquez-nous !

- Schrödinger reste le premier à avoir découvert le phénomène de façon concrète, en 1935, sidérant tous les physiciens de cette époque.

- Ahaha, ça ne m'étonne pas ! avait sifflé Gargarin ne perdant jamais une occasion de railler les scientifiques.

- En 1966, le Dr Backster prit sa suite en consacrant plus de vingt ans de recherche aux applications du réflexe psychogalvanique, qui concerne la résistance de la peau, et ses variations, au passage du courant électrique.

- Quoi ? Vous voudriez électrocuter les suspects ?

- Attendez Amanda ! Le réflexe psychogalvanique est dû aux modifications de la circulation sanguine, de la sécrétion sudorale et de la température cutanée, en réponse à stimulus émotionnel. Le Dr Backster améliora la technique du détecteur de mensonge en créant le polygraphe, dont il fondera une école en 1968, ainsi qu'une fondation, dédiée à l'étude du phénomène de la perception primaire.

- Ensuite ?

- Tout commence le 2 février 1966 quand le Docteur Backster relie son galvanomètre à un *Dracaena massangeana*, simple petite plante d'intérieur, dans l'objectif de mesurer le temps que prendrait l'eau pour remonter dans les feuilles.

- Ingénieux !

- Selon toute analyse logique, il devait constater une diminution de la résistance, entraînant une augmentation du voltage.

- Et alors ? demanda la jeune policière, dont les yeux s'arrondissaient.

- Alors qu'il patientait, il eut l'idée de blesser la plante en la brûlant. Juste pour voir.

- Non, mais quel sadique !

- Il se dirigea alors vers sa cuisine et constata avec une grande surprise que la plante avait réagi à son intention.

- Vraiment ?

- La marque sur le polygraphe correspondait à celle d'un sujet humain, touché par une stimulation émotionnelle de courte durée. Il voulut reproduire l'expérience en connectant la plante au polygraphe avant de partir en voyage. Dès son retour, il put constater que la plante avait réagi au moment même où il avait décidé de rentrer chez lui. Cette plante était connectée aux réactions émotionnelles de son propriétaire.

- Mais c'est complètement dingue !

- Attendez encore, vous ne savez pas tout ! Interpellé par ce phénomène, le Docteur Backster a voulu reproduire l'expérience sur des crevettes, placées dans de petits récipients au-dessus d'un aquarium en ébullition.

- Ah, c'est malin, ça me donne faim ! marmotta Gargarin qui montrait des yeux brillants.

- Pour affiner ses expériences, le chercheur avait raccordé chaque récipient à un mécanisme de renversement aléatoire. Autour de l'aquarium, il disposa 7 plantes, toutes reliées à un polygraphe.

- Ne me dites pas que les plantes ont réagi ?

- Ce qu'il découvrit le stupéfia vraiment. A chaque fois qu'un des récipients se retournait, causant la mort des crevettes, toutes les plantes réagissaient en synchronie.

- C'est sidérant !

- Les plantes sont capables de détecter la mort cellulaire autour d'elles, et ceci, indépendamment de toute intervention humaine.

- Et le Dr Backster a poursuivi ses recherches ?

- Dans le même ordre d'idées, il a voulu relier un œuf à un électroencéphalogramme. Chaque fois qu'il plongeait un autre œuf dans l'eau bouillante, le premier manifestait une réaction forte.

La jolie bouche en cercle d'Amanda démontrait que son esprit se trouvait coi.

- Mais vous n'avez encore rien vu. A partir des années 2000, des scientifiques ont réalisé une expérience plus insolite encore, en utilisant une banane, en support reliée à un électroencéphalogramme. On demande à un enfant s'il voulait manger la banane, et au moment où il pointe son doigt dans la direction du fruit, incroyable ! elle réagit instantanément.

- Arrêtez, s'il vous plaît, se mit à geindre Gargarin, ou alors je ne pourrai plus manger de banane !

- Et maintenant, j'en viens à nos enquêtes criminelles.

- Dîtes-moi tout, ça m'intéresse ! suppliait Amanda.

- L'expérience avec les tomates demeure tout aussi épatante.

- Ah non, pas les tomates, pleurait Gargarin, salivant de dépit.

- Des scientifiques ont sélectionné deux tomates de la même grappe, et ont relié à un électroencéphalogramme celle de gauche. On demande à une personne d'entrer dans la pièce avec un regard plein de rage et la ferme intention de détruire la tomate de droite, puis de s'approcher d'elle pour la découper sauvagement avec l'aide d'une machette.

- Une bonne idée pour la faire rougir.

- L'appareil indiqua aussitôt une réaction dès que les yeux de la personne s'étaient posées sur sa jumelle. Ensuite, le tracé s'était emballé, dès qu'il avait commencé à la découper violemment, pour baisser soudainement à la moitié de son niveau, comme si la tomate s'était évanouie.

- J'ai l'impression de naviguer quelque part entre un conte pour enfants et la quatrième dimension, balbutia Amanda.

- Après cette expérience, les morceaux de la tomate de droite furent nettoyés ; on laissa celle de gauche dans le calme.

- Écoutez bien Amanda, crut bon de pontifier Gargarin, je crois que c'est l'instant qui devrait intéresser la policière.

- Au lendemain matin, son électroencéphalogramme avait repris un rythme normal. Mais quand l'homme de la veille entra dans la pièce, l'appareil de la tomate survivante s'emballa sans aucun autre stimulus. Elle avait reconnu le tueur !

- Vous êtes en train de me dire qu'avec des tomates on peut désormais retrouver un assassin ?

- Nous sommes encore aux balbutiements de la science sur la communication cellulaire. Le Dr Backster, en dépit de ces constats reproductibles à l'infini, n'a pas théorisé la raison de ces phénomènes. Laissons le temps aux physiciens quantiques le soin de la découvrir.

- Je crois que d'autres surprises nous attendent. On nous vante *l'Intelligence artificielle*, tandis qu'on néglige bien stupidement les bases de l'intelligence naturelle.

- Comment c'est possible ?

- Pour le dire autrement, avec des mots plus simples, des êtres sans système nerveux manifestent à différents degrés d'intensité des états émotionnels en réaction à des actions que subissent les autres êtres qui les entourent.

- Existe-t-il une sorte de conscience dans chaque être biologique ?

- C'est toute la question ! Ces constats viennent en effet étayer la thèse selon laquelle chaque cellule, végétale, animale, humaine, serait habitée par une forme de conscience.

- Si les éléments de la Nature sont tous connectés, peut-on déterminer que nos cellules humaines le soient aussi entre elles à l'intérieur de notre corps ?

- Très bonne remarque, chère Amanda ! Figurez-vous que l'expérience a également été menée sur des leucocytes, collectés à l'intérieur d'une joue humaine. Ce sont des cellules blanches vivantes, possédant une durée de vie de huit heures environ. Deux électrodes de la taille d'un cure-dents les reliaient à un électroencéphalogramme. On les disposa dans une chambre blindée, imperméable à toute onde magnétique.

- A ce point-là ?

- Attendez, Amanda, vous n'avez encore rien vu ! On assied alors le donneur dans une cage de Faraday, une enceinte hermétique utilisée pour protéger des nuisances électriques et aussi des champs électromagnétiques ; laquelle cage de Faraday se situe à l'autre bout de l'école, devant un écran diffusant toute sorte d'images apaisantes ou violentes.

- Ah, c'est la même expérience que sur Alex, dans *Orange Mécanique* ! s'enthousiasma Gargarin.

- Pas exactement, vous allez comprendre. Parce que les résultats furent saisissants : l'électroencéphalogramme des cellules était en réaction simultanée avec les émotions du donneur, assis à l'autre bout du bâtiment, protégé par la cage de Faraday !

- C'est complètement fou !

- Une chose est sûre. Des expériences semblables seront reproduites avec des cellules corporelles, spécialement avec des bactéries et des particules séminales. Et les résultats chaque fois furent les mêmes. Ils permettent d'établir trois principes déclenchant une série de réponse claire : *1- réponses émotionnelles* : selon nos constats, peur, plaisir, appréhension, ou soulagement suscitent une réaction. *2- Intentionnalité* : non seulement les processus biologiques répondent aux menaces de leur bien-être, mais aussi aux intentions des êtres vivants. 3- *Spontanéité* : tout élément soudain et imprévu emporte également une réaction.

Amanda se trouvait littéralement plongée dans un abîme où venaient s'affronter incrédulité et perplexité, comme deux lutteurs dans un octogone.

- Je crois que la police scientifique a encore des progrès à faire. La Nature est fascinante !

- La perception primaire n'est actuellement ni rejetée ni acceptée par la communauté scientifique.

- On manque de chercheurs, c'est sûrement la raison.

- C'est très juste. Seule, la poursuite des recherches pourrait venir transformer les préceptes fondamentaux de la génétique, de la biologie, de la botanique, de la pathologie, c'est-à-dire de toutes les sortes de domaines qui sont nécessaires à l'analyse scientifique d'une enquête criminelle.

- Des découvertes qui pourraient accélérer le changement de paradigme, actuellement à l'œuvre, déclara Gargarin sur le ton d'un docteur.

- Un vrai défi pour notre avenir scientifique, qui ne mobilise pas beaucoup. La communication biocellulaire se produit dans une dimension méconnue, indépendante du champ électromagnétique, et qu'il nous est impossible de détecter, en l'état de nos connaissances.

- Il faudrait faire un nouveau bond !

- Nous percevons ses mécanismes, sans pour autant pouvoir les comprendre. Il semblerait s'agir d'une dimension sans véritable espace-temps, sans chronologie, sans localité, où les particules sont manifestement enchevêtrées.

- Comme dans l'esprit d'une enquêtrice ? suggérait la jeune femme, les yeux dans le vague.

- Tout ceci n'est pas nouveau, enchaîna Gargarin, en souriant avec la figure d'une gargouille. On connaît déjà, dans la Nature, les phénomènes de réactions à distance.

- Que voulez-vous dire ?

- Au printemps, par exemple, lorsque des substances volatiles sont secrétés par les femelles de certaines espèces, en vue de jouer une attraction sur le mâle.

- Vous parlez des phéromones ?

- Exactement. Au fond, c'est le même principe. Et ça marche aussi bien sur les humains, les animaux, les insectes, et même certains végétaux !

- Vous avez raison, le mâle peut détecter la phéromone à plusieurs kilomètres.

- Sans parler du Légionnaire qui sentait la merde ! Oh, pardon Amanda, je suis désolé.

- Qu'est-ce que c'est que votre histoire. Avec quel Légionnaire ?

- Dans son livre *Par le sang versé*, Bonnecarrère raconte une histoire : pendant la Guerre d'Indochine. Dans la jungle, un Légionnaire possède l'étonnante faculté de flairer les excréments humains à plusieurs kilomètres. Ce don unique lui permet de repérer l'ennemi, et de sauver sa section d'une embuscade.
- Ahurissant ! C'est authentique ?
- Absolument !

A chaque fois qu'on partageait des connaissances scientifiques, tout le visage du père Brun se trouvait éclairé par les flambeaux d'une joie dépouillée de tout orgueil.

- La communication biocellulaire nous fait entrevoir une notion fondamentale, déjà visée dans la physique quantique, par le principe de l'*intrication*. C'est la situation dans laquelle se retrouvent liées deux choses ou deux personnes, demeurées de façon mystérieuses *entremêlées*. La réalité quantique n'est rien d'autre qu'un système nodal.

- Vous voulez dire que les *Contes du Graal* avaient déjà percé les secrets de la physique quantique ? interrogea Gargarin qui plissait les yeux sous les actions d'une lueur métaphysique flageolant au fond de ses pupilles.

- Que voulez-vous dire ?
- Je parle de la *cruentation*.
- Qu'est-ce que c'est ? demanda Amanda, éberlué.
- Le *jus cruentationis cadaveri*, « l'épreuve du sang qui coule ». Au Moyen-âge, on croyait qu'en mettant le cadavre d'un assassiné en présence de son meurtrier supposé, le corps se mettait à saigner si le suspect était coupable. En quelque sorte, l'accusation suprême de la victime.

- Mais ce ne sont que des contes, fit remarquer Amanda sur le ton de quelqu'un qui n'est pas très sûr de ce qu'il dit.

- En physique quantique, reprit le moine, l'intrication est le phénomène par lequel deux objets distants, comme deux particules, par exemple, qui se sont rencontrées par le passé conservent une sorte de lien étrange.

- Comme le cadavre et son meurtrier, souligna Gargarin dans un timbre de voix qui semblait tout droit sorti d'un caveau funéraire.

- Ou comme deux amants séparés qui devinent chacun les pensées de l'autre. Ils demeurent intriqués. Ce curieux phénomène fit l'objet de vérifications en laboratoire.

- Je préfère la version des deux amants, avait précisé la jeune policière.

- C'est peut-être l'explication des pluies de sang ? émit le libraire sur un ton sépulcral.

- Des pluies de sang ? Vous parlez des plaies d'Égypte ? questionna la policière, intriguée.

- Pas seulement, trancha le père Brun. Pline l'Ancien décrit des pluies de chair, de sang, mais aussi d'autres matières animales. Au VIème siècle, Grégoire de Tours rapporte que dans le territoire de Paris, il tomba des nuages une pluie de sang véritable, qui souilla beaucoup de vêtements et les gens se dépouillèrent des tâches avec horreur.

- Invraisemblable ! Ce sont des fables ?

- On recense des dizaines d'exemples. En juillet 1608, les faubourgs d'Aix-en-Provence sont recouverts d'une pluie de sang. Dans la nuit du 17 au 18 octobre 1846, il tombe dans les départements du Sud-ouest de la France, en Ardèche, Drôme, Isère, etc. une pluie qui laisse un dépôt rouge et que tous les paysans appellent *pluie de sang*. En 1968, les journaux du Brésil évoquent une pluie de chair et de sang sur une aire assez large. Et plus récemment encore à Dubaï.

- La Nature n'a pas fini de nous livrer tous ses secrets, affirma le libraire, non sans une pointe de rêverie macabre.

- Vous voudriez laisser entendre que le sang tombé du ciel est intriqué, pour des raisons meurtrières avec le territoire arrosé ?

- Allez savoir ! répondit le franciscain, qui poursuivait ses exégèses. Récemment, des scientifiques chinois ont réussi à maintenir deux photons dans un état intriqué à des milliers de kilomètres de distance.

- C'est sidérant !

- Quand j'étais jeune, il m'arrivait de rester sur mon lit, allongé pendant des heures, les yeux au plafond, à imaginer comment chaque atome de mon corps avait pu interagir, dans un passé lointain, avec d'innombrables autres atomes de l'univers.

- Si j'ai bien compris, lorsque la science sera capable de reconstituer l'historique de nos *intrications* personnelles, il sera possible de déterminer qui est la dernière personne qui s'était trouvée en présence d'un cadavre avant le meurtre ? questionna la policière, étonnée par le sens de sa propre question.

- On peut imaginer, en effet, que la science le permette un jour. Mais ce sera la mort des enquêtes policières, et peut-être pire, la mort des romans policiers, répondit le moine, non sans une pointe d'ironie.

- En somme, vous nous mettrez au chômage tous les deux ? gémit Gargarin.

- C'est vraiment sérieux cette histoire d'intrication ? insista la jeune femme. Enfin, je veux dire, on sait vraiment que les atomes se reconnaissent les uns les autres ?

- Chaque atome de notre corps est lié à des milliards d'autres atomes, dispersés dans la galaxie. Nous sommes mêlés au cosmos.

- Ce n'est pas ce que disait Sainte Hildegarde ?

- Oui, d'une certaine façon.

- Vous êtes en train de m'aviser que la physique quantique confirme les visions de Sainte Hildegarde ?

- Disons que vous proposez une explication *intriquée*, qui prouve, à sa juste manière, que vous avez adopté un esprit quantique. Bravo Amanda !

Gargarin avait soudain consulté sa montre :

- Oulala, je dois vous chasser. Mon ami Anselme vient dîner ce soir et je n'ai pas fait mes courses !

Amanda se tourna vers le père Brun :

- J'avais l'intention d'aller vous voir, après mon passage à la librairie.

- Vous êtes la bienvenue.
- J'ai quelque chose à vous remettre.

Chapitre 15

Les Clés du Royaume

- Je dois vous avouer que vous m'avez fait pleurer.
- Allons bon, moi qui me tue à répandre la joie !

Amanda tira de sa poche un *DVD*, sur lequel on pouvait lire : *Les Clés du Royaume*.

- Quel film !
- Ah je me doutais bien qu'il vous plairait.
- C'est vraiment beau, chuchota la jeune policière pendant qu'elle tendait l'objet vers le moine pour le lui rendre.
- Oui, quelle histoire ! Ce missionnaire envoyé en Chine avec ses méthodes peu conventionnelles, refusant de convertir les chinois par la contrainte ou par l'argent.
- J'ai adoré le personnage !
- Quand j'étais enfant, je restais fasciné par ce prêtre, le *père Chisholm*, parce qu'il préférait convaincre par les seules forces de son rayonnement et de son témoignage.
- Son amitié avec le médecin athée est un bijou d'humanité magnifique et touchante.
- Quelle émotion, quand son ami lui dit au moment de mourir : *« Je ne t'ai jamais aimé autant que maintenant, parce que tu ne m'as pas forcé à croire »* !
- J'en avais les larmes aux yeux.
- Et quand on lui reproche d'avoir déclaré que tous les athées ne sont pas impies, il répond au sujet de son fidèle ami : *« C'était un athée particulier »*.
- J'ai savouré les dialogues, pleins de bienveillance et d'humour.

- Sa réplique à une fâcheuse obèse qui le sollicite pour guider son âme : « *Mangez moins, les portes du Paradis sont étroites* » ! Il s'attire les foudres de ses supérieurs. On lui reproche d'avoir perdu le contrôle des âmes. Mais le père fait une réponse qui hantera toute ma vie de prêtre : « *Je n'ai aucun désir d'asservir les âmes* ».

- Je comprends mieux votre vocation.

Amanda observait sans concession le visage du père Brun, sa barbe de philosophe grec, son sourire et son regard. Lui aussi était bel homme, lui aussi donnait une belle envie de vivre selon la joie, lui aussi possédait ce don des êtres différents qui donnent aux autres des raisons d'espérer.

- A.J. Cronin est un immense écrivain catholique, hélas oublié, que personne ne lit plus aujourd'hui.
- C'est l'auteur du roman, dont le film est tiré ?
- Exactement, Amanda.
- Derrière chaque bon film, se cache toujours un bon roman. C'est fou comme l'écriture précède l'image.
- Vous avez raison. Les dialogues sont de bonnes tenues et certaines paroles du père Chisholm fleurissent d'une beauté toute franciscaine : « *Rien ne peut détruire mon église. Je la rebâtirai. Tant que je vivrai, je la rebâtirai* ».
- Et Gregory Peck. Mon Dieu, quelle classe !
- Quel acteur ! *Les Clés du Royaume,* seulement son deuxième film !
- Je suis vraiment fan, même s'il porte la soutane !
- Il a joué un autre rôle de prêtre.
- Ah bon ? Dans quel film ?
- *Le Pourpre et le Noir,* inspiré par l'histoire véritable du *père O'Flaherty*, un dignitaire du Vatican, qui organisa un immense réseau pour cacher des réfugiés juifs, des familles de résistants et des soldats alliés pendant la Guerre, en utilisant son immunité diplomatique pour se déplacer à sa guise.
- Un héros !
- Il fera même l'objet d'une tentative d'assassinat par les Nazis à l'intérieur du Vatican.

- On n'est en sécurité nulle part !
- Il a pourtant été protégé.
- Et il a aidé à dissimuler de nombreux Juifs ?
- Malgré toutes les horreurs qu'on raconte sur Pie XII, il faut savoir ce qui s'est passé pendant ces heures sombres. Des quelques 9 700 juifs de Rome, 1007 sont cruellement envoyés à Auschwitz, à compter de l'occupation allemande.
- Que sont devenus les autres ?
- Tous cachés par l'Église catholique : plus de 3 000 à Castel Gandolfo, la résidence d'été des papes, environ 400 embauchés dans les rangs des Gardes Suisses du Vatican, 1 500 à l'abri des murs des monastères, des couvents, des collèges. On estime à 6 000 le nombre total de personnes dissimulées ou sauvées par le réseau du père Hugh O'Flaherty.
- Jamais entendu parler de ce film !
- Grégory Peck y est irrésistible.
- Il faut absolument que je le voie !
- Viril, bel homme, garant des valeurs et de la morale dans ses films, Peck déclare à la fin de sa vie vouloir qu'on se souvienne de lui comme d'un bon père et d'un bon mari avant tout.
- On est loin des vulgarités actuelles d'Hollywood.
- C'est sûr ! Bon catholique, bon père, bon mari, bon citoyen, bon cavalier, bon démocrate, Gregory Peck a tout pour déplaire à notre époque. Dieu sait s'il plut énormément !
- Ah mais il plaît encore aujourd'hui. Je vous assure que s'il était vivant…

Le moine fixa les yeux d'Amanda en souriant.

- Une légende du cinéma américain.
- Une légende tout court !
- Il avait le don d'empathie : sourire mélancolique, voix grave, attitude élégante. Il traversait les westerns avec une sorte d'aisance indolente, mais aussi les polars avec une foi indestructible en la bonté des hommes.
- Dites-moi qu'il existe encore des hommes de ce type ?

- Sur la fin de sa vie, alors retiré des affaires du monde, il se consacrait à sa seule passion : la lecture. Protégé par une muraille de bouquins, il usait de son influence pour des causes importantes, le nez toujours plongé dans Dostoïevski ou Maupassant.

La jeune femme, pensive, jetait ses yeux doux vers un lointain inaccessible et imaginaire.

- Je dois vous faire un aveu, à vous seul, parce que je ne peux le faire à aucun autre.
- Parlez, je vous écoute.
- Moi qui suis féministe, j'adore ces vieux films en noir et blanc où les femmes souffraient avec talent, séduisaient avec aisance et affichaient leurs bonnes manières.
- Ah, je vois, le *syndrome de Joan Crawford.*
- Qu'est-ce que c'est ?
- Bette Davis détestait sa rivale Joan Crawford, qui le lui rendait bien. Quand la première annonça l'anéantissement de Pearl Harbor, la deuxième lui répondit : *« Pearl... ? Who was that girl? »*

Amanda ne put réprimer un léger sourire. Le père Brun était l'homme avec lequel elle riait le plus souvent. Avait-elle jamais connu une telle complicité ? Ce n'était pas avec Dubois qu'elle risquait de rire. Même à cause de son imperméable. Avait-elle entendu, une seule fois, le bruit de son rire ? Un jour, elle avait remarqué des petits gloussements de marmotte mais ce n'était qu'un chapelet de spasmes involontaires comparables à un cortège d'éternuements. Que fait de sa vie un homme qui ne rit pas ? se demanda-t-elle en gambergeant à la force morale du prêtre irlandais.

- Est-ce que le père O'Flaherty était joyeux ?
- Plein d'humour, de joie. Il adorait faire des blagues.
- Quelle a été sa meilleure blague ?
- De baptiser l'ancien chef SS à Rome. Après la guerre, il a rendu régulièrement visite en prison à son ancien ennemi, le général Kappler. Le prélat irlandais était son seul visiteur. En 1959, Kappler se convertit au catholicisme. La

présence du père O'Flaherty, teintée à la fois d'humour et de bienveillance, a favorisé la transformation intérieure de cet homme rempli de haine, qui a entrepris une lente ascension vers la lumière.

- On se sent bien petits devant de tels hommes, souffla-t-elle sur le ton d'un esthète qui admire une œuvre d'art.

Amanda pensa pêle-mêle au Nazi dans sa prison, à la bonté du prélat irlandais, aux Juifs cachés, aux persécutions dans les rues de Rome, au réseau mis en place et animé par le père O'Flaherty, à son courage, à sa détermination, à sa rigueur. Seules des personnalités extraordinaires pouvaient faire preuve de dispositions aussi variées, et conduire des opérations dans des registres aussi différents, avec un sens aigu du devoir, du pragmatisme, du risque, de la diplomatie et de la logistique,

Soudain, elle leva de grands yeux vers le père Brun :
- Et s'il existait un réseau pour nos disparus ? Je veux dire un groupe bien organisé qui enlève les gens, dans un but précis ?
- Tout est possible. Qu'est-ce qui vous fait dire ça ?
- Je ne sais pas. Une intuition. Je pense au réseau du père O'Flaherty. Je me dis qu'on peut faire la même chose pour une cause moins noble.
- Ah, non. D'habitude c'est moi qui ai les intuitions.
- Mais avouez que ce n'est pas idiot !
- Je n'avoue rien, même sous la torture !

Amanda avait secoué la tête, comme pour mieux se débarrasser d'une mauvaise idée :
- Franchement, ça ne vous arrive jamais de faire des rêves bizarres ?
- Comme tout le monde.
- Cette nuit j'ai imaginé qu'on avait affaire à un gang de faux-monnayeurs…

- Comme dans les *Disparus de Saint-Agil* ?
- ... qui avaient un besoin impérieux de se débarrasser de témoins gênants.
- Et pourquoi pas des *extra-terrestres* ?
- Ce ne sont pas vraiment cauchemars, ni des fantasmes, plutôt des songes étranges. La semaine dernière, ils étaient victimes d'une malédiction,
- Ah ! La *malédiction du pharaon*, propagée par Conan Doyle, reprise par Agatha Christie, dans *L'Aventure d'un tombeau égyptien*.
- Pourquoi pas victimes d'une secte, d'une confrérie, ou d'une société secrète ?
- Reprenez les théories du *Chat noir*, que Tugdual de Kerandat avait développées dans notre enquête à Combourg !
- Ou alors, un règlement de compte à grande échelle.
- Je verrais plutôt un *élevage d'Hibernatus*, alignés en rangs d'oignons, sous des avalanches de tuyaux, maintenus dans des blocs de glace, en espérant qu'ils se réveillent dans une centaine d'années ?
- Vous vous moquez de moi ?
- Je vois que vous rêvez beaucoup.
- Cette enquête me rend folle !
- *« Seules quelques portes cachées s'ouvrent sur notre terre et permettent le passage d'un monde à l'autre »*.
- Que dites-vous ?
- *« Là-bas vers Kadath, la Cité inconnue, avec ses dômes d'or et son château d'Onyx, où siège le terrible Nyarlathotep, le* « un en tout » *et le* « tout en un », *le chaos rampant. Ce que vit Randolf Cater, nul autre humain ne devait jamais plus le voir... »*.
- Mais de quoi parlez-vous ?
- *Démons et merveilles* de Lovecraft.
- Vous pensez que je suis en plein délire ?
- L'onirisme est sans doute un trésor, mais il ne permet pas toujours de résoudre une enquête policière.

Cette fois, elle avait baissé les yeux pour fixer le sol un long moment, avant de reprendre ses élucubrations :
- Tout ça est peut-être l'œuvre d'un seul homme ?
- Seul pour réaliser tous ces enlèvements ?
- Et pourquoi pas ? Le *cannibale de Milwaukee* avait agi seul pour assassiner ses dix-sept victimes.
- Le cannibale de Milwaukee ?
- Oui, Jeffrey Dahmer, tueur en série, qui enlevait des jeunes homosexuels entre 1978 et 1991, afin de les violer, de les démembrer, avant de pratiquer des actes de nécrophilie et de cannibalisme.
- Mon Dieu, quelle horreur !
- Joachim Kroll, le *cannibale de la Rhur*, condamné pour huit meurtres, alors qu'il en avait avoué quatorze !
- C'est vraiment sordide !
- Et le *boucher de Rostov ?*
- Qu'est-ce que c'est que ce monstre ?
- L'un des profils les plus effrayants.
- Finalement, je préférais vos rêves.
- Cinquante-deux meurtres retenus par la justice, entre 1978 et 1990, mais lui en avoue cinquante-cinq.
- Ces gens sont les instruments du démon.

Amanda s'était tue, puis elle avait respiré fortement :
- Un dommage collatéral de la grande famine organisée par Staline en Ukraine.
- La haine engendre la haine !
- Cette période fut effrayante. Sa mère lui raconte l'histoire de son frère Stephan, de quatre ans son aîné, enlevé, tué et mangé par des voisins cannibales. Fils d'agriculteurs, il vit avec ses parents dans une petite cabane et dort dans l'unique lit familial. Quand il urine la nuit, sa mère le bat.
- Comment voulez-vous qu'il ne finisse pas dingue ?
- Andreï Romanovitch Tchikatil est très intelligent. Il fait des études de langues, de littérature et de génie mécanique à l'Université de Rostov. Puis, il devient instituteur, avant de trouver un emploi de commis d'approvisionnement, un métier

qui lui permet de voyager pour acheter des matières premières. C'est un bel homme. Il se marie et devient père de deux enfants.

- La beauté du diable.
- Un tueur organisé. Il assassine avec discrétion des femmes, des enfants des deux sexes, dans la région de Rostov.
- Un tueur régional ?
- Oui.

La voix d'Amanda s'était blanchie à mesure qu'elle se livrait aux détails de son récit sordide :
- Impuissant, il ne peut obtenir de plaisir qu'en torturant et en assassinant. Il mutile, avant de consommer la chair de ses victimes, notamment les seins et les organes génitaux. Il retire les yeux du corps de ses victimes. Bref, il se délecte de son mal.
- Des actes sataniques !
- Certains corps étaient si mutilés que la police a même envisagé l'hypothèse d'une *bête frénétique*.

Un silence pesant avait ponctué la dernière phrase :
- Les autorités peinent alors à trouver des pistes. Une grande enquête est menée. Vers la fin des années 1980, on s'oriente enfin vers l'idée d'un tueur en série. On détecte son groupe sanguin, grâce à des analyses de semence retrouvée sur le corps de ses victimes. En URSS, on ne faisait pas les choses à moitié. Plus de 165 000 prises de sang et 500 000 contrôles sont réalisés. Le tueur, lui-même examiné en 1984, par une prise de sang, sera innocenté pour l'absence de concordance avec la semence retrouvée sur les victimes. On apprendra, en 1990, au moment où sa culpabilité sera définitivement établie, de la bouche des plus grands experts médico-légaux de l'Union soviétique (ayant fait une découverte étonnante à cette occasion) qu'on se trouvait en face d'un phénomène d'une extrême rareté : un homme dont les cellules de sang et de semence présentaient une histocompatibilité différente.
- La science et le sang ne font pas toujours bon ménage.

Amanda semblait abattue.

- Est-ce que ces gens méritent de vivre ?
- C'est une vraie question.
- Ce sont des nuisibles.
- Saint Bernard ne dit pas autre chose.
- Ah bon ? Que dit Saint Bernard ?
- Qu'il faut combattre les méchants. Même au prix de sa vie. Au Moyen-âge, on n'avait pas peur des mots.
- Que voulez-vous dire ?
- Saint Bernard a développé le concept de *malicide*.
- Malicide ? Qu'est-ce que c'est ?
- Il s'explique dans son *éloge de la nouvelle chevalerie,* au moyen d'une lettre adressée à Hugues Payns, fondateur de l'ordre du Temple. *« Ainsi le chevalier du Christ donne la mort en pleine sécurité et la reçoit dans une sécurité plus grande encore. Ce n'est pas en vain qu'il porte l'épée ; il est le ministre de Dieu, il l'a reçue pour exécuter ses vengeances, en punissant ceux qui font de mauvaises actions et en récompensant ceux qui en font de bonnes ».*
- Et le malicide, dans tout ça ?
- J'y viens. *« Lors donc qu'il tue un malfaiteur, il n'est point homicide, mais* malicide*, si je puis m'exprimer ainsi ».*
- Au moins c'est clair !
- Trop clair pour nos chastes oreilles modernes. Elles sont incapables d'entendre une telle musique !

Soudain, une autre petite musique se mit à tinter. La pendule avait libéré sa sonnerie :

- Amanda, je suis obligé de vous quitter ! Je dois préparer des obsèques pour demain. Pendant que vous chassez les criminels, je continue d'accompagner les morts jusqu'au seuil de la Vie éternelle.
- Ce n'est pas le plus facile j'imagine.

- Non, mais j'ai aussi la joie de baptiser, de célébrer des mariages, de réconcilier les pécheurs avec Dieu, et de pouvoir les nourrir avec le Corps du Christ !
- Vous leur offrez les *clés du Royaume* !
- *Mon royaume n'est pas de ce monde.*
- C'est bien dommage !
- *Jésus répondit : « Tu le dis, je suis roi. Je suis né et je suis venu dans le monde pour rendre témoignage à la vérité. Quiconque appartient à la vérité écoute ma voix. Pilate lui dit : « Qu'est-ce que la vérité ? ».*
- Et qu'a répondu Jésus ?
- Rien.

Amanda se préparait à sortir, quand elle montra un air pensif.
- J'espère qu'au moins nous accéderons à la vérité dans notre enquête.
- *« Tiens ton esprit en enfer, et ne désespère pas ! »*
- C'est joyeux !
- Dans la tradition de nos frères orthodoxes, Saint Silouane de l'Athos raconte que, lors d'une nuit de prière, en proie à une profonde détresse, il adresse à Dieu ces mots : *« Seigneur, tu vois que je tâche de te prier avec un esprit pur, mais les démons m'en empêchent ».* Ensuite, il accueille en son cœur cette réponse exigeante : *« Les orgueilleux ont toujours à souffrir de la part des démons ».* Silouane reprend : *« Alors, Seigneur, enseigne-moi ce que je dois faire pour que mon âme devienne humble ».* De nouveau, il reçoit une réponse dans son cœur : *« Tiens ton esprit en enfer, et ne désespère pas ! ».*
- C'est dur !
- Disons que c'est la version mystique.
- Rassurez-moi, il existe une autre version ?
- Celle de Churchill, plus pragmatique, pour exprimer la même idée, avec des termes différents : *« Si vous traversez l'enfer, surtout continuez d'avancer ! ».*

A ce moment, le téléphone d'Amanda s'était mis à sonner.
- Fichtre, Dubois m'appelle ! Je parie que c'est une mauvaise nouvelle ! Le moment ou jamais d'appliquer la formule de Churchill ! cria la jeune femme en s'enfuyant.

Chapitre 16

Le trilemme de Lewis

Cette fois la colère s'était hissée d'un cran. L'opinion publique s'envenimait. La population bouillonnait de rage. Une fureur noire écumait les consciences. Non seulement l'angoisse égarait les esprits, mais chacun brûlait de connaître la vérité. Car jamais la Normandie, depuis le procès de Jeanne d'Arc, n'avait soutenu telle effervescence. Il brandillait dans les airs un soupçon de rébellion. La disparition soudaine de Mélanie, une jeune fille de 15 ans, avait mis le feu aux poudres. La police craignait des émeutes. Les autorités ne savaient plus que faire pour apaiser les âmes, car l'inquiétude générée par ces enlèvements à répétition donnait un fort et libre cours à toutes sortes de rumeurs. On commençait à évoquer des pratiques de magie ou d'occultisme. Pêle-mêle, on en venait à dénigrer la dépravation des classes dirigeantes, le gouvernement des banques, la corruption des élites, le népotisme de l'État ; même le double jeu de l'Église : car depuis Jeanne d'Arc, aucune autre institution ici-bas n'est capable de juger et condamner une femme pour hérésie et pour sorcellerie, avant de la déclarer sainte quelques siècles après.

Les plus anciens alléguaient, non sans trembler, l'affaire des *Possédées de Louviers*, qui avait secoué la région, au XVIIème siècle, en plein couvent des Ursulines, tandis que les mots de *magnétisme*, de *somnambulisme*, de *spiritualisme* continuaient de hanter les esprits les plus positivistes. L'histoire n'est pas sans rappeler celle de Loudun, mais à Louviers, aucun rôle n'est comparable à celui du prêtre Urbain

Grandier, qui périt sur le bûcher, pour avoir ensorcelé un couvent de religieuses, après son pacte avec le démon *Asmodée* (alors que les mauvaises langues continuent de prétendre qu'il fut victime de son hostilité au Cardinal de Richelieu). A Louviers, le couvent des Ursulines (remarquable entre tous par l'austérité des vertus de ses religieuses) fut lui aussi le théâtre de faits troublants, dès l'arrivée de la jeune Magdeleine Bavent, complice du confesseur Pierre David.

Influencée par la pensée des *adamites*, un curieux mouvement religieux inspiré de la nostalgie des premiers jours du Jardin d'Éden, prônant l'amour libre, rejetant le mariage, la violence, le travail, la consommation de chair animale, pour pouvoir vivre nu le plus souvent possible (ainsi que dans le *Jardin des Délices* de Jérôme Bosch) afin de retrouver l'innocence primaire de la Création juste avant la chute du péché ; influencée par ces doctrines hérétiques, Magdeleine Bavent instaure, au sein du couvent de Louviers, avec le soutien des supérieures, un climat érotique et libertaire, où les sœurs se dénudent, en vue de se livrer au saphisme. A la mort du confesseur David, si peu vertueux, qui avait pourtant promis à Mgr l'évêque d'Évreux : *« Je ferai de ce monastère un tabernacle dont les murailles s'élèveront jusqu'aux nues, où les anges viendront converser, dont la renommée s'étendra par de là les siècles »*, ce dernier sera remplacé par le curé Mathurin Le Picard. Ce nouveau prêtre, éclairé par la confession de la sœur Magdeleine Bavent (sous le charme de laquelle il choit, chute, et tombe instantanément amoureux) poursuivra l'œuvre de *charnalité* de son prédécesseur, y adjoignant des pratiques de magie et de sabbats, pour s'élever lui aussi jusqu'aux *nues*, c'est-à-dire (dans un langage moins fleuri) jusqu'au *dépouillement* corporel des religieuses, dont on sait que cinquante-deux d'entre elles seront les jouets érotiques de leur abominable confesseur.

Il est facile pour les esprits rationalistes de fournir l'ébauche d'une explication par le jeu des pulsions sexuelles refoulées, ou celui des pressions psychologiques, ou bien même par le biais des maladies mentales, mais à bien y réfléchir de plus près, il est impossible de manipuler aussi facilement cinquante-deux religieuses, dont la plupart avaient reçu les bienfaits d'une excellente éducation, dans un contexte de société pieuse et de forte moralité. Passe encore pour deux ou trois débordements, mais certainement pas dans une communauté entière. On sait que les noms de *Behemond*, d'*Accaron*, de *Dagon* (qui se montre sous la forme d'un jeune homme), d'*Encitif* ou de *Léviathan* sont prononcés au moment des exorcismes, parce qu'il s'agit bien d'une affaire de *possession*, c'est-à-dire de cas d'emprise sur le corps et l'esprit, par les anges déchus, capables de prendre le pouvoir sur un individu, contre son consentement, jusqu'au point de modifier son comportement.

On assimile encore, bien trop souvent, les grands procès en sorcellerie à *l'obscurantisme médiévale*, ignorant totalement que les affaires de sorcellerie se sont multipliées surtout dans les temps modernes, alors que balbutiait l'athéisme. Au XIXème siècle, les cas de maléfices sont encore très nombreux dans les bocages, comme en témoignent les auteurs Barbey d'Aurevilly ou bien Guy de Maupassant. D'ailleurs, est-ce un hasard si le dernier grand procès pour sorcellerie tenu en France a eu pour cadre la Normandie, en 1670, avec l'étrange *affaire de La Haye-du-Puits* ? Les accusés vont pourvoir nous fournir des renseignements très précis, tant sur leurs activités que sur leurs compagnons lors des rencontres avec le diable. Les rituels sacrilèges se déroulent sur le Mont-Étenclin, à quelques kilomètres à peine de la ville, un territoire connu pour être le lieu privilégié des revenants et des loups-garous. Lors de ces fameux sabbats, les sorciers reçoivent la marque du diable. Le curé de Coigny, accusé de participer à ces assemblées ténébreuses, se fait soigneusement examiner par les médecins qui cherchent sur son corps la marque diabolique. Une fois déchaussé, ou lui trouve plusieurs *« excoriations très vermeilles à la jambe droite »*. Alors, en juillet 1670, le Parlement de Rouen prononce une sentence de mort, mais le roi Louis XIV reste sceptique et casse le jugement pour commuer la peine en bannissement.

Ces histoires demeuraient vivaces dans les mémoires, et cette série de disparitions avaient ravivé les vieux démons. On commençait à croire que les autorités se trouvaient mêlées à ces disparitions, que les cadavres étaient utilisés pour des réunions à caractère satanique, que de nombreux notables participaient à ces rituels, où les corps des malheureux étaient profanés, dans une impunité révoltante, accusant même la police de se livrer aux pouvoirs des sorciers.

Au presbytère de Donville, une jeune femme discutait avec un moine franciscain qui lui répondait :
- C.S. Lewis est un auteur remarquable.
- Je vous avoue que je ne le connais pas. J'ai découvert *Narnia* par la série de films, que Lisa apprécie beaucoup, et j'ai pensé que le livre serait une bonne manière pour la familiariser avec la lecture.
- Excellente idée ! Son livre *Tactique du diable* est un joyau d'humour et d'intelligence. Une série de trente-et-une lettres écrites par un démon expérimenté à son neveu.
- Une correspondance du diable !
- Lewis dresse le portrait d'un homme commun, du point de vue d'un démon, pour expliquer comment faire chuter sa vertu par un ensemble de ruses et de pièges.
- On en aurait bien besoin en ce moment !
- Avez-vous vu *Les Ombres du cœur* ?
- Quel film ! C'est magnifique. L'Angleterre des années 1950, les personnages, Oxford, la douleur et l'amour.
- C'est une histoire tirée de la vie de C.S. Lewis.
- Ah bon ?
- Oui, l'auteur de *Tactique du diable*.
- Vous voulez dire qu'Anthony Hopkins joue le rôle de Lewis, l'auteur de *Narnia* ?

- Précisément !
- Mais je croyais que c'était une fiction !
- C'est la véritable histoire d'amour du Professeur Lewis avec la poétesse Joy Davidman, sous le regard perplexe de son frère, l'inénarrable Warnie.
- Ah le personnage du frère ! Il me ferait pleurer.

Amanda appréciait beaucoup ces conversations avec le moine, à grande volée, comme un carillon du temps pascal. Elle ne perdait jamais son temps à discuter avec lui, parce qu'elle avait conscience que l'issue de tous ces échanges lui permettait d'examiner les choses sous un angle nouveau. A bien des égards, notre intelligence possède une propriété inhérente. Elle nous permet de sortir de la tâche en cours d'exécution pour observer ce qui a été réalisé. Nous pousse à chercher des éclairages que nous finissons par trouver. Nous évoluons dans une telle jungle de « systèmes » entremêlés, la plupart du temps contradictoires, qu'il devient difficile de faire la part des choses entre ce qui se passe « à l'intérieur d'un système » et ce qui se passe « à l'extérieur de ce système ». Pour résoudre une équation, les logiciens affirment qu'il faut apprendre à sortir du « système en cours », parce que l'épanouissement des créatures rationnelles, à quelque degré que ce soit, implique une activité de l'âme qui s'accomplit comme une fin en soi et qui a pour objet contemplé un bien extérieur, telle que peut apparaître le processus de résolution d'une enquête policière.

- *C'est notre âme qui réclame le purgatoire*, dit Lewis. *Notre cœur ne se briserait-il pas si Dieu nous disait : « C'est vrai, mon fils, tu as mauvaise haleine, et tes guenilles sont couvertes de boue et de vase, mais ici nous sommes charitables, et personne ne t'en tiendra rigueur. Entre ici dans la joie de ton Seigneur ? »*
- Il était croyant ?
- Détourné de son éducation protestante anglicane, après son enfance, il revient à la foi au tournant des années

1930, à travers les discussions qu'il entretient avec Tolkien, qui lui fait lire *L'homme éternel* de Chesterton.

- Tolkien, *Le Seigneur des Anneaux* ?
- C'est lui. Il réconcilie C.S. Lewis avec la religion, Tolkien le grand catholique, élevé dans cette foi marginale en Angleterre, par sa mère trop tôt disparue, assemblant sa passion pour les mythes, et son désir d'écriture romanesque, dans une même communion fervente pour l'*Écriture sainte*.
- Deux écrivains religieux ?
- Le débat religieux, ainsi que le désir de faire de leurs fictions un reflet du sacré, vont les unir avant des diviser. Lewis se fait le promoteur zélé de l'Église d'Angleterre. Le message chrétien de ses romans est très clair, trop aux yeux de Tolkien qui, de son côté, refuse toute lecture allégorique, toute correspondance univoque entre son œuvre et l'Histoire, ou la Bible. Plus largement, Tolkien était un homme discret quand Lewis devenait un conférencier de plus en plus populaire. Cette différence se note par ailleurs dans la quantité d'œuvres produites par les deux hommes. Quand Lewis compte des dizaines de récits et d'essais à son actif, Tolkien ne publie que deux romans de son vivant.
- C'est incroyable comme la littérature peut accaparer des personnalités aussi différentes !
- Elle est un miroir de la vie. L'influence mutuelle (et par la suite la rivalité amicale entre Lewis et Tolkien) se sont tissées dans le contexte de l'Oxford d'entre-deux-guerres. On peut considérer que leur relation a fondé la renaissance de la *Fantasy*, un genre où brillent les anglophones, à la croisée du merveilleux et du fantastique, allant puiser ses sources dans l'Histoire, les mythes, les contes, et même la science-fiction. Tolkien n'a pas vraiment engendré la *Fantasy*. On peut considérer qu'il l'a totalement réinvitée.
- Je comprends qu'il me reste encore beaucoup de livres à lire. C'est assez réjouissant et angoissant à la fois.
- En tout cas, ces deux grands auteurs ont partagé une passion commune jusqu'à la fin de leur jours.
- Ah oui, laquelle ?

- La lecture de Chesterton.

Amanda avait compris que le moine était pénétré par la figure du grand écrivain anglais, auteur prolifique et polymathe qui avait une place à part dans l'histoire du roman policier.

- Lewis aimait lire Chesterton, même à l'époque de son propre athéisme. Pour lui, le *Prince des paradoxes* avait plus de bon sens que tous les modernes réunis. Surtout son christianisme. La lecture de *The Everslating Man* (L'homme éternel), lui a permis de saisir, pour la première fois, les grandes lignes chrétiennes de l'Histoire, avec une manière qui avait du sens. *« Ce livre a baptisé mon intellect »* écrira-t-il. C'est joliment dit, non ?

- Clairement ! Moi je n'ai lu que *Father Brown*, et c'est déjà formidable !

- Son influence s'est étendue bien au-delà de Lewis et Tolkien. Sa façon d'analyser l'articulation des mythes avec le réel a irrigué plusieurs auteurs connus, Neil Gaiman, le célèbre auteur de *Sandman*, ou David Gemmel, John Gwynne, maîtres du genre appelé *Heroic fantasy*, dans les œuvres desquels on peut déceler une vraie trace chestertonnienne, par leur rapport à l'optimisme, au pessimisme et à la rédemption.

- La rédemption, c'est à dire ?

- La rédemption est au cœur de ses œuvres. Au tout début des nouvelles de *Father Brown*, un cambrioleur qui se nomme Hercule Flambeau, va changer de vie en fréquentant le petit prêtre. Vous avez compris qu'Agatha Christie va s'inspirer de ce nom pour créer son fameux détective Hercule Poirot.

- C'est dingue, je n'avais pas réalisé !

Amanda se replongea mentalement dans l'univers des *Ombres du cœur*. Elle appréciait cet univers anglais des années 1950, cette ambiance oxfordienne, ses bâtiments médiévaux, sa verte campagne, et ses querelles de professeurs hors du temps.

- Lewis aussi prêchait la rédemption ?
- Oui, mais il est plus célèbre pour son trilemme.
- Un trilemme ? Qu'est-ce que c'est ?
- Un simple choix à effectuer entre trois possibilités contradictoires.
- Je voudrais comprendre. Des exemples ?
- En Economie, pour commencer. Le *trilemme de Rodrik*, de l'université d'Harvard, affirme qu'un État doit choisir entre sacrifier ou la démocratie, ou la souveraineté nationale, ou une intégration économique poussée, car elles sont mutuellement incompatibles.
- C'est joyeux !
- En épistémologie, le fameux *trilemme d'Agrippa*, qui nous est parvenu par Sextus Empiricus, est considéré comme une réponse au *Théétète* de Platon, dans lequel la connaissance est une croyance vraie justifiée.
- Que dit Agrippa ?
- Nous ne pouvons pas atteindre à la connaissance. Toute justification nécessite un support. Seules trois situations restent alors possibles : 1- la justification s'arrête à certaines affirmations qui ne sont pas elles-mêmes justifiées. 2- La justification continue à l'infini. 3- La justification s'appuie circulairement sur des affirmations qu'elle devait justifier.
- On dirait le travail d'un enquêteur de police !
- Pour le dire avec des mots plus adaptés, Agrippa cible l'*hypothèse* (ou la position dogmatique), la *régression à l'infini* et le *cercle vicieux*.
- J'avais compris. Et celui de Lewis, que formule-t-il ?
- Un argument souvent utilisé dans toute l'Histoire de l'Église, qui peut se résumer ainsi : *« Soit le Christ a trompé l'humanité par une fraude consciente, soit il s'est lui-même fait illusion et s'est lui-même trompé, soit il était divin. Il y n'y a aucune issue à ce trilemme. C'est inexorable »*.
- C'est assez bien vu !
- Écoutez, Amanda, je vous lis le passage où Lewis exprime son trilemme :

« J'essaie ici d'empêcher quiconque de dire la chose vraiment stupide que les gens disent souvent à son sujet : je suis prêt à accepter Jésus comme un grand professeur de morale, mais je n'accepte pas sa prétention d'être Dieu. C'est la seule chose qu'on ne doit pas dire. Un homme qui serait simplement un homme et qui dirait le genre de choses que Jésus a dit ne serait pas un grand professeur de morale. Soit il serait un fou - au même titre que celui qui se présente comme un œuf poché - soit il serait le Diable de l'Enfer. Vous devez faire votre choix. Soit cet homme était et est toujours le Fils de Dieu, soit il était fou, soit quelque chose de pire. Vous pouvez le faire taire pour un imbécile, vous pouvez lui cracher dessus et le tuer comme un démon ou vous pouvez tomber à ses pieds en l'appelant Seigneur et Dieu, mais ne nous lançons pas avec des absurdités condescendantes sur le fait qu'il est un grand professeur humain. Il ne nous a pas laissé cette possibilité. Il n'en avait pas l'intention... Maintenant, il me semble évident qu'il n'était ni un fou, ni un démon, par conséquent, aussi étrange, terrifiant ou improbable que cela puisse paraître, je dois accepter l'idée qu'il était et qu'il est Dieu ».

- C'est vraiment brillant !
- Écoutez encore ces paroles de Lewis :

« En tant qu'historien de la littérature, je suis parfaitement convaincu que quels que soient les Évangiles, ils ne sont pas des légendes. J'ai lu beaucoup de légendes et je suis tout à fait clair qu'il ne s'agit pas du même genre de choses. Ils ne sont pas assez artistiques pour être des légendes. D'un point de vue imaginatif, ils sont maladroits, ils ne s'adaptent pas correctement aux choses. La majeure partie de la vie de Jésus nous est totalement inconnue, toute la vie de ceux qui ont vécu à cette époque, et aucune personne construisant une légende ne permettrait qu'il en soit ainsi. Hormis des fragments de dialogues platoniciens, je ne connais aucune conversation dans la littérature ancienne comme le Quatrième Évangile (celui de Saint Jean). Il n'y a rien, même

dans la littérature moderne, jusqu'à la naissance du roman réaliste il y a environ cent ans ».

Amanda restait éblouie par l'esprit de ces grands écrivains. Elle s'imaginait marcher avec eux, au milieu des prairies, à l'ombre des forêts, pour écouter chanter leur vieille âme occidentale.

- Je me souviens que, dans *Les Ombres du cœur*, Lewis et son frère adoraient les promenades.

- Dans la vie aussi. Lewis fait des randonnées avec son frère Warnie, leurs amis J.R.R. Tolkien et George Sayer. Les frères Lewis marchent vigoureusement, parce qu'ils veulent parcourir beaucoup de terrain. Tolkien, de son côté, préfère flâner, se promener à la manière de Chesterton, en s'arrêtant ici ou là pour admirer une fleur ou un arbre. A la longue, on le devine, les frères sont de plus en plus frustrés par l'absence de progrès de Tolkien, lequel multiplie sans aucune vergogne ses déambulations dilatoires. A chaque fois, ils partent en avant, l'abandonnant avec Sayer, pour les retrouver au pub quand ils arrivent enfin.

- Deux façons d'affronter les choses.

- Il existe des différences entre les styles d'écriture comme entre les façons de marcher. Prenons l'exemple d'une promenade à la campagne. Les uns vont vouloir se dépêcher de randonner, les autres vont prendre le temps de flâner. Lewis se rend d'un point A à un point B à vol d'oiseau ; Chesterton, lui, va s'éloigner de l'itinéraire indiqué. Lewis va droit au but avec une précision succincte. Mais Chesterton va poursuivre une pensée ou un raisonnement secondaire.

- La digression !

- Qui ne s'oppose pas à la progression !

- C'est juste.

- Chesterton prend son temps. Il profite de la promenade à son rythme, il n'est pas pressé d'arriver. Le chemin compte plus que la destination. Il s'arrête pour examiner une fleur ou un insecte, ou pour admirer les arbres se refléter à l'envers dans une flaque d'eau ou un étang.

- Tout ce qu'un enquêteur de police ne doit pas faire. Il doit se concentrer uniquement sur le but final.
- En êtes-vous si sûre ?

Amanda leva ses beaux yeux vers le moine, chargés de stupeur et d'incompréhension.

Décidément, ce curieux compagnon était un drôle de personnage.
- Que voulez-vous dire ?
- Qu'en matière d'enquête policière, comme en cuisine, en littérature, en métaphysique, il n'y a pas une seule façon de marcher.
- Oui, mais la différence, dans une enquête de police, c'est qu'on est pressé. Il y a des victimes, des gens qui souffrent, des innocents qui sont enlevés.

La jeune femme montrait un regard affolé, comme si un vieux démon appliquait sur son esprit découragé les recettes du livre de Lewis : *Tactique du diable*.
- Je ne conteste pas. Mais s'impatienter ne permet pas toujours d'aller plus vite. Toutes les digressions ne sont pas dilatoires. Je veux exprimer que certains sont incapables d'aller droit au but aussi rapidement qu'ils le souhaiteraient. Ils ont besoin de cheminer hors des sentiers battus.
- Oui, je sais, la ligne droite n'est pas toujours le moyen le plus rapide, patati, patata. En attendant, moi j'ai une enquête qui n'avance à rien.

Le moine, comprenant qu'il ne parviendrait pas à infléchir l'impatience d'Amanda, fit un salut profond du chef, en fredonnant un vieux chant scout :

- *La meilleure façon d'marcher, c'est sûr'ment la nôtre, c'est de mettre un pied devant l'autre, et de r'commencer.*

De nouveau, Amanda laissa errer son esprit du côté de la verte campagne d'Oxford et de ses bâtiments médiévaux. Au fond de son âme, elle admirait la capacité, et même le talent de spéculation des professeurs qui vivaient là, hors du temps ; du moins voulait-elle le croire, selon l'idée qu'elle s'en était faite par le cinéma et la littérature. Effleurant une dernière fois les constructions logiques de Lewis, elle se tourna vers le moine :

- Je peux vous donner mon trilemme ?
- Je vous en prie !
- Soit je suis nulle. Soit l'enquête est impossible. Soit nous connaîtrons bientôt la vérité !
- Je parie pour la vérité !

Amanda fit briller ses yeux perplexes vers le moine, avant de lui poser la question suivante :

- Selon vous, quel serait le trilemme de notre enquête ?
- Soit les disparus se sont évaporés de leur plein gré. Soit, pour une raison ou une autre, leur volonté s'est retrouvée modifiée. Soit ils sont retenus contre leur volonté.
- Vous oubliez une possibilité !
- Laquelle ?
- Soit ils sont morts.
- C'est une conséquence de la troisième option ?
- Non, c'est une option à part entière !
- Dans ce cas, il s'agit d'un quadrilemme !

A ce point de la discussion, votre narrateur (contraint de se rendre de toute urgence à la banque) dut abandonner en hâte le fil de la conversation, pour n'y revenir que plusieurs jours après. Amanda et le père Brun, de leur côté, possédaient peu de temps pour laisser leurs esprits en repos, puisqu'une nouvelle surprise attendait nos deux amis.

Chapitre 17

Sur la route

Au-delà de nos différences
A force d'échanger nos silences
Maintenant qu'on est face à face
On se ressemble sang pour sang

Tous les deux sang pour sang
Oui, tous les deux sang pour sang
Tous les deux sang pour sang
Tous les deux

Comme une lessiveuse, la musique tournait à fond dans la voiture. Amanda n'avait pas l'habitude d'écouter des chansons en poussant le volume au maximum, mais ce soir-là, elle avait besoin de se remonter le moral, et cette fredaine agissait sur elle comme une sorte de baume hypnotique. *Sang pour sang*. Johnny Halliday, son fils David. Elle avait toujours raffolé de ce tube, parce qu'il parlait d'un amour entre un père et son fils. « *Tu me renvoies comme un miroir mes doutes et mes éclats de rire. La promesse d'un autre avenir* ». C'était le cœur de son amour pour Lisa. Un amour sans faille. Entre un père et son fils, entre une mère et sa fille, quoi de plus beau dans la vie ? « *Comme si les battements de nos cœurs étaient sur la même longueur d'ondes. Les lignes de nos mains se confondent* ». Sur chaque côté du véhicule, la route défilaient à vive allure, disparaissant du cadre lumineux dessiné par les phares, tandis qu'Amanda chantait cet hymne à l'amour filial, sa voix au bord des larmes.

Sang pour sang. Ah, quel beau titre ! Dans sa mémoire, des images se bousculaient. Elle revoyait la conversation dans le jardin du presbytère et la discussion sur la théorie du sang. Que serions-nous sans ce feu qui coule dans nos veines ? *Qu'un sang impur abreuve nos sillons ?* Pourquoi, depuis la nuit des temps, possédons-nous cette fascination pour le sang ? Elle se rappela les théories de René Girard sur *la violence et le sacré*. Au fond, toute religion est née du sang versé. La terre n'est qu'un autel immense, où tout ce qui vit doit être immolé sans fin. Elle ignorait que cette idée, partagée par Baudelaire, avait été exprimée avant elle par Joseph de Maistre, affirmant avec force que « *tout ce qui vit doit être immolé sans fin, sans mesure, sans relâche, jusqu'à la consommation des choses, jusqu'à l'extinction du mal, jusqu'à la mort de la mort* ». Elle se souvenait seulement des vives imprécations de Zola, contre les folies de « *l'argent, l'argent roi, l'argent Dieu au-dessus du sang* ». Comment aurait-elle pu savoir que Chateaubriand avait proclamé qu'« *Il faut des torrents de sang pour effacer nos fautes aux yeux des hommes, une seule larme suffit à Dieu* » ? Amanda ignorait peut-être que toutes ces idées avaient été formulées avant elle, mais elle pressentait, dans le fond de son cœur, le pouvoir du sang sur la raison des hommes.

Pour la première fois, depuis le début de ces disparitions, un témoin avait vu la jeune Mélanie se faire embarquer à l'arrière d'une fourgonnette blanche, ceinturée par un personnage patibulaire. La police avait beau préserver l'anonymat du témoin, la presse s'était hâtée de jeter l'information mentionnant la camionnette blanche. Une vague de psychose avait déferlé sur la Normandie. On regardait de travers tout ce qui ressemblait de près ou de loin au signalement. Dans un village, des enfants avaient lancé des cailloux sur le véhicule d'un plombier qui venait réparer une fuite. Ailleurs, un livreur de colis achetés en ligne s'était fait briser les vitres de son fourgon blanc. Dans la banlieue de

Caen, la fourgonnette d'un menuisier, qui travaillait au chantier d'un bureau de poste, s'était fait incendier. Il était urgent d'agir. Mais comment ? Sans plus tarder, le procureur de Rouen avait convoqué une nouvelle conférence de presse, dans l'espoir de mettre un terme à l'anxiété générale. Les services de police épluchaient à la loupe des listes à leur disposition. Le témoin n'avait pas noté le numéro des plaques. Peu importait à la police, elles avaient peut-être été changées. Car il pouvait s'agir d'un véhicule volé, d'un véhicule étranger, ou mieux encore d'un véhicule volé à l'étranger ; ce qui ne laissait aucune chance aux enquêteurs de le voir apparaître dans les listes examinées avec minutie, pas plus que dans la nuit noire d'Hegel, où toutes les vaches noires ne se rendent pas compte par elles-mêmes de la réalité observée.

Dans la tête de chaque citoyen de la région, le procureur avait voulu faire entrer (à l'aide d'un chausse-pied) l'idée que les autorités maitrisaient la situation. Mais, à l'évidence, plus ces dernières (dans un grand moulinet de paroles) cherchaient à manipuler ce qu'on a l'habitude d'appeler *l'opinion publique* (et qui ne constitue au fond qu'un vaste réseau d'entités en interaction se manifestant les unes aux autres) moins celle-ci se montrait souple et malléable. Car l'opinion publique n'est pas cette sorte de *Léviathan*, cette *multitude désunie* qu'Hobbes croyait apercevoir dans le corps du roi défunt, remplacé par celui de l'Etat (totalement mythique) pour transmuter en une *multitude dissoute*, le symbole du peuple souverain [et qui constitue les prémices de la *biopolitique* moderne, au sein de laquelle, malgré les apparences déclaratives, l'adémie (absence de peuple) parvient malencontreusement par s'imposer en norme supérieure] ; donc, plus les autorités cherchaient à manipuler l'opinion publique, moins celle-ci devenait souple et malléable. Qui en serait surpris ? D'après les lois de la physique quantique, les propriétés d'un objet *sont* la façon dont il agit sur d'autres objets. Quelle meilleure définition de l'opinion publique ?

Avant d'entrer en religion, le père Brun avait choisi de faire des études de physique quantique, sans doute attiré par le désir d'élucider la grammaire du monde. Au même âge, il avait fait la connaissance d'un ami de la famille, l'abbé Le Tellier, un vieux prêtre érudit, ancien professeur de Sciences Physiques, et qui pratiquait avec une dévotion religieuse l'étude et la culture du savoir, vivant près du sanctuaire Lourdes. Le jeune homme et le maître faisaient de longues promenades ensemble dans les montagnes, entre deux messes, en discutant des mystères de l'atome, de physique et de philosophie. Fouiller les énigmes du fonctionnement des particules, des solides, des plasmas, puis la couleur du ciel, les neurones de notre cerveau, la dynamique des étoiles, l'origine des galaxies, les secrets possibles du monde réel, était une entreprise qui avaient grisé sa jeunesse. Il avait hésité pour l'orientation de ses études, mais au tout dernier moment, devant les files d'inscription à l'université, (à cette époque on ne s'inscrivait pas en ligne) il avait opté pour la file la plus courte : celle de la physique.

Il avait été séduit par les mots d'Heisenberg, lorsque le jeune étudiant de 23 ans, avait terminé ses premiers calculs sur la théorie quantique, vers les trois heures du matin, durant l'été 1925 : *« J'avais la sensation de regarder à travers la surface des phénomènes vers un intérieur d'une étrange beauté ; je me sentais étourdi à la pensée que je devais maintenant explorer cette nouvelle profusion de structures mathématiques que la Nature déployait aussi généreusement devant moi »*. Comment ne pas comprendre que la physique quantique, et de la même manière une enquête policière, ne sont que la traduction d'un métalangage ? Comment ne pas vouloir y reconnaître le *Credo* du père Brun pour ses enquêtes : observer le phénomène de l'intérieur pour analyser les quantités d'énergies utilisées ? Dans l'esprit d'un physicien, il n'existe pas d'émotion comparable à celle de distinguer une loi mathématique derrière le désordre apparent.

De même pour un enquêteur, il n'y a pas de joie plus grande que celle de faire émerger une loi morale derrière le désordre du crime.

La plus grande révolution scientifique est d'abord née d'une intuition, avant tout raisonnement, celle d'un gamin de 23 ans qui s'était dit que *les électrons ne se déplaceront plus sur des orbites*. Rien de plus simple et de plus insondable. Mais pourquoi accepter alors que la science dépende de théories si obscures, de formules quasi-magiques, échappant au commun des mortels, et non pas la résolution d'une enquête policière ? Le père Brun disait que résoudre une énigme criminelle, c'était faire un saut quantique, car les théories de mécaniques quantiques sont fondées exclusivement sur des relations entre des quantités qui sont en principe observables. Sommes-nous ici en contradiction avec le *décalogue de Knox* ? Oui, c'est possible, car les tableaux de nombres pour élaborer les théories quantiques sont de vrais calculs de sorcellerie, selon le propre aveu de toute la communauté scientifique. « Alors pourquoi pas la résolution d'une enquête criminelle ? » se plaisait à répéter le père Brun, sourire aux lèvres, pour tenter de désarmer tous ceux qui se méfiaient de ses méthodes intuitives.

Ce qui avait rapidement séduit l'esprit du jeune étudiant c'était que la *théorie des quanta* offrait une réalité plus subtile, et vraiment, sans conteste, plus hautement exigeante, que celle du matérialisme simpliste des particules dans l'espace. Une réalité plutôt faite de relations que d'objets. Ce qui avait aussitôt ouvert le chemin d'une quête spirituelle, d'une recherche de Dieu : Un en Trois, Un et Trois, Un par Trois, Acte pur, Absolu et relation, Être suprême, Être des êtres, Moteur immobile, à l'origine de toutes les relations de l'univers. Parce qu'il avait admis sans difficulté cette idée, au fond si chrétienne, que la réalité est profondément différente de ce que nous imaginons. Une idée en rupture avec la pensée d'Einstein, qui enseignait à ne se fonder que sur ce qu'on peut voir, idée qui prêchait la nécessité de d'appuyer ses connaissances sur les seules observations, en se libérant de toute hypothèse « métaphysique » implicite.

Tandis qu'elle roulait pour rentrer à Donville, la jeune femme se rappelait sa dernière conversation avec Gargarin. Sur la route, elle pensait à Kerouac, mais aussi aux autres auteurs que le libraire lui faisait découvrir. La dernière fois qu'elle était entrée dans la librairie, le bonhomme avait les yeux rivés sur un gros bouquin.
- Vous lisez en espagnol ?
- Oui, répondit Gargarin qui rosissait de plaisir.
- Et que lisez-vous ?
- Un auteur génial totalement inconnu en France.
- *Santiago Posteguillo*, souffla Amanda qui avait vu le nom de l'auteur sur la couverture.
- Oui. Il a vendu des millions de livres.
- Ah bon ? C'est fou !
- Un maître du roman historique de la période romaine.
- Ah ça doit être intéressant !
- J'ai dévoré *Moi, Julia*. La vie d'une impératrice exceptionnelle, fille de roi syrien, femme de Septime Sévère, puis mère de Caracalla. Le seul roman traduit en français. Il a aussi rédigé une trilogie et comme j'étais impatient de la lire, j'ai commandé le premier volume en espagnol.
- *Africanus.*
- Trois romans sur la vie formidable de Scipion l'Africain, *Publius Cornelius Scipio Africanus*, qui avait sauvé Rome de la menace des Carthaginois, par ses nombreuses campagnes militaires ; et aussi par sa grande victoire sur Hannibal en Afrique, avec la bataille de Zama, mettant ainsi fin à la deuxième guerre punique.
- Mais qui s'intéresse à Scipion de nos jours ?
- Sans la pugnacité de ce général, l'Occident n'aurait jamais basculé du côté de Rome. Notre destin serait différent. Que serait notre civilisation ? Qui serions-nous aujourd'hui ?

Marc Bloch, fils d'un professeur d'Histoire romaine, avait démontré que l'Europe et l'Occident furent dessinés par la peur, dès que manqua Rome, ou son ombre. Les trois défis des Normands, des Hongrois et de l'Islam, ont fait de notre Europe ce qu'elle est. Et, on peut le dire, d'une certaine manière, ce qu'elle n'est plus.

Dans le monde quantique, les particules semblent bien se trouver en plusieurs endroits à la fois, l'information semble voyager plus vite que la lumière, et les chats paraissent être à la fois morts et vivants. La vérité d'un champ de bataille échappe-t-elle aux lois du *Qbisme* ? Depuis un siècle, les physiciens sont aux prises avec les paradoxes apparents du monde quantique. Si, dans le même temps, (imaginez un peu la situation) le même ennemi se trouve en plusieurs endroits, comment voulez-vous engager le combat ? Contrairement à la théorie de l'évolution, ou bien à la mécanique céleste, dont les enseignements font partie intégrale du paysage intellectuel général, la théorie quantique reste encore considérée (même par de nombreux physiciens) comme une anomalie bizarre, comme un livre de recettes étranges, un salmigondis de formules énigmatiques. Excusez du peu. Fort heureusement pour la puissance de Rome, la redoutable efficacité de ses Légions ne dépendait pas de lois aussi complexes, mais d'une discipline exigeante et d'une organisation redoutable.

Le *bayésianisme* demeure une forme d'épistémologie prônant l'usage d'une méthode d'inférence statistique, par laquelle on peut calculer les probabilités de diverses causes hypothétiques à partir de l'observation d'éléments connus ; une autre façon de considérer le raisonnement scientifique comme un critère de démarcation entre la rationalité et l'irrationalité. De manière générale, cette idée consiste à modéliser toute forme de croyance par un degré de crédibilité, valant de 0 à 1, et répondant aux axiomes des probabilités. Pour sa part, le bayésianisme quantique comprend tout un ensemble d'approches très relatives à l'interprétation de la mécanique quantique, dont la plus importante est le Qbisme, une interprétation qui considère les actions et expériences d'un agent comme les préoccupations centrales de la théorie. S'agissant du cas de Scipion, on peut imaginer un nombre incalculable de possibilités. Dans le Qbisme, tous les états quantiques ne sont que des représentations de probabilités personnelles. Qui peut savoir combien de particules ont été en relations pendant la bataille de Zama ?

Dans le monde classique, on peut dire que la bataille de Zama s'est déroulée le 19 octobre 202 av. JC, au Nord-Ouest de la Tunisie actuelle. Elle a opposé toute la journée 50 000 fantassins carthaginois à 34 000 légionnaires romains, 4 000 cavaliers puniques contre 3 000 cavaliers italiens, 80 éléphants de guerre, sous le commandement d'Hannibal Barca (qui aurait laissé son nom à la ville de Barcelone, après la naissance des colonies puniques en Ibérie) contre 6 000 cavaliers numides commandés par l'ancien consul Scipion. Celui-ci voulait venger la mort de son père et de son oncle, tués tous deux par les armées carthaginoises, dans les batailles ibériques. Scipion ayant pressenti la stratégie d'Hannibal, va déjouer son plan. Il abandonne la formation compacte en quinconce (la gloire et la force de l'infanterie romaine) pour ménager des espaces entre les manipules. Il va faire évoluer ses vélites, des soldats d'infanterie plus légère, dans le but de désorienter la charge des éléphants, qui, tels des électrons n'ayant plus de trajectoires (application de la théorie d'Heisenberg) sont affolés par les cors des romains, autant que les photons pendant une expérience de superposition quantique. Alors prise en tenaille par la cavalerie, criblée de javelots et de flèches, encerclée sous la pression d'un mouvement tournant, obéissant à la dynamique de rotation, selon la 2ème loi de Newton, l'armée carthaginoise est massacrée. 20 000 hommes périssent sur le sol de Zama, 10 000 autres sont constitués prisonniers.

Dans le monde quantique, il est impossible d'affirmer que la bataille de Zama est terminée, puisque les combattants, en vertu du *principe de superposition*, peuvent se trouver dans un mélange de plusieurs états, ici ou là, vivants ou morts ; qu'en vertu du *principe d'indéterminisme*, on est incapable de pouvoir indiquer l'issue de la bataille, ; qu'en vertu du *principe de dualité onde-corpuscule*, on a totalement quitté le champ de bataille, pour se situer dans un champ de probabilités ; qu'il est impossible de calculer toutes les hypothèses à partir des corpuscules innombrables des 97 000 combattants ; qu'en vertu du *principe de l'effet tunnel*, on ne peut pas exclure que les combattants passent au travers des éléphants ; qu'en vertu du *principe de l'intégrale de chemin*, les combattants, à l'état de particules peuvent suivre plusieurs trajectoires à la fois, ce qui complique évidemment le déroulé des combats ; qu'en vertu du *principe de quantification*, l'énergie ne peut être absorbée ou émise que par paquets, c'est-à-dire de façon discontinue, ce qui ne permet pas de manœuvrer une armée, par un effort constant, dans un mouvement d'ensemble ; enfin qu'en vertu du *principe d'incertitude*, on ne peut pas spécifier à la fois exactement la position et la vitesse d'une particule, ce qui, convenez-en, lecteur palpitant, est particulièrement infernal pour diriger une bataille.

Au volant de sa voiture, tandis que la nuit défilait son manteau noir de chaque côté du véhicule, juste avant d'arriver à Donville, dans la dernière série de virages qui la conduirait à l'entrée du village, elle se remémorait en souriant les envolées du libraire et ses déclarations tudesques, à propos du réalisme en littérature, qu'il aimait pourfendre avec une fougue exaltée, célébrant la *fantaisie* et le *merveilleux*, pour toutes les sphères de la vie, dans un tintamarre de mots et de pensées tenant à la fois du chevalier médiéval et du physicien quantique. Si la science, s'enflammait-il, nous enseigne que le réel est différent de ce que nous voyons, alors pourquoi nous astreindre à décrire un réel qui n'existe pas ?

— Avec Chesterton, avec Tolkien, Lewis et avec tant d'autres, s'empourprait Gargarin sur le ton solennel d'un syndicaliste qui aurait lu la déclaration de son comité central, je revendique le droit à la *fantaisie* et au *merveilleux* dans la fiction. L'*Odyssée*, les *Contes du Graal*, *Gargantua*, *Candide*, *Alice au Pays des Merveilles*, sont-elles des œuvres réalistes ? L'être humain est une *espèce fabulatrice*, ayant besoin de la fiction pour saisir, appréhender, traduire le réel, et non pas l'inverse. Nous n'avons que faire du réel pour interpréter la fiction ! En quoi *Germinal* serait plus réaliste que *Vingt Mille Lieues sous les mers* ? Le travail dans les mines de charbon a disparu. Où est donc passé son réel ? Tandis que de nombreux *Capitaines Nemo* se déplacent toujours dans les océans. Le réalisme dans la fiction est lui-même fiction. Sublime naïveté de considérer qu'une œuvre littéraire doit emprisonner le réel, alors que ce brigand s'échappe tous les jours de nos propres vies ! A quoi bon traquer le réel dans la fiction, puisque la physique quantique nous enseigne qu'il est impossible de le cueillir sous nos yeux ?

Et avec un soupçon de mysticisme dans la voix :
— Je crois fermement, avec Antoine Blondin, que *l'homme descend du songe.* Tous ces censeurs de *fantaisie* et de *merveilleux*, qui réclament à cor et à cri de mettre du réalisme dans la fiction, de la même façon qu'on fourre des marrons dans une dinde, n'ont qu'une seule obsession : rendre l'être humain esclave des choses et de l'ensemble du monde visible. Ces amateurs de confort matériel ont besoin de *croire au bonheur enchaîné dans le fini,* selon le mot de Berdiaev. Ce sont des petits esprits, imaginations rabougries aux pensées limitées, qui honorent l'horizontalité de la vie, sans jamais lever les yeux. Où est passée la verticalité de leur existence ? Seule la croix permet de réconcilier axe horizontal et axe vertical. Nous sommes corps et âme, à l'image de la croix. Qui nous l'enseigne ? Taïaut ! Taïaut ! Sus au bourgeoisisme ! vociférait Gargarin, sa carcasse secouée d'un grand frisson, tel

Cyrano tirant son épée pour frapper dans le vide, contre ses vieux ennemis, avec de vastes moulinets dans le vide.

Pouvait-elle oublier cet autre jour où Gargarin lui avait fait lecture d'un extrait, dans *Nez-de-cuir, gentilhomme d'amour* ? *« Tainchebraye fut classique, réunissant* l'Apollon-du-Belvédère *et* l'Athlète-au-Strigile *dans ce corps épais et fin, avec une musculature cachée, épanouie dans la santé générale* (Il avait contracté son bras d'athlète dans un geste à la Bourvil). *Un pur visage au menton fort et contondant, de belles lèvres ourlées, et ce profil rectiligne qu'un rien eût pu allonger en museau de renard,* (Gargarin avait contrefait de sa main droite l'allongement dudit museau avec une grimace digne de Louis de Funès) *mais qui, justement dessiné, gardait son caractère d'insensibilité et de rêve divins. Nulle âpreté ni ruse : rien de l'activité aquiline* (cette fois il avait henni de toutes ses dents avec le sourire chevalin d'un Fernandel) *ou de la niaiserie des « nez en trompette » « oùsqu'il pleut dedans »... Sur le front étroit, à peine plus vertical que le nez, foisonnaient des bouclettes d'astrakan qui semblaient se tordre et se détordre incessamment, courtes flammes noires de ce marbre* (Puis il avait posé avec l'air goguenard de Jean Gabin). *Là-dessous, des yeux vastes, attentifs et tendres ».*

- C'est fou, à part les bouclettes d'astrakan, on jurerait le portrait du père Brun !
- Croyez-vous que Jean de La Varende ait connu notre curé ?
- Il est pourtant mort en 1959 !
- Ah vous, savez, avec son univers quantique, tout reste possible !

Chapitre 18

Le déjeuner des Durtaliens

- Qui reprend du cassoulet ?

Toutes les assiettes furent tendues dans un seul et même élan, au milieu de la table, vers la grande cassole de terre cuite, en forme de cône tronquée.

- Que j'aime cette bonne cuisine de Mousquetaires ! s'écria Gargarin, comme si d'Artagnan était apparu pour lui servir sa part.

Le père Brun inaugurait son nouveau tablier en style de toile indienne, motifs terre de sienne, imprimés sur un fond massepain mêlé de moka, dont les teintes permettaient une belle harmonie avec la couleur franche de sa bure : un cadeau de ses amis.

- Une cuisine de Mousquetaires ? Mais qu'est-ce que vous nous chantez là ? s'éveilla le père Marsac, dominicain de son état. Ma grand-mère était native du Gers et je peux vous affirmer que le cassoulet n'est pas un plat gascon.

- On mange pourtant du cassoulet en Gascogne.

- On mange aussi des moules-frites. Non, je vous assure le cassoulet est peut-être répandu dans le Sud-Ouest, mais on ne peut pas le définir comme un plat gascon.

- Alors d'où vient le cassoulet ? interrogea la belle Amanda qui se régalait à déguster les haricots fondants.

- Trois villes se disputent la paternité de la recette.

- Rien que ça ?

- Toulouse, Carcassonne et Castelnaudary.

La petite *Académie des Durtaliens* se réunissait ce jour-là pour la première fois depuis le début de l'affaire des disparus. Souvent, le samedi midi, le père Brun invitait ses amis au presbytère, à la bonne franquette, autour d'un plat familial, pour honorer tout à la fois la pauvreté franciscaine, la joie évangélique, l'amour des bienfaits de la Création, la gaieté de partager des conversations vives et surtout le plaisir simple d'être au milieu de ses frères et sœurs, en compagnie d'une bonne bouteille de vin.

- Si l'on en croit Anatole France, articulait Gargarin tout en mâchonnant une pleine bouchée de fèves, il ne faut pas confondre le cassoulet de Castelnaudary avec celui de Carcassonne, lequel est un simple gigot de mouton aux haricots.

- C'est vrai, trancha le père Marsac, qui découpait avec une patience d'horloger, la couenne de son morceau de lard. Le cassoulet est un plat traditionnel, dont la base est un ragoût de haricots blancs, longuement mijoté pour devenir fondant sous le palais. C'est là tout le secret de la réussite. Et je dois avouer, cher confrère, que le vôtre est particulièrement moelleux. Bravo !

- Ah oui, s'exclama la jeune Melle Martin, aux yeux brillants, et perpétuellement absents.

- J'aime bien ces plats où l'on peut ajouter ce qu'on veut, dit Amanda en dégustant un beau morceau de saucisse.

- Oui, ma mère ajoutait du confit d'oie, souffla Gargarin dans un soupir éploré qui prouvait que les bons plats de sa mère n'étaient plus qu'on lointain souvenir.

- Et la mienne du canard, avait regretté à son tour le moine dominicain, du bon mulard du Gers !

- On peut aussi mettre du jarret de porc, de l'agneau, ou de la perdrix, selon les saisons, précisa le franciscain qui était heureux de voir ses amis se régaler.

- Et de la tomate, du céleri ou de la carotte, ajouta Amanda, qui ne pouvait pas cacher son plaisir.

- Pour faire un bon cassoulet, poursuivit le père Brun, il faut intercaler légumes (selon la recette adoptée) haricots et viande dans un plat en terre cuite, tapissé de couenne, puis laisser mijoter au moins trois bonnes heures. Les charcuteries ne sont ajoutées qu'une demi-heure avant la fin de la cuisson. Attention à ce détail important : ne jamais remuer les haricots, mais agiter le pot. Et surtout, servir chaud !

Chacun oubliait les tracas de la vie dans le fond de son assiette, en dégustant un simple et bon cassoulet, non seulement parce qu'il se régénérait en consommant une nourriture, mais aussi parce qu'un repas pris en commun autour d'une table, dans un esprit de fraternité, mieux qu'une fonction vitale, est un acte de civilisation. C'est la table qui nous éduque, nous nourrit et nous socialise. C'est la table qui nous élève. Du latin *altus*, l'autel est le point d'élévation le plus important dans une église. Elément sacré de la chrétienté, point de jonction entre Dieu et les hommes. C'est là, sur une table, que le prêtre célèbre le sacrifice du Christ par l'eucharistie. Pour les chrétiens, une église sans autel est une église sans âme. Elle est la pierre angulaire qui fait tenir tout l'édifice. Les autels sont généralement recouverts de nappes, parfumés d'encens, décorés de cierges, pour marquer leur importance. A la messe, le prêtre vient y déposer un baiser en signe de respect. En disposant les offrandes sur un autel, on cherche à les faire passer du monde profane au monde sacré.

- Le cassoulet reste une métaphore de la vie, se risqua Gargarin qui commençait à tirer sur le vin.

- Après, on fait toujours de la musique, lança Lisa, dans toute l'innocence de son âge.

Une houle de sourires avait parcouru la table.

- Quand ma mère prépare des haricots blancs, se sentit obligée de préciser Amanda, mon père s'amuse toujours à déclarer : « On va manger des musiciens ».

- Peut-être la raison qui avait poussé Pythagore à interdire à ses disciples de manger des fèves ? avait proposé le dominicain, pour offrir une diversion.

- Pythagore ? Celui du théorème ?

- Oui, le philosophe de Samos.

- Et quelle est la raison de cet anathème ?
- Oh, c'est un vieux débat qui dure depuis l'Antiquité. Diogène Laërce affirme que pour éviter de piétiner des fèves, il fut tué par les gens d'Agrigente à un carrefour.

- Un meurtre à un carrefour ! murmura le père Brun, comme Œdipe avec son père.

- S'il était mort, il ne pouvait pas prononcer une interdiction, lança très justement Amanda, dont les réflexes attachés à son cerveau d'enquêtrice ne la quittaient jamais.

- Très juste. L'interdiction a peut-être été prononcée par ses disciples et attribuée au maître.

- Mais pourquoi se laisser mourir, plutôt que de piétiner un champ de fèves ?

- Parce que, nous précise Aulu-Gelle dans les *Nuits Attiques*, développait le moine en blanc, l'erreur viendrait d'un poème d'Empédocle « Abstenez-vous de toucher aux fèves (*kuamous*) ». Et selon le grammairien latin, nous serions en présence d'une allégorie pour désigner les parties viriles, car le poète cherche ainsi à détourner les hommes de la débauche.

- En effet, les haricots on des formes de... avait commencé Gargarin, qui s'était arrêté tout net, quand il s'était souvenu que Melle Martin était autour de la table, avant de se rappeler la présence de Lisa.

- D'un autre côté, Aristoxène de Tarente, disciple d'Aristote, reprit le dominicain, affirme péremptoirement que Pythagore refusa cette *orchirdotritie* par respect pour la nourriture qu'il prenait tous les jours.

- Selon d'autres auteurs, enchaîna notre père Brun, les fèves étaient comparées à des embryons, notamment dans l'Egypte antique. Aussi les champs de fèves étaient-ils perçus comme un endroit où les morts ressuscitaient sous la forme d'un fœtus. Cette symbolique de la mort s'est propagée chez les Grecs. N'oubliez pas que Pythagore avait séjourné près de vingt ans en Egypte, à Memphis et à Thèbes.

- Ce petit vent, associé à la fève, serait l'âme d'un mort qui s'échapperait d'une façon bien étrange, pontifia Gargarin.

- Les Romains associaient le dieu des morts à la fève, reprit le moine franciscain. A l'occasion des Saturnales (qui honoraient Saturne, le maître des enfers), on tirait au sort un roi bouffon à l'aide d'une fève placée dans un gâteau.

- Cette tradition fut reprise par le christianisme avec la fête de l'Epiphanie. On continue de tirer les Rois, à l'aide d'une fève qu'on ne mange pas ! avait conclu le père Marsac.

- C'est fou de savoir que, lorsqu'on partage une galette des Rois, on perpétue une tradition pythagoricienne dont les origines remontent à l'Egypte antique, siffla Melle Martin les yeux arrondis.

- En tout cas, je n'ai pas le sentiment de manger l'âme des défunts, en savourant cet excellent cassoulet, blasonna le libraire de Donville, avant de porter une fourchette pleine à la hauteur de sa bouche, et de lancer, en guise de toast :

- A nos chers disparus !

Alors, la petite voix de Lisa, mince filet d'innocence et de chatterie s'éleva dans la pièce :

- Maman, est-ce que tu vas retrouver les disparus ? Les gens que des méchants ont enlevés ? Tu vas les retrouver, dis, Maman !

Un lourd silence s'abattit sur les convives. Devant la mine embarrassée de la policière, le père Brun vola au secours d'Amanda :

- Tu sais, Lisa, un vieux monsieur anglais a déclaré un jour que les romans policiers ont remplacé les contes de fées. Il voulait dire qu'on ne peut pas savoir comment une enquête peut se résoudre. C'était une sorte de géant à tignasse blonde, avec une moustache, et des lorgnons. Il trimballait un drôle de chapeau, une lourde cape, et une éternelle canne-épée pour pouvoir attaquer et pourfendre tous les méchants et tous les imbéciles. Il est possible qu'on ne les retrouve pas. Mais dans les contes de fées, crois-moi, il se passe toujours quelque chose qu'on ne sait pas expliquer. Si Dieu le veut, nous les retrouverons. Tout ne dépend pas de nous. Mais la seule idée que tu dois retenir, dans ton cœur de petite fille, c'est que, d'une manière ou d'une autre, à la fin de l'histoire, les méchants sont toujours punis.

Et comme si les paroles empruntées à Chesterton ne donnaient pas l'impression de convaincre Lisa, le franciscain ajouta :

- En tout cas, je peux te jurer une chose, je ferai tout ce qui est en mon pouvoir pour aider ta Maman à les retrouver.

Gargarin avait offert le vin ce jour-là, ses larges bras munis d'une caisse de l'abbaye de Lérins : des bouteilles de *Saint Lambert* 2019, une cuvée d'exception, à la robe grenat, aux reflets pourpres, un millésime chaud et sec sur le pourtour méditerranéen. Le débourrement s'était fait plus tôt mais de façon homogène, avec un été caniculaire, traversé par quelques pluies qui avait laissé mûrir les raisins paisiblement. Depuis le lointain Vème siècle, les moines prient et travaillent sur l'ile Saint Honorat, juste en face de Cannes. Dans les verres, l'attaque ample basculait rapidement sur un ton de fraicheur équilibrée, baigné dans une opulente structure tannique, tout aussi fine que généreuse. A l'unanimité, les convives avaient félicité Gargarin pour le choix de ce mourvèdre, qui mariait des qualités aromatiques idéales avec le cassoulet, orientées sur la griotte, la prune et une subtile note de venaison. Le point d'orgue, au milieu des haricots fondants et des charcuteries douces, était une finale riche, ronde et suave.

- Parfois j'ai envie de recommencer toute ma vie. Si la théorie quantique nous le permet un jour, je ne suis pas sûre de vouloir redevenir enquêtrice. Je me sens de plus en plus découragée par mon métier, soupirait Amanda.

- Ah bon, et que feriez-vous ?

- Je ne sais pas. Peut-être… ? Non, je ne sais pas !

- Amanda, il est urgent de se soigner ! implora Gargarin.

- Que voulez-vous me prescrire ?

- *La vie est belle*, le film de Franck Capra ! reprit le libraire. Un joli conte de Noël, James Baker est fantastique.

Son personnage regrette son existence, et son ange gardien le fait voyager dans une vie où il n'aurait pas existé. La ville est devenue sinistre, les gens pleins de vices et de méchanceté. Son ange gardien lui dit ce mot merveilleux : *« Chaque être possède une influence sur les autres. Une communauté peut être bouleversée par l'absence de quelqu'un »*. Avez-vous réfléchi ? Que deviendrait Donville sans son enquêtrice ?

Amanda avait souri, tout en continuant à se débattre avec la tentation de l'accablement. Passé le silence, qui suivit l'apostrophe du libraire, Melle Martin se mit à poser une question, qui fit réagir le franciscain.

- Est-ce que vous pensez que le monde quantique soit en écho avec les principes de la religion catholique ?

- Allons donc, mais bien sûr ! Comment pourrait-il en être autrement ? souriait le franciscain.

- Abreuvez-nous ! chantait Gargarin qui commençait à prendre un visage aussi écarlate que picaresque.

- Dans le *principe de superposition*, on retrouve le don de bilocation, capacité de se trouver en plusieurs lieux à la fois, constatée chez de nombreux saints du Moyen-âge, tel que Saint Guénolé, ou plus près de nous le Padre Pio. Le *principe d'indéterminisme*, lui, n'est rien d'autre que le fondement de la liberté. Saint Augustin nous l'enseigne depuis des siècles avec son traité du *Libre arbitre*.

- Diablement vrai, vous avez raison ! s'enflammait Gargarin en vidant son verre.

- Examinons le *principe de dualité onde-corpuscule*. Il nous apprend qu'il est impossible de définir un être par une seule propriété. De même pour la nature humaine, composée d'une âme et d'un corps, respectivement forme et matière, non pas deux substances distinctes, mais plutôt une dualité. J'aime follement étudier le *principe de l'effet tunnel*, nous révélant qu'un objet quantique est capable de franchir une barrière de potentiel quand bien même son énergie reste inférieure à l'énergie minimale requise pour le faire. Ce sont les paroles du Christ, dans la $2^{\text{ème}}$ Lettre de Saint Paul aux Corinthiens.

- « *Ma grâce te suffit, car ma puissance donne toute sa mesure dans la faiblesse* », avait déclamé le père Marsac

- Regardons le *principe de l'intégrale de chemin*, lequel consiste à prendre en compte la somme des amplitudes provenant de tous les chemins possibles pour passer d'un point à un autre, pour calculer une intégrale en dimension infinie. On y retrouve l'idée que Dieu, omnipotent, est à l'origine de toutes les probabilités.

- C'est prodigieux, commenta Gargarin, tandis qu'il se servait un autre verre de *Saint Lambert,* les yeux humectés de joie.

- Le *principe de quantification,* lui, nous apprend que l'énergie ne peut être absorbée ou émise que par paquets, de même que la grâce n'est pas donnée de façon continue. Ce qui implique la nécessité régulière de se nourrir des sacrements. Enfin, le *principe d'incertitude*, nous rappelle que personne n'est certain d'être sauvé tant qu'il n'est pas paru devant son Sauveur au Jugement dernier.

- Et l'*intrication quantique* ? questionna le libraire, son verre suspendu devant ses yeux brouillés.

- La *Communion des Saints* ! Car nos âmes sont spirituellement intriquées, en corrélation pour toujours !

- Une démonstration étonnante, observa Amanda. Peut-on utiliser les idées de la Foi, ou toute autre méthode, pour confirmer des démonstrations scientifiques ?

- Les scientifiques ne disent pas autre chose. Dans son discours Nobel, en 1965, Feynman, magistralement, nous développe qu'il existe de nombreuses manières pour formuler une même théorie.

- Alléluia ! chantait Gargarin, sur une partition de Schutz, en embrassant la dernière bouteille.

- Moi, je préfère la *physique des cantiques*, proféra le père Marsac qui s'était surpris à faire un bon mot, gagné par la jovialité des lieux.

- Et vous Gargarin ?

- Si je pouvais recommencer ma vie ? Ah mon Dieu, je serais le Capitaine de *La Croisière s'amuse*, pour passer mon temps à boire des cocktails en bermuda !

Rares sont les enfants des hommes à qui est échu le beau nom de Gargarin. Plus rares encore ceux qui, tel un phare dans la nuit de l'ignorance dominante, se sont donnés pour mission de conserver la lampe vacillante de la connaissance, contre tous vents et marées, pour tenter d'élever l'esprit de leurs contemporains, au-dessus de la médiocrité ambiante. Rares sont les reclus, comme un moine, dans un coin de Normandie, à l'ombre d'une collégiale romane, pour défendre les derniers feux de la civilisation occidentale, avec toute la force d'un chevalier du livre, posté dans son enclos sacré, lieu de culte du savoir, dédié aux muses, jardin d'érudition, où s'épanouissent tous les fleurons de la pensée, temple de la mémoire, de la suprématie spirituelle, trésor de diffusion de l'intelligence, dans la magnifique tradition du *Mouseîon* d'Alexandrie.

- A propos, interrogea Melle Martin (qui semblait revenir d'un voyage soumis aux lois du *principe de l'intégrale de chemin),* qui met de la chapelure sur son cassoulet ?

- Mais c'est un péché ! On ne saupoudre jamais un cassoulet avec de la chapelure, vociféra Gargarin non sans une manière de brusquerie maladroite.

- La croûte se forme toute seule à la surface, expliqua le père Brun. Prosper Montagné, le célèbre cuisinier, dans *Le Festin occitan*, préconise d'enfourner la cassole jusqu'à ce qu'une croûte uniforme brune se forme, puis il enjoint de la crever, pour la laisser se reformer, jusqu'à sept fois, selon la tradition.

- Vous êtes incollable ! complimenta Melle Martin, une pointe d'admiration dans le regard, empruntée au *principe de dualité onde-corpuscule.*

Le premier nez, profond et gourmand, fit voyager les esprits, en provoquant des réminiscences de cerise, de figue, de réglisse et de cuir entremêlées. Une légende solide affirme que Saint Patrick est venu s'instruire auprès de Saint Honorat, à l'abbaye de Lérins, avant de partir évangéliser l'Irlande. De mémoire ancestrale, les moines y cultivent un petit vignoble, au rythme de la règle de Saint Benoît, dans une belle alchimie, sans aucun doute unique au monde, où (selon les lois du *principe d'intrication*) travail des frères, influences maritimes, sol argilo-calcaire, limoneux, sablonneux, riche en matière organique végétale, et ensoleillement important de l'île, confèrent singularité et typicité remarquables à ce terroir exceptionnel. A travers ces vins, les moines forment le désir de mettre en avant leurs valeurs : amour du travail bien fait, fraternité évangélique, recherche de l'excellence, ainsi que les vertus chrétiennes : foi, espérance et charité, avec un tel niveau de réussite que leurs nectars sont servis dans les dîners de gala des Festivals de Cannes. Pour la plus grande joie des Durtaliens, le *Saint Lambert* offrait une maturité optimum, sur des tanins puissants et soyeux.

- Avouez qu'un cassoulet si bien réussi par un Breton, c'est tout de même un comble ! persifla Gargarin dont le système sanguin était parvenu à son paroxysme.

- Mauvaise plaisanterie ! En Pologne, j'ai goûté une version, composée de haricots, de saucisses à l'ail, de sauce à la tomate. Savez-vous comment ils appellent ce plat ? rétorqua le maître des lieux.

- Non ! chantèrent en chœur les convives.
- *Fasolka po bretońsku !*
- C'est joli !
- Qu'on traduit magnifiquement par : « Haricots à la bretonne » !
- Incroyable !
- Moi, aux Antilles, j'avais goûté un cassoulet avec des *pois savons* secs, fit remarquer Melle Martin, toujours absente et présente, comme le chat d'un célèbre physicien quantique.

- Des pois savons ? Qu'est-ce que c'est ?

- Une simple variété de haricot de Lima (*Phaseolus lunatus*), une plante herbacée de la famille des Fabacées (ou Légumineuses) cultivée dans les pays chauds pour ses graines et consommées comme légume, émit le père Marsac, avec un tampon de sauce grasse à la commissure des lèvres.

- Moi en Guyane, j'ai goûté un cassoulet à la créole, avec du couac, du riz blanc et quelques bananes plantain, rêvassait Melle Martin.

- En Guyane ? Avec la Légion : le 3ème REI ! Ils connaissent forcément la recette de Castelnaudary ! s'enflammait Gargarin.

- Il existe sur toute la planète de nombreux plats ou ragoûts à base de haricots ou de fèves, trancha le père Brun.

- Depuis l'Antiquité. Pythagore nous l'avait prouvé. Au Moyen-âge on mangeait du *févoulet*, un plat de fève et de viande, prolongea le père Marsac, dont le visage soudain contrarié exprimait une vive déception devant son assiette vide.

- Au Brésil, ce plat s'appelle *feijoada*, mais il se déguste avec du riz, et se compose de haricots noirs. On peut y trouver des abats, de la palette de porc salée, du bœuf séché et du piment, précisa le père Brun.

- Dans les Asturies, enchérit Gargarin, j'ai goûté la *Fabada*, composée de *chorizos asturianos* et de *morcillas asturianas*, mais aussi d'un haricot spécialement cultivé dans la région : la *faba*.

- En Ardèche, continua la jeune organiste, ses yeux devenus bulbeux comme des fèves, j'avais testé la *mongetada*, qui vient de l'occitan *mongeta*, le haricot.

- Amusant ! En Vendée, on mange des *mogettes*.

- C'est un vieux mot occitan qui est remonté jusqu'à la Loire, dans la sphère du monde romanisé, précisa le père Marsac.

- Mais plus proche de nous, juste en face de la mer, on cuisine un délicieux *Guernsey Bean Jar*, une sorte de cassoulet de Guernesey. Les boulangers de l'île autorisaient leurs clients de faire cuire, toute la nuit dans leurs fours, un pot de haricots à la viande, qui se mangeait traditionnellement au petit-déjeuner, salivait Gargarin.

- Au petit-déjeuner ? Beurk ! fit Amanda.
- Ah ces Anglais ! persifla le franciscain.
- Pas des Anglais. Ce sont des Anglo-Normands ! objecta Gargarin d'un air offusqué.
- Ah, répondit le père Brun, affichant ostensiblement le sourire d'un comique anglais (qui porte le nom d'un haricot), mais quelle est donc la différence ?
- *Guernesey Bean Jar*. Le plat de Mr Bean ? demanda Lisa qui avait tendu l'oreille
- Non ma chérie,
- Il a pourtant une tête de cassoulet !

Une fois de plus, la petite Lisa fit rire l'assemblée, où chacun tentait de cultiver la bonne humeur, en dépit des disparitions.

- Quelqu'un sait si nos cousins de Guernesey respectent les traditions familiales ?
- Quelles traditions ?
- Rappelez-vous Maupassant : *« Entre chaque plat on faisait un trou, le trou normand, avec un verre d'eau-de-vie qui jetait du feu dans les corps et de la folie dans les têtes »,* se plut à lancer Gargarin, en guise d'invitation.
- Quoi qu'il en soit, je crois que c'est Desproges qui possède la meilleure recette pour le cassoulet ! rétorqua le père Brun, qui avait compris la ruse de Gargarin, et qui n'avait aucune intention de céder à la tradition du trou normand.
- Ah, laquelle ? adjura la jeune policière.
- *Un cassoulet sans vin,* affirmait-il, *c'est comme un curé sans latin !*

Dans la cohue des rires joyeux, tout le monde leva son verre, et fit chanter le cristal en trinquant, puis chacun reprit la formule du père Brun d'un seul cœur :

- *Ad majorem Dei gloriam!*

Chapitre 19

La philosophie du tube digestif

- Vous connaissez la dernière de Dubois ?
- Il s'est acheté un nouvel imperméable ?
- Non, reprit Amanda en souriant, il m'a dit qu'il avait épluché le dossier transmis par le procureur de Rouen, parce que ses services centralisent toutes les enquêtes des cinq départements.
- Ah ! Et notre Columbo a repéré quelque chose ?
- Il a noté, parmi des tas d'autres données, que tous les disparus ont effectué une prise de sang, pendant une période couvrant les cinq dernières années.

Le père Brun resta silencieux un moment.
Il tentait de comprendre ce que cette information pouvait bien leur apprendre.
- C'est Dubois tout craché. Il se focalise sur un détail. Et il reste impuissant à dire pourquoi. En fait, c'est un bon garçon, mais il affecte un air cérébral. Un esprit ordinaire qui se baratte la cervelle pour débusquer de l'étrange. Dans le fond, il possède un cerveau binaire, avec une monomanie de purisme.

Le moine gardait le silence, incapable de déceler la piste d'une indication.
- Je lui ai d'abord demandé ce qu'on pouvait faire d'une telle information, avant d'aller fouiller les statistiques. Et j'ai vu que 91% des Français ont subi une prise de sang dans les cinq dernières années, que 31% en réalisent tous les ans, que 16% se font prélever plusieurs fois par an.

Le franciscain écoutait sans dire mot, en hochant la tête.

- Ensuite, j'ai annoncé tranquillement à Dubois que la plupart des Français, dans les cinq dernières années, sont aussi allés chez le coiffeur, ont acheté de l'eau de javel, sont passés chez le dentiste, ont changé aussi leurs chaussures, ont célébré un mariage ou un enterrement, ont payé des factures d'assurance, ont pris le train, ont subi une coloscopie, bref, ont réalisé toutes sortes de choses, pas du tout significatives.

- En effet, c'est un simple détail, qui ne signifie rien par lui-même.

- On dirait un tube digestif, soupira la belle Amanda.

La jeune femme s'épanouissait sous les yeux du père Brun. Au début de leur rencontre, la policière affichait les marques d'un visage plus dur, une façon de masque qui avait affaibli l'éclat de sa beauté, comme ces fleurs fanées avant la maturité de leur éclosion. A présent, Amanda rayonnait, sous l'effet de cette lumière inestimable qui fait briller les êtres habités par la joie de vivre et la confiance en soi.

- L'être humain n'est-il qu'un simple tube digestif ? Serions-nous, comme le suggère David Hume, un faisceau, une collection de perceptions différentes, se succédant à une rapidité inconcevable, au sein d'un flux et d'un mouvement perpétuels. Sommes-nous des êtres *humiens*, et rien d'autre ?

- Quand je regarde Dubois, je me demande.

- A ce point ? s'enquit le père Brun

- Comment interpréter son incapacité singulière à exprimer la moindre émotion ?

- Qu'est-ce qui cloche dans son comportement ?

- Il est capable d'analyser dans une attitude abstraite, mais pas de façon intuitive, personnelle, globale et concrète.

- Ah, je comprends.

- Moi, j'ai l'impression de « voir » les choses les unes par rapport aux autres, et par rapport à nous-mêmes.

- Oui, c'est ce qu'on appelle un jugement cognitif.

- Mais chez lui, je ne vois pas cette aptitude à établir un rapport entre les choses. Un jugement ?

- *L'attitude abstraite* permet la *catégorisation* et le maniement des concepts. Elle rend incapable d'apprivoiser un détail, une identité ou une particularité.

- Il vaut peut-être mieux comprendre que juger ?
- Mais juger c'est comprendre !
- Que voulez-vous dire ?
- En premier lieu, juger, c'est affirmer un attribut d'un sujet, nous explique Aristote. Par exemple : la terre est ronde. C'est l'opération de l'esprit qui permet de confirmer une chose d'une autre chose.

- Encore une fois, il faut s'entendre sur les mots.

- Quand vous dîtes untel est plus grand qu'untel. Vous énoncez un jugement de valeur. Quand vous soupesez le prix d'une tranche de jambon, d'un vêtement, vous échafaudez un jugement de valeur. Lorsque vous appréciez la distance qui vous permettra de doubler une voiture, là encore vous en venez à concevoir un jugement de valeur.

- Je commence à comprendre, mais sans vous juger.

- Nous réalisons des jugements de valeur à longueur de temps. Ce qui nous permet de nous repérer. Ce sont de simples opérations de nature cognitive.

Lorsqu'elle écoutait le père Brun, Amanda se disait que le monde était simple et que la vie était limpide.

- Je refuse de me trouver réduit à un simple flux ininterrompu, privé de toute connexion, de toute cohérence. Je refuse d'être l'incarnation d'une chimère philosophique.

- Là, je suis d'accord avec vous, fit Amanda.

- Si nous sommes parfois flottants, d'un point de vue humain, agités, ennuyés, perdus, nous pouvons toujours rester attentifs à l'âme du monde, au Beau, au Vrai, au Bien, riches au regard des catégories kierkegaardiennes (c'est-à-dire du point de vue esthétique, moral, religieux, dramatique).

- Kierkegaard ? On dirait le nom d'une bière !

- Si Dieu n'avait pas souhaité la *répétition*, nous explique ce philosophe au nom de bière, le monde n'aurait jamais été créé.
- Qu'est-ce qu'il veut dire par *répétition* ?
- Il oppose l'espoir, le ressouvenir et la répétition.
- Dans quel sens ?
- Pour lui, l'espoir est un habit neuf, raide et serré, bien qu'on ne l'ait jamais porté, on ignore s'il vous va ou s'il vous siéra.
- Je n'achète jamais de vêtements sans les essayer !
- Le ressouvenir est un vieil habit qui ne va plus, parce que vous avez grandi.
- Ou grossi ! C'est ma hantise ! geignit Amanda, posant des mains anxieuses sur son ventre plat.
- Mais la répétition est un habit inusable, qui vous tient comme il faut, tout en restant souple, sans vous étouffer.
- Ah, c'est l'imperméable de Dubois !
- N'oubliez pas que Kierkegaard était un viking. Ils se sont peut-être connus sur un drakkar ?
- C'est incroyable de penser que Dubois est l'incarnation d'une théorie kierkegaardienne !
- Selon les paroles de notre philosophe viking au nom de bière, l'amour de la répétition est en vérité le seul heureux. Il ne représente pas l'inquiétude de l'espoir ou bien l'angoisse de l'aventure, ou de la découverte, pas plus que la mélancolie du ressouvenir. Il garde alors la sainte assurance de l'instant présent.
- La philosophie du tube digestif. C'est mon Dubois !

Dubois partageait la faiblesse spirituelle des hommes dont la culture est seulement numérique. Il se plaisait à rester, des heures durant, face à l'écran de son ordinateur. A le voir plongé dans cette attitude réflexive, on pouvait penser qu'il procédait calmement à l'inventaire de ses idées. Mais en réalité, Dubois n'avait jamais plus d'une idée en tête, chaque nouvelle chassant l'autre. Était-il au fond si surprenant qu'un philosophe au nom de bière eût engendré une philosophie de tube digestif ? Il ne faisait aucun doute, à qui avait étudié consciencieusement les œuvres du grand poète viking, que notre policier impavide rangeait l'angoisse de sa vie dans la cuirasse d'un imperméable, pour se tenir à l'abri de certaines défaillances. Dans un corps humain ordinaire, le tube digestif relie la bouche à l'anus, avec l'aide de sept compartiments. Il faut avouer que certains de nos contemporains démentent leur propre intelligence, par un comportement léthargique et velléitaire, laissant croire que leur tube digestif (en opposition aux lois de l'anatomie) ne possède aucun compartiment entre ses deux extrémités ; ce qui risque de provoquer certaines indéterminations entre leurs fonctions réciproques. Il serait probablement sévère d'inclure Dubois dans cette dernière catégorie. On peut s'interroger sur la pertinence de cette retenue proverbiale ; tout autant sur la nature tangible de cette morgue légendaire, car son attitude extérieure aphasique et lymphatique dissimulait (pouvait-on l'affirmer de façon incontestable ?) les nébulosités d'un secret dédain.

- Peut-être que cette histoire de prise de sang veut dire quelque chose ? Peut-être qu'elle ne veut rien dire. C'est ça qui est agaçant avec Dubois. On dirait un cochon truffier. Il renifle et trouve des truffes, mais il ne sait pas s'il y a un gisement, et il ignore la façon de cuisiner ce champignon.

- Et comment le procureur a relevé ce détail ?

- Oh, c'est assez simple, ses services ont mouliné les noms des disparus dans tout un tas de listes. Il suffisait juste de réclamer les inventaires auprès des laboratoires, sur une période précise. Tout est informatisé aujourd'hui. C'est une affaire de quelques clics.

- Je suppose que les réquisitions sont plus longues que les constitutions des listes ?

- Vous avez raison. La lourdeur des procédures impose une inertie dans la collecte des informations. C'est le prix à payer pour le respect de nos libertés.

- Et on a étudié les groupes sanguins des disparus ?

Amanda considéra les traits du moine avec attention. A qui ressemblait le plus ce visage de philosophe grec : à Socrate le vieux silène ? A Platon le gymnaste ? A Aristote le polymathe ? De Socrate, il avait hérité son regard malicieux parce que, pour le reste, le *va-nu-pieds* était affreux (ce qui n'était pas le cas du père Brun), avec sa bouche évasée, son nez camus, ses yeux à fleur de tête, et puis ce gros air pataud qu'affectaient tous les anciens hoplites de la Guerre du Péloponnèse. De Platon, il possédait la carrure athlétique, la belle stature, les solides épaules, ce qui valut son célèbre surnom à Aristoclès (de *Platus* : large) ainsi que son grand front, abritant la plus célèbre nourrisse à idées de l'humanité, où avaient pris naissance les fondements de la dialectique. D'Aristote, il gardait, sur son visage, cette étincelle de lumière d'intelligence qui avait illuminé la jeunesse d'Alexandre. Telle une hermine en chasse dans une galerie, un terrier, une crevasse, le moine aimait fouiller tous les recoins d'une hypothèse, pour ne laisser aucune chance aux réflexions qu'il pourchassait comme des proies. C'était bien sûr l'instinct de prédateur, mélange de pugnacité systématique et d'analyse exigeante, que la jeune policière appréciait dans le caractère du franciscain, qui donnait le sentiment de déchiffrer les enquêtes comme un curieux bestiaire d'idées extrêmes.

    - Voici ce qu'on a trouvé parmi les fiches des groupes sanguins de disparus : 2 groupes A, 2 groupe O, 1 groupe B, 1 groupe A-, 1 groupe AB

    - Une répartition équilibrée.

    - Qui correspond à peu de choses près à ce qu'on peut repérer dans la population du territoire national :

    Groupe A :   38%
    Groupe O :   36%
    Groupe B :   8%
    Groupe A- :   7%
    Groupe O- :   6%
    Groupe AB :   3%
    Groupe B- :   1%.

Le père Brun essayait d'intégrer la synthèse de ces éléments, de façon à produire un jugement de valeur, capable de lui ouvrir les portes de la pleine conscience.

- Il est peut-être atteint du *Syndrome du Korsakov* ?
- Qui ça ? Dubois ?
- Avec sa manie du radotage, avec son dégoût des fonctions exécutives, son apathie générale, son émoussement émotionnel, sa difficulté à la restructuration perceptive.
- Le Syndrome de Korsakov, qu'est-ce que c'est ?
- Un trouble neurologique d'origine multiple, dont une carence en thiamine (vitamine B_1) au niveau du cerveau, qui se manifeste notamment par des troubles de la cognition.
- Et c'est grave ?
- Tout dépend du stade d'avancement de la maladie.
- Est-ce que ceux qui sont atteints du syndrome passent leur vie dans un imperméable ?
- Les maladies du cerveau sont assez mal connues. On constate quelquefois des comportements qui peuvent échapper à toute forme de compréhension, même dans le système de fonctionnement de la maladie.
- Une version quantique de la maladie cérébrale ?
- Ecoutez ce témoignage bouleversant d'Oliver Sacks, le grand neurologue : *On avait tendance à parler de lui comme d'un accident de l'esprit - « une âme perdue » : était-il possible qu'il ait réellement été « désanimé » par la maladie ? « Pensez-vous qu'il ait une âme ? » demandais-je un jour aux sœurs. Ma question les choqua, bien qu'elles comprissent pourquoi je la posai. « Observez Jimmie à la chapelle, dirent-elle, et jugez-en par vous-même ».*
- Qui est-ce Jimmie ?
- Un patient que le neurologue a baptisé le *marin perdu*. Son histoire est assez émouvante.
- Le marin perdu ?
- Oui, Oliver Sacks livre son témoignage, au moment où les sœurs lui demandent d'observer Jimmie (un ancien du *corps des Marines*) à la chapelle, pour juger de son état : *« C'est ce que je fis. J'en fus impressionné et profondément*

ému, car je vis alors chez cet homme une intensité et une stabilité et de concentration que je n'avais encore jamais remarquées et dont je ne le croyais pas capable. Je l'observai : il était agenouillé en train de communier ; je ne pouvais douter un instant de la plénitude et de la totalité de sa communion, et du parfait accord entre son esprit et celui de la messe ».

- On se croirait dans une scène de Dostoïevski.

- Vous ne croyez pas si bien dire, chère Amanda, attendez la suite de cette incroyable et belle histoire : *« Il participait à la sainte communion avec une intensité plénière et sereine, dans un état de concentration et d'attention totales. A ce moment-là, le phénomène d'oubli, le syndrome de Korsakov, disparaissait, n'était plus même concevable, parce que, cessant d'être à la merci d'un mécanisme défaillant ou défectueux, celui de phrases ou de souvenirs dépourvus de signification, il se trouvait absorbé dans un acte engageant tout son être, qui portait du sens et de l'émotion en une unité et continuité organiques, unités et continuités si consistantes qu'elles ne laissaient place à aucune fissure ».*

- Tout l'inverse d'un tube digestif !

- Aussi doux, puissant, tendre, et fragile que le larghetto de la romance, dans le 2ème mouvement du *Concerto N°1 pour piano* de Chopin.

- Qu'a-t-il de si particulier ce mouvement ?

- Chopin veut donner l'impression de contempler avec tendresse un lieu qui rappelait mille chers souvenirs.

- Il ne me reste plus qu'à vous envoyer Dubois pour le faire prier dans une chapelle.

Les jours suivants apportèrent une forme de répit. La tension qui avait régné pendant plusieurs semaines semblait se diluer dans une sorte de langueur. On n'oubliait pas la tragédie qui frappait la région, mais les habitants avaient repris à contre-coeur le train quotidien de leurs occupations, avec cette grande force d'inertie qui soutient nos vies, qu'on appelle l'habitude, et que d'autres ont baptisé *répétition*. On se lassait des émissions de TV ou de radio consacrées à l'affaire des *disparus de Normandie*. Les analyses d'experts tournaient en rond, les sujets en boucle, et les intelligences se broyaient dans un cycle sans fin, par un entortillement de mots flous, d'idées vagues qui ressemblaient à s'y méprendre à ces guirlandes de Möbius, identiques à elles-mêmes, se retournant sans cesse dans leurs propres torsions. A l'aide d'un célèbre paradoxe, Bertrand Russel avait posé une question fondamentale sur la *théorie des ensembles*, qu'on pourrait résumer de la sorte : *l'ensemble des ensembles n'appartenant pas à eux-mêmes appartient-il à lui-même ?* Pour le dire autrement, pourrait-on empêcher un esprit d'appliquer la notion d'autoréférence dans le langage, sans qu'il puisse disposer d'un *métalangage* ? Tous les jours, le bavardage des médias se plaît à prouver que oui, c'est possible.

Quand il avait publié son *théorème d'incomplétude*, en 1931, Kurt Gödel révélait une évidence assez simple pour un enquêteur de police : qu'aucun système axiomatique ne pouvait générer toutes les vérités de sa théorie. En quelque sorte, on peut affirmer que Gödel s'était amusé à transférer le paradoxe d'Epiménide, au cœur des *Principia Mathematica*, une œuvre en trois volumes d'Alfred North Whitehaed et Bertrand Russel : bastion réputé invulnérable, qui posait les fondements de la logique moderne. Epiménide était un Crétois, sorte de chamane antique, au corps couvert de tatouages, qui était capable (sans doute après une longue sieste au soleil) de séparer son âme de son corps et de voyager autant qu'il voulait par l'esprit. Son fameux paradoxe consiste essentiellement dans une phrase se qualifiant elle-même de mensonge, ne pouvant donc être ni vrai ni fausse. Ayant traversé les siècles, sa formulation la plus simple reste la suivante : *un homme disait qu'il était en train de mentir. Disait-il vrai ou faux ?*

Certains systèmes se dotent d'une infinité d'axiomes, nous ne pouvons jamais tous les écrire. Une simple description de ces axiomes ne peut pas suffire. Tôt ou tard, nous aurons besoin d'une procédure pour savoir si une chaîne d'indices donnée est un axiome. Nous pouvons remercier les chercheurs et toute la communauté scientifique pour la qualité de leurs débats et de leurs démonstrations ; mais ces théorèmes, ceux de Gödel notamment, traitant du rapport fondamental, en logique, entre *vérité* et *démonstrabilité*, établissant que ces deux concepts sont profondément différents, avaient déjà été décelés, de manière empirique certes, à l'aide de précieux conseils détournés, retors, à contre-courant des idées reçues, sous la plume d'un colosse des lettres britanniques, gros buveur, esprit mordant, appelé par ses pairs le *Prince des Paradoxes*. Dans ses enquêtes policières, G.K. Chesterton démontre par l'absurde ou le grotesque, selon sa propre méthode psychologique et intuitive que tout système de logique humaine est incomplet à partir du moment où il rejette la métaphysique. Sa démarche ne vise pas tant à inventer une procédure d'axiomes criminologiques qu'à proposer de nouveaux paradoxes impliquant de subtiles questions morales et théologiques, sans jamais froisser l'avis des lecteurs qui n'estiment pas sa plume ; puisqu'il va de soi qu'un seul type de lecteur n'apprécie pas Chesterton : celui qui ne l'a pas lu.

Mais, pour notre plus grand bonheur, Bertrand Russel nous a gratifié d'un autre paradoxe, qu'on pourrait décliner à l'infini, comme les bonnes histoires en fin de soirée, pendant le dernier verre avec les amis, qui se nomme : Le *paradoxe du barbier*. Un conseil municipal vote l'obligation, pour le barbier du village, de raser tous les habitants masculins du village qui ne se rasent pas eux-mêmes et seulement ceux-ci. Pourtant, il enfreindra la règle s'il se rase lui-même, puisqu'il ne peut raser que les hommes qui ne se rasent pas eux-mêmes, ou s'il ne se rase pas lui-même, parce qu'il a désormais la charge de raser tous les hommes qui ne se rasent pas eux-mêmes. Placés devant cette situation réjouissante pour les esprits tordus, mais inextricable pour les autres, la seule réponse que proposent les médias, c'est de raser tout le monde.

Ce paradoxe illustre bien les limites que possède la logique humaine. *L'Intelligence Artificielle* n'est que le prolongement démultiplié de ces limites naturelles. Il y a une certaine jouissance pour un esprit humain éveillé (et je ne doute pas qu'ils sont nombreux à lire cette page) à considérer que, dans leurs travaux sur l'*Intelligence Artificielle*, les chercheurs essaient surtout d'assembler de longues chaînes de règles obéissant à des formalismes rigoureux, pour apprendre aux machines rigides comment devenir souples. La virtuosité de l'esprit humain ne sera jamais remplacée, par aucune machine, parce qu'elle se nourrit d'un phénomène intuitif, extérieur à elle, qui la dépasse. Témoins, ces mots de Victor Hugo : *« C'est parce que l'intuition est surhumaine qu'il faut la croire, c'est parce qu'elle est mystérieuse qu'il faut l'écouter ; c'est parce qu'elle semble obscure qu'elle est lumineuse ».* L'intuition sera le défaut de toute machine artificielle. Et le père Brun, une fois de plus, allait en faire la démonstration.

Chapitre 20

Le transhumanisme

Les *Airs bohémiens* de Sarasate embaumaient la pièce. Le père Brun avait accueilli Amanda, un livre à la main, selon son habitude. Il régnait dans l'air une bohème de notes, tendres et nostalgiques.
- C'est magnifique. Qu'est-ce que c'est ?
- Ah, les *Airs bohémiens* !

La jeune femme se réjouissait d'assimiler aux côtés du moine. Depuis qu'elle avait fait sa connaissance, elle naviguait dans un autre univers, un monde fait d'intelligence, d'apprentissage, et de culture. Elle écouta religieusement le franciscain lui exposer qui était ce compositeur espagnol, dont le nom ne lui évoquait rien qu'une chanson d'Aznavour.

Au moment de s'asseoir, elle aperçut le titre sur le livre tenu dans la main du franciscain : *L'état servile,* Hilaire Belloc.
- Ah, encore un ouvrage de politique ! lança-t-elle avec une pointe de sarcasme.
- La politique, c'est la vie de la cité. Ni plus, ni moins.

Amanda était d'humeur à persifler :
- Et bien entendu, vous soutenez le camp du capital ?
- C'est plutôt le capital qui nous soutient.
- Vous ne considérez pas que l'ennemi est le capital ?
- Le véritable ennemi est le consumérisme. Dans ses *Écrits corsaires* Pasolini annonce quelque chose d'essentiel.
- Que dit-il ?

- Il explique que malgré les tentatives d'unifier le pays avec la Maison de Savoie, après le *Risorgimento,* malgré la période fasciste, la naissance de la république italienne, les peuples restent autonomes. Il existe encore des dialectes, des accents, des Toscans et des Siciliens.

- C'était un peu pareil en France.

- A quelques nuances près. La grande bascule va se produire à partir des années 1960.

- Pourquoi donc ?

- L'apparition de la télévision ! Sa petite lucarne accomplira pas à pas l'uniformisation des cerveaux. Peu à peu, tout le monde va parler de la même façon, s'habiller de la même façon, manger de la même façon, penser de la même façon et, surtout, (car c'était le but dissimulé) consommer de la même façon.

- Jean Baudrillard et la société de consommation !

- Exactement.

- Si la société de consommation ne produit plus aucun mythe, c'est qu'elle est elle-même son propre mythe.

- Le fameux consumérisme.

- *A un diable qui apportait l'Or et la Richesse, au prix de l'âme*, dit Baudrillard, *s'est substituée l'Abondance pure et simple*.

- Dans consumérisme, il y a *consumer*. Cette nouvelle société a brûlé les consciences. A votre pacte avec le Diable, s'est substitué le contrat d'Abondance, un pacte qui consume.

- Mais le consumérisme est l'enfant du capital ?

- D'une certaine manière, oui. Un enfant bâtard.

- Le fils du diable ?

- Hilaire Belloc a mis en garde contre les excès du capitalisme, dont la nature profonde est l'instabilité.

- Qui est-ce ?

- Un grand ami de Chesterton. Un peu plus précis que lui sur les questions économiques et sociales. Chesterton, bien que pourvu de cognition et de lucidité, fut toujours un doux rêveur ; Belloc, lui, était doté d'un esprit plus réaliste et pragmatique. Historien, essayiste, parlementaire, président de la très distinguée *Oxford Union Society*. Elle accueillera des invités aussi prestigieux que Churchill, Reagan, Carter, Nixon, Thatcher, Malcolm X, le Dalaï-lama, ou encore Mère Teresa.

- Et que dit cet Hilaire Belloc ?
- Dans son essai : *L'état servile*, ce bel esprit anglais réalise une brillante démonstration.
- Que démontre-t-il ?
- Il expose la théorie du *distributisme*, qui n'a rien à voir avec l'économie distributive. Le distributisme de Belloc défend une société d'artisans et de culture, démontré par une insistance sur les petites et moyennes entreprises familiales, la promotion des cultures locales, la préférence pour les petites productions plutôt que pour la production de masse.
- Un idéaliste !
- Sans doute ! Une société d'artisans constituerait une sorte d'idéal *distributiste* en unifiant le capital, la propriété et la production plutôt que le travail en masse pour des firmes immenses ; ce que le distributisme considère comme une aliénation de l'homme moderne.
- C'est irréalisable !
- Et pourquoi donc ?
- Parce que les firmes, comme vous les appelez, ont déjà pris tous les pouvoirs. La nouvelle économie est aux mains des *GAFAM*, vous savez, ces entreprises surpuissantes qui règnent sur l'empire du monde numérique.

Le père leva les yeux vers la jeune femme. Quelque chose de subtil se lisait sur son visage. Était-ce la musique ou la diffusion de la lumière tamisée ? Malgré sa douce blondeur, la pâleur naturelle de sa peau, ses traits empreignaient la colère d'une déesse grecque, dont les yeux peignaient toute la fureur de ces premiers vers de l'Odyssée : *Chante, ô déesse, la colère d'Achille, le fils de Pelée, funeste colère qui causa mille douleurs aux Achéens, précipita chez Hadès tant d'âme fières de héros, faisant de leurs corps la proie des chiens et des oiseaux innombrables...*

- Vous avez raison, Amanda, nous sommes entrés dans l'ère de la marchandisation des données personnelles, en vue du dieu Profit.

- Depuis que je vous connais, vous et vos *Durtaliens*, j'en suis venue à m'intéresser à toute sorte de sujets. J'ai compris que tout est en interaction. La *théorie de l'aile de papillon*. Et j'ai lu récemment le livre impressionnant de Soshana Zouboff : *L'âge du capitalisme de surveillance*. C'est absolument dingue. Je suis bien placée pour le voir. Est-ce que vous vous rendez compte que les *GAFAM* ont mis en place un système total de surveillance de la population globale, plus puissant que tous les services de police du monde ? Aucune dictature n'a osé rêver d'un tel système ! Même dans *1984* ! C'est prodigieux. Ils en savent plus que nous, services de police. Quand nous voulons établir la surveillance d'un citoyen, toutes sortes de lois sont édictées pour nous en empêcher. Tandis que pour eux, les *GAFAM*, non seulement personne ne tente de les empêcher, mais les citoyens eux-mêmes leur ouvrent grand la porte. Et allez-y, entrez chez moi, dans ma famille, mon travail, mes amours, mes passions, mes idées politiques, mes goûts vestimentaires ! Absolument tout, ils savent tout de nos vies, de celles de nos proches, la sauce de votre pizza préférée, la couleur des petites culottes de votre cousine, le traitement vétérinaire pour le chat. Tout, je vous dis, absolument tout ! C'est littéralement fascinant !

Les débuts du *Concerto pour piano N°1* de Liszt, sous les doigts de Boris Berezovsky résonnaient dans le bureau avec puissance et beauté, comme un orage rédempteur. Sur le visage d'Amanda on lisait les traits de Melpomène, la muse de la tragédie.

- Je sais malheureusement tout cela, répondit le moine. *Qui dominera l'intelligence artificielle dominera le monde.* Voici ce que nous promet Kai-Fu Lee.

- Qui est-ce ?

- Un informaticien, expert mondial de l'IA. A l'issue de son doctorat, il a travaillé pour Apple, Microsoft et Google.

Puis il a filé en Chine, pour y installer Google. Bien vite, il a fui le paquebot.

- Ah, je vois !

- Pour développer des entreprises d'investissement, au cœur du monde numérique, en lien avec le gouvernement chinois.

- Et que pense-t-il ?

- Il l'affirme sans dissimulation : l'IA devient la plus grande révolution de l'humanité. Plus brutale (puisque plus rapide) que la révolution industrielle. Son avènement se prépare à rebattre les cartes dans l'ordre mondial.

- Mais encore ?

- Il faut lire *La plus grande mutation de l'Histoire*. Pour lui, c'est certain : la Chine va prendre le contrôle du monde. La raison est simple, l'IA fonctionne grâce à la collecte de données personnelles, et la population qui possède le plus d'individus à ce jour (c'est-à-dire la plus grande capacité de collecte) reste la population chinoise.

- Vous pensez qu'il a raison ?

- Je vous avoue que je n'en sais rien. Et puis, que ce soit eux ou d'autres ne modifie pas le problème fondamental. Celui que pose l'*Intelligence Artificielle,* qui se cache derrière la course au progrès : les promesses du transhumanisme.

Cette fois, Amanda portait le masque d'Achlys, déesse de la tristesse, esprit de la brume et de la mort, de la misère, du poison, celle qui, selon Hésiode, voile le regard du mourant sur le champ de bataille.

- Le transhumanisme, encore quelque chose qui me fait peur !

- Certains de leurs suppôts affirment qu'en 2050, les gens avec moins de 150 de QI ne serviront à rien.

- Mais c'est monstrueux !

- Le vieux *mythe du surhomme*.

- Nietzsche, c'est ça ?

- Avec sa *volonté de puissance*. Un mythe revisité par l'*Intelligence Artificielle*.

- Un projet de sélection des humains. Les Nazis aussi s'étaient inspirés des idées de Nietzsche, si je ne me trompe pas ?

- Oui, et non. En partie. On peut étudier Nietzsche sans devenir nazi. Alfred Bäumler a recyclé la pensée du philosophe à moustache pour la rendre plus acceptable dans le projet nazi.

- On peut faire dire tout ce qu'on veut à tout le monde, et même aux grands penseurs, n'est-ce pas ?

- Vous avez raison Amanda. Et les ennemis de Jésus ne s'en sont pas privé.

Une jolie brume agitait les yeux d'Amanda, cette même nappe de brouillard que Poséidon aux cheveux bleus fit descendre sur les yeux d'Achille, pour épargner Énée, arrachant de son bouclier la lance qui s'y était fichée, avant de transporter le héros bien loin derrière les lignes amies.

- *Leurre et malheur du transhumanisme*, renchérit alors le moine, en tendant un livre, dont le titre était évocateur.

- Qui est l'auteur ?

- Olivier Rey, mathématicien-philosophe, chercheur au CNRS et diplômé de Polytechnique. Il a commencé par nous alerter sur la place grandissante du *nombre* dans la conduite des affaires humaines. Et il en est venu à se pencher sur la question du transhumanisme.

- « *L'eugénisme,* déclama la jeune policière, qui lisait au hasard des pages, *et le transhumanisme sont l'expression d'un profond désarroi* ». C'est gai !

- Il faut le dire, le projet du transhumanisme est un enfer.

- « *De toutes les extravagances dont notre monde est envahi,* poursuivait Amanda, les yeux rivés sur une page, les sourcils froncés, *les contes sur le triomphe de l'intelligence artificielle et le transhumanisme comptent parmi les plus maléfiques* ». Allons bon, le décor est planté ! « *Ils incitent, en annonçant la mort de la mort, à persévérer sur une voie qui conduit à la mort de masse* » ; Oulala, mais c'est de plus en plus joyeux ! *« Ils alimentent des fantasmes de surpuissance à un moment où il faudrait, plus que jamais, accepter de mettre des limites à la puissance »* ; C'est exactement ce que je disais avec les GAFAM ! *« Ils flattent l'individualisme alors qu'il serait urgent d'assumer une communauté de destin »*, c'est tellement vrai ! *« Ils engagent à ignorer et à mépriser toutes les sagesses élaborées par les hommes au fil des millénaires »*. Pas mieux ! Et cette phrase pour finir : *« Ils bercent de chimères quand il faudrait se confronter à la réalité »*.

Hélène, sur les remparts de Troie, avait-elle été plus belle ? Comme elle, porteuse de lumière, brillant de tout son éclat, Amanda irradiait dans la nuit, plus qu'Aphrodite avec sa *« gorge rayonnant de beauté, ses yeux brillants et sa poitrine désirable »*, selon les mots du vieil Homère, parce qu'elle était l'image d'une beauté inconcevable, l'image de cette vision qui n'est pas dans l'ordre de la beauté sensible, laquelle nous invite à traverser cet appel immédiat pour accéder aux degrés d'une réalité supérieure. *La beauté sauvera le monde.* Oh oui ! jugeait le moine au fond de son cœur, cette idée de Dostoïevski n'avait jamais été aussi vraie que ce soir-là sur le visage d'Amanda.

- « *Il reste encore un lieu scandaleusement inexploité* avait repris la jeune femme, au hasard d'une page du petit livre *: le corps humain. Voilà le nouveau marché à investir, la « nouvelle frontière » à conquérir. Pour cela, il est nécessaire de nous convaincre au préalable que notre corps est déficient, ridiculement peu performant, que nous sommes de pauvres choses qui réclament de toute urgence d'être améliorées »*.

Un long silence enveloppa les deux amis.
-Voilà ! Marchandisation des données personnelles, du corps humain, des cerveaux. Nous y sommes.
- Mais comment y échapper ?

- En retournant aux fondamentaux. Il faut permettre à chacun d'être libre, et de vivre en autonomie. C'est ça l'idée du distributisme : la répartition des moyens de production.

- Pouvez-vous préciser ?

- Il ne s'agit pas tant de distribuer les richesses produites (c'est le principe de l'économie distributive) que de distribuer les capacités de production.

- Mais comment faire ?

- Qu'a fait Solon, quand il a réformé Athènes, durant son archontat au VIème siècle avant JC ?

- Vous voulez me piéger ?

- Pas du tout. Athènes était secouée par une grave crise sociale, en raison de l'accumulation des terres, par une poignée de riches. L'archonte a mis un terme à cette situation. Les petits paysans étaient contraints de s'endetter pour réussir la culture des terres. Une fois pris à la gorge, leurs biens se trouvaient saisis par les créanciers, ils étaient réduits en esclavage.

- Quelle tristesse !

- Les lois de Solon ont immédiatement annulé toutes les dettes impayées, émancipé tous les paysans qui étaient réduits en esclavage, rétabli tous leurs biens et interdit d'utiliser sa propre personne comme garantie dans toutes les dettes futures.

- Je comprends !

- A proprement parlé, il n'a pas *distribué* les terres, il a protégé la répartition des moyens de production. Ses lois ont aussi institué un plafond pour la taille maximale d'une propriété (même acquise de façon légale, spécialement par la voie du mariage) mesure destinée à empêcher l'accumulation excessive des terres entre les mêmes mains des familles puissantes.

- Un vrai socialiste avant l'heure !

- Non, justement. Solon n'a pas collectivisé les terres, comme ont fait plus tard les bolcheviques en Russie, en créant les *kolkhozes*.

- Mais les kolkhozes ont nourri la population russe !

- Propagande, Amanda ! En 1928, le premier plan quinquennal prévoit de supprimer les *koulaks*, paysans libres, propriétaires de leurs terres. Cette politique a conduit à la déportation, à l'incarcération, puis à la mort de 5 millions de paysans.

- Effrayant !

- Revenons à Solon. En cherchant à protéger les petits propriétaires, il a volontairement permis l'établissement d'une classe d'hommes libres : la naissance de la classe moyenne. La colonne vertébrale de l'Occident. Sans ces hommes libres, pas de victoire à Marathon, ni à Salamine. Sans ces hommes libres, la Grèce n'aurait jamais survécu aux armées perses.

Le souvenir de Léonidas, du sacrifice de ses 300 spartiates, devant le défilé des Thermopiles, avait traversé la pensée de la jeune femme qui commençait à comprendre combien la dette, générée par la culture grecque, demeurait infinie pour le monde occidental.

- Mais c'est de l'idéalisme à l'état pur !

- Figurez-vous que Houellebecq, dans *Soumission*, a repris à sa façon l'idée du distributisme.

- Encore un livre que je n'ai pas lu !

- Ne tardez pas ! Une fois de plus, la réalité va bientôt dépasser la fiction. Pour en revenir au distributisme, il existe des exemples réussis, comme le mouvement d'Antigonish, créé au Canada dans les années 1920, par le père Jimmy Tompkins, puis développé par le père Moïse Coady. Pour lutter contre la pauvreté, mais sans pour autant favoriser l'assistanat. Ils ont mis en place des communautés qui vont déboucher sur une organisation coopérative, dans le domaine de la pêche, permettant la revitalisation de la Nouvelle-Ecosse.

- C'est un cas unique !

- Non, le *Catholic Worker Movement* de Dorothy Day et Peter Maurin, compte aujourd'hui dans le monde plus de 200 communautés Il est, lui aussi, largement inspiré des thèses de Chesterton et de Belloc.

- Et il y a d'autres exemples ?

- Oui. En Espagne, le groupe MCC (Mondragón - Cooperative Corporation) la plus grande coopérative au monde. Elle regroupe près de 300 entreprises qui comptent plus de 80 000 personnes, avec des infrastructures pour 11 000 étudiants ; créé après la guerre civile, par un jeune prêtre désireux de lutter contre le chômage, inspiré lui aussi par les idées du distributisme.

- C'est formidable !

- En réalité, le distributisme ne cherche, ni plus ni moins, qu'à mettre en œuvre la *doctrine sociale de l'Église*, définie par les papes Léon XIII, (*Rerum Novarum*), Pie XI, (*Quadragesimo anno*), et Jean-Paul II (*Centesimus annus*).

- La doctrine sociale de l'Eglise ? C'est quoi ? Jamais entendu parler !

- A vrai dire, l'Eglise n'a pas attendu le XIXème siècle avec Léon XIII pour réclamer la justice dans les rapports entre les humains. Depuis qu'elle existe, elle demande au plus fort de ne pas écraser le plus faible, au plus riche de ne pas oublier le plus pauvre, et au bien portant de prendre soin de l'impotent.

- On peut dire que ce n'est pas nouveau.

- A l'apparition du mot *société*, dans notre modernité, l'Eglise s'est penchée, à sa manière, sur ce qu'il est convenu d'appeler les *questions sociales*.

- D'accord, je comprends mieux.

- L'Eglise n'invente rien. Cette idée de distribuer les richesses et les moyens de les produire n'appartient pas à la sphère occidentale. On la retrouve aussi dans d'autres coins de la planète. Mais l'Eglise se contente d'affirmer avec clarté quel est le meilleur chemin pour aller jusqu'au Bien Commun.

- Je commence à vous connaître. Je sais que vous voulez exprimer que le mot catholique signifie « universel ». Vous voyez que j'arrive à vous suivre !

- Bravo Amanda ! Voici ce que dit le pape Pie XI, dans *Quadragesimo anno* : « *Tout comme il est mauvais de retirer à l'individu et de confier à la communauté ce que l'entreprise privée et l'industrie peuvent accomplir, c'est également une grande injustice, un mal sérieux et une perturbation de l'ordre convenable pour une organisation supérieure plus large de s'arroger les fonctions qui peuvent être effectuées efficacement par des entités inférieures plus petites ».*

- Le même principe dans une enquête policière ! Pourquoi confier des tâches à des services supérieurs, alors que des équipes de terrains font très bien le boulot ?

Amanda pandiculait avec la souplesse d'une chatte.

- Si je comprends bien, avait repris la jeune policière (dont le joli pli sur le front indiquait son désir de résumer la conversation, pour rentrer au plus vite se coucher), votre distributisme défend le partage ainsi que la répartition des moyens de productions, en considérant que la propriété devrait être aussi répandue que possible. En somme, vos *distributiste*s sont ennemis des phénomènes de centralisation, et des cultures de concentration, rejetant dos à dos le contrôle d'une clique de bureaucrates et la domination d'une poignée de milliardaires.

- Vous avez tout compris !

- Vive le partage pour produire mieux !

- Et vivent les circuits courts, c'est meilleur pour notre bonne vieille planète.

- Alors j'applaudis des deux mains !

- Ce que résume ce joli proverbe chinois : *donne un poisson à un homme, il mangera pour un seul jour, mais si tu lui apprends à pêcher, il mangera toute sa vie.*

Chapitre 21

Le Detection club

- Vous m'aviez promis les enquêtes de frère Cadfael. J'ai enfin terminé *Quo Vadis ?* Ah quel livre ! Je suis encore enchantée par ma lecture. Merci pour vos précieux conseils !
Gargarin était sincèrement ému. Il ne faisait ce métier que pour ces moments délicieux : voir scintiller des étoiles dans les yeux de ses clients. Avait-il imaginé qu'Amanda pourrait devenir, elle aussi, une lectrice acharnée ? Il ne méprisait jamais la puissance de la littérature, son emprise envoûtante, sa façon unique d'infuser au cœur des âmes les plus passionnées.
- Je vais vous en donner trois, matin, midi et soir. Surtout, ne pas dépasser la dose prescrite ; et laisser agir en décoction !

Amanda avait tourné son regard vers le libraire. Au début, son allure d'ours, sa démarche balourde, et son étrange façon de rire, la mettaient mal à l'aise. Mais, à force de côtoyer cet ogre sympathique, elle avait appris à le regarder autrement, pour comprendre qu'il était intelligent, sensible et infiniment drôle. De son humble côté, Gargarin se réjouissait de prêter main forte à l'enquête : sa manière bien à lui de participer à l'effort commun. Il savait que ses livres agissaient sur la psyché de la jeune policière, comme un médicament sur le corps. Il se disait, sans orgueil mais avec fierté, qu'en aidant la jeune femme à se grandir, il faisait œuvre utile pour la société. Lutter contre le mal réclamait un investissement chez tous les citoyens. Une bonne armée, croyait-il, est composée de soldats, de médecins, de cuisiniers ou de fourriers. Et il n'avait pas l'âme d'un soldat, malgré son physique ursin et sa vigoureuse nature, qui le poussaient parfois, quand il avait bu plus que de raison, à faire le coup de poing avec le premier imbécile venu. Aux yeux de notre libraire, une enquêtrice méritait d'avoir une tête bien faite. Le temps lui paraissait venu de former son esprit aux meilleurs maîtres. Pour Gargarin, le monde des livres primait sur le monde réel, ou plus exactement, les deux mondes ne faisaient qu'un, à la manière d'une théorie quantique, dans un ciel rempli de livres au-dessus d'une terre inondée de leurs bienfaits. Aussi, se proclamait-il en croisade, pour bien accomplir sa mission, en faisant partager ses connaissances dans le monde des romans policiers.

- Tenez, je vais aussi vous prescrire un peu de J.D. Carr, en petites rasades, entre deux *Frère Cadfael*.

- *La Chambre ardente*, qu'est-ce que c'est ?

- Un classique du genre, un mystère en chambre close.

- Vous voulez dire qu'on commet un meurtre dans une pièce fermée ?

- Exactement, c'est un genre à part, qui plaît beaucoup dans le roman policier.

Les yeux de Gargarin brillaient comme des soleils.

- J.D. Carr est un des maîtres du *whodunit*.

- Du quoi ?

- Le *whodunit*, contraction de *« Who has done it ? »*.

- « Qui l'a fait ? »

- On ne peut rien vous cacher.

- Je suppose qu'on doit se demander tout au long du récit qui a commis le crime ?

- Vous supposez bien, Amanda. Le roman policier à énigme classique, qu'on appelle aussi *roman problème* ou *roman jeu*.

- C'est peut-être un jeu dans les romans, mais dans la vraie vie des innocents sont vraiment tués.

- Sont-ils toujours innocents ?

- Au fait, vous m'aviez promis de me lire les dix lois du roman policier, écrites par je ne sais plus qui !
- Ah oui, c'est vrai. Tenez, asseyez-vous.

Gargarin disparut un moment, puis il réapparut avec un livre sous le bras.
- Auparavant je dois vous expliquer que J.D. Carr est un grand admirateur de Chesterton...
- Lui aussi ?
- ... au point d'avoir imaginé un détective, le *docteur Gideon Fell*, qui ressemble trait pour trait à notre colosse anglais, l'auteur de *Father Brown*. Comme lui, l'Américain fume cigare, comme lui, il porte moustache, petites lunettes et grande cape de tweed.
- J'ignorais qu'il existait autant d'adeptes au sein de cette mystérieuse confrérie.
- Vous n'êtes pas au bout de vos surprises. Nos voisins Anglais considèrent Chesterton comme un génie, sorte de géant des Lettres britanniques. De ce côté-ci de la Manche, nous ne manquons pas de continuer à l'ignorer superbement, peut-être à cause du plus génial de ses paradoxes.
- Ah bon, lequel ?
- D'être Anglais et catholique à la fois.
- En effet, ce n'est pas banal.

Gargarin se frotta le menton, de la même façon que le père Brun, quand une idée venait cogner à la porte de son esprit :
- Êtes-vous prête à entendre le *décalogue de Knox* ?
- A vos ordres, répondit Amanda en raidissant le dos, de façon à faire croire qu'elle obéissant à une injonction.

Gargarin respira, puis lut à haute voix, nasillant et posant son timbre, sur le ton prétentieux de ces hérauts, proclamant une sentence médiévale, dans les anciens films en Cinémascope :

1. Le criminel doit être quelqu'un mentionné plus tôt dans l'histoire, mais pas quelqu'un dont le lecteur a pu suivre les pensées ;

2. Le détective ne doit pas utiliser de techniques surnaturelles pour résoudre une affaire ;

3. L'usage de plus d'un passage secret ne saurait être toléré. Même dans le cas d'un seul passage secret, il faudrait que l'action se passe dans une maison où la présence de ce type de dispositif était prévisible ;

4. Des poisons inconnus ne peuvent être utilisé, ni aucune machine, de telle sorte que le lecteur ne soit pas embarrassé par une longue explication scientifique en conclusion ;

5. Aucun Chinois ne doit figurer dans l'histoire ;

- Quoi ? s'indigna la jeune femme avec une stupeur vive. Mais c'est affreusement raciste !

- Ne cherchez pas Amanda, avait repris Gargarin inflexible, c'est de l'humour anglais des années 1920. Il est évident que ce n'était pas sérieux !

- Ah, vous me rassurez !

- *6. Aucun accident ne doit aider le détective. De même, on ne doit avoir recours à aucune intuition divine…*

- Il faudrait lire cet article au père Brun !

- Il n'est pas plus sérieux que le précédent.

- Vous parlez du père Brun ?

Gargarin avait grimacé un sourire, sans cesser de déclamer :

- *… Toutes ses intuitions doivent avoir une origine et se confirmer par la suite ;*

- *7. Le détective ne doit pas commettre lui-même le crime ;*

- Ah oui, c'est mieux. Mais ça pourrait être amusant. Je parle des romans, bien sûr, crut bon d'ajouter Amanda, d'un air *mi-fugue, mi-raison.*

- *8. Le détective ne doit pas utiliser des indices qui n'ont pas été présentés au lecteur pour résoudre l'affaire ;*

- *9. L'ami idiot du détective, le « Watson », ne doit cacher aucune des pensées qui lui traversent l'esprit…*

Amanda ne put réprimer une vilaine moue que le libraire eut la politesse de ne pas regarder.

- *… son intelligence doit être un peu, mais très peu, inférieure à celle du lecteur moyen ;*

- Racisme, arrogance, esprit de classe, tout y passe !

- *10. Il ne doit pas être fait usage de jumeaux, ou doubles, sauf si le lecteur y a été préparé.*

- Tiens, c'est curieux, il n'y a pas de règle sexiste ?

Gargarin observa la jeune femme. Il comprit qu'il avait encore du chemin à lui faire parcourir.

- Vous oubliez bien vite que ce décalogue s'imposait également aux grandes dames de la littérature policière.

- Mais qui respectait ces règles ?

- Les membres du *Detection club* ! annonça Gargarin avec le sourire de celui qui vient de faire tomber une pièce maîtresse dans une partie d'échecs.

- Le *Detection club*, qu'est-ce que c'est ?

- Une association créée en 1930, qui visait à réunir des auteurs britanniques de romans policiers.

- Quand ils ne font pas du sport, les Anglais font des clubs.

- Dès sa création, le *Detection club* attire les auteurs les plus reconnus de *l'âge d'or* du roman d'énigme, tels qu'Agatha Christie, Dorothy L. Syers, Freeman Wills Crofts, John Rhode, et la baronne Orczy.

- Diable, un club anglais avec des femmes !

- Devinez qui fut le premier président jusqu'en 1936 ?

- Je ne sais pas, moi. Sherlock Holmes ? glissa-telle non sans malice.

- Non, notre ami G.K. Chesterton en personne !

- Mais il est partout cet homme-là !

- En 1936, J.D. Carr est le premier non-britannique à être admis dans ce club. La grande Agatha Christie en sera

présidente de 1957 à 1976. La liste de tous les membres est prestigieuse.
- Le club existe toujours ?
- Bien sûr. Un nouveau membre est admis après une cérémonie protocolaire ludique, au cours de laquelle il doit prêter serment.
- Oh, mais c'est très sérieux !
- Le chef de cérémonie, non sans gravité, commence par poser plusieurs questions à l'impétrant qui doit répondre positivement.

Gargarin prit la pose d'un de ces hérauts en grande tenue pour les soirées au Palais de Buckingham :
- *Promettez-vous que votre détective résoudra les crimes qui lui sont présentés, en utilisant l'esprit que vous avez bien voulu lui accorder, de ne pas utiliser de révélation divine, l'intuition féminine, la tricherie, la coïncidence ou tout acte de Dieu ?*
- L'intuition féminine ? Décidément, ces drôles d'Anglais sont de vieux machos.
- *Jurez-vous de ne jamais cacher au lecteur un indice essentiel à l'enquête ?*
- On se croirait dans le jeu du *Cluedo* !
- Silence ! *Promettez-vous de n'utiliser qu'avec modération les gangs, les conspirations, les rayons de la mort, les fantômes, l'hypnotisme, les passages secrets, les chinois, les super-criminels et les lunatiques, et de renoncer à tout jamais aux mystérieux poisons inconnus de la Science ?*
- Encore les Chinois ? Mais c'est une obsession !
- *Honorerez-vous le Roi des Anglais ?*
- J'imagine la réponse du père Brun !
- *A ce moment le chef de cérémonie demande au candidat de préciser ce qu'il tient de plus cher au monde, ce qui peut être un serpent à plume, une patte de lapin, un livre de cuisine, un vieux chapeau scout, ou un caniche nain.*
- Le doudou de Lisa !

- Après quoi, on lui pose LA question : *Jurez-vous sur votre serpent à plume, votre patte de lapin, votre livre de cuisine, votre vieux chapeau scout, ou votre caniche nain, de tenir fidèlement les promesses que vous avez faites aussi longtemps que vous serez Membre du Club ?*
- Je le jure ! fit Amanda en levant la main droite.
- Le candidat fait cette réponse : « *Tout cela je le jure. Et je promets, en outre, d'être loyal au Club, de ne jamais voler ou dévoiler une intrigue ou tout autre secret qui m'a été communiquer avant sa publication par un autre Membre, que ce soit sous l'effet de l'alcool ou autre* ».
- Ahaha, ils sont fous ces Anglais !
- Alors, le chef de cérémonie demande à l'audience : « *Si un membre est contre l'intégration qu'il se déclare... ».* Silence dans les rangs : « *Acclamez-vous donc Amanda en tant que Membre de notre Club ?* » L'assemblée vocifère pour exprimer son approbation.
- Je les entends d'ici !
- Lorsque le silence est revenu, le chef de cérémonie lance une menace au nouveau : « *Amanda, vous êtes dûment élue Membre du Detection Club, si vous échouez à tenir vos promesses...* Après quoi, il prononce lentement les termes d'une malédiction : *Que les autres écrivains anticipent vos intrigues, que vos éditeurs revoient votre contrat à la baisse, que les anonymes vous poursuivent pour diffamation, que les pages de vos livres soient remplies de coquilles et que vos ventes diminuent inexorablement. Amen ! ».*
- Fantastique !
- Si le sujet vous amuse, je vous recommande la lecture d'une BD géniale de Jean Harambat. Tenez !
- Ah, elle s'appelle aussi *Le Detection club* !
- Les dialogues sont cinglants, le scenario original, les dessins délicieux.
- Et c'est une enquête policière en plus ?
- Oui, qui ne manque pas d'humour, ni de style. Dans une île en Cornouailles, pendant les années 1930.
- Ah oui, c'est bien fait ! J'aime beaucoup les dessins.

- Un milliardaire invite les membres du *Detection club* dans sa vaste demeure. Il entend les convier à une manifestation spectaculaire, la démonstration d'un automate, qui est capable, une fois intégrées les données d'un problème d'ordre policier, de résoudre un crime en livrant le nom du coupable.
- Si seulement cet automate existait !
- Regardez la belle allure de notre Chesterton ! Celle d'Agatha Christie !

Quelque part dans les œuvres de Jack Dickson Carr, le Dr Gideon Fell proclame que le genre policier est la plus noble quête offerte à des personnages de roman. Et pour paraphraser Kipling, il s'amuse à poursuivre : *« Il existe mille et une façon de construire un labyrinthe policier, et chacune d'entre elle est bonne »*. Pour être tout à fait honnête, il faut préciser que le Dr Fell n'en pensait pas un mot, parce qu'il savait bien, de même que son modèle anglais, auteur à succès mondial de romans policiers, qu'il n'existe pas mille façons de construire un labyrinthe, mais une et une seule, qui consiste à tourner autour d'un centre dans une sorte de farandole envoûtante. Mais notre belle Amanda n'aurait pas le temps de lire la savoureuse BD sur le *Detection Club*, non pas à cause du manque d'envie ou de temps, mais tout simplement parce que l'enquête allait brusquement s'accélérer.

Chapitre 22

L'homme aux oreilles en chou-fleur

Goethe, ce gros homme sans physionomie (selon les propos de Mme de Staël) serait-il le premier alcoolique contrarié de l'histoire littéraire ? Dans son interminable correspondance, le poète évoque sans arrêt sa consommation de vin rouge, qu'il tente désespérément de réduire. Toute la sainte journée, il essaie de résister à l'appel du pichet, tournaillant autour du pot. Il répète que le vin *« va à l'encontre d'une vie pondérée, sereine et active »*. Mais il est, pour le meilleur et pour le pire, un buveur de quantité. A une bonne bouteille, il préfère la cave entière, pour *boire double*. A la fin de sa vie, il projetait d'écrire un traité de viticulture, qu'il n'a jamais entamé. Toutefois, cher lecteur sobre et absorbé, ce n'est pas le poète allemand qui va retenir ici notre attention, mais un autre buveur invétéré.

Dubois, au commissariat de Deauville, avait enfin enregistré une plainte, celle d'une femme, agressée par un homme, dans la soirée, alors qu'elle voulait reprendre sa voiture en sortant du cinéma. Elle ne connaissait pas son agresseur, mais un gaillard solide et bien bâti avait tenté de monter en hâte à bord de son véhicule, sans épiloguer sur la raison de son geste brutal. Fort opportunément, Jeanne Lambert conservait toujours une petite bombonne dans son sac à main, en vue d'expédier une bonne rasade de gaz lacrymogène à qui lui voulait du mal. Depuis le début des disparitions, elle avait suivi des cours d'auto-défense dans une salle de sport et, ainsi, avait réussi sans peine à se débarrasser de l'assaillant. A part le choc de la violence, cette femme n'avait subi aucun dommage physique. Elle s'était aussitôt décidée à prendre le chemin du commissariat ; moins pour se plaindre de son sort, que pour signaler l'individu. Après ces disparitions inexpliquées, un simple indice, même le plus petit, pouvait aider les services de police à mettre la main sur l'auteur de ces crimes abominables.

L'incident s'était déroulé si brusquement qu'elle n'eut pas eu le temps nécessaire pour enregistrer un visage dans sa mémoire. Elle se souvenait d'une allure, d'une silhouette, d'un type de figure, d'un style vestimentaire, d'un aspect général. A l'évidence, on ne pouvait pas dessiner un portrait-robot sur la simple déclaration de cette Jeanne Lambert, parce que ses souvenirs manquaient de précision. Au moins, c'était l'ébauche de quelque chose, après ces longues semaines de disette. Mais pas de quoi nourrir l'appétit des policiers qui restaient affamés à courir après un suspect sans forme et sans identité. Cette fois, on pouvait donner apparence humaine. De quoi rendre le moral aux troupes. Maigre lot de consolation, compte tenu des enjeux. Allez savoir pourquoi, mais Dubois, ce soir-là, s'était montré perspicace. Peut-être parce qu'il n'avait pas l'habitude d'enregistrer les plaintes, et se trouvait en veine, comme ces nouveaux joueurs qui misent contre le cours du jeu, avant d'emporter la partie contre les plus chevronnés, parce que la chance a décidé de tourner dans un sens que personne ne peut prévoir, à part les fous, les idiots ou les étourdis.

L'inspecteur au vieil imperméable avait écouté la déposante, sous le masque d'une concentration forçant le respect. Il notait la déclaration avec une telle application qu'on pouvait même y lire les silences de la plaignante. A certains moments, il n'avait pas manqué de tirer la langue entre ses lèvres pincées, comme un enfant encombré d'un effort de rédaction tellement intense qu'il en oublie la présence des autres. Une fois son récit achevé, Dubois n'avait posé qu'une question, une seule, mais l'avait formulée à plusieurs reprises, sous des formes différentes.

- Un détail, je vous prie, un simple détail !

La raison de cette audace se trouvait sûrement dans la liberté qu'il s'était accordée d'être un autre Dubois, ce soir-là, en adoptant la simple décision d'ôter son imperméable informe, qu'il aimait pourtant garder sur les épaules, surtout pendant les interrogatoires.

- S'il vous plaît, rappelez-vous un petit détail !

Qu'est-ce qui lui était passé par la tête ? Avait-il bu ? Pourquoi avait-il adopté cette initiative inattendue de retirer son imperméable ? Était-il en pleine possession de ses moyens ? Pourquoi Dubois faisait-il preuve d'une assurance inédite ?

- Alors maintenant fermez les yeux, et allez chercher au fond de vous ce petit détail dont la police a besoin !

Faites vos jeux. Les jeux sont faits. Rien ne va plus. La lumière avait jailli, comme à ce moment où le joueur inexpérimenté, après une soirée de défaite, vient déposer sa dernière mise sur un numéro dont personne ne veut, quand la roulette fait briller le cuivre de son cylindre virevoltant, avant d'achever son tourniquet infernal, juste en face de ce numéro improbable.

- Ah, je me souviens maintenant !

Alors, la femme avait révélé le fameux détail qui permettrait de confondre le suspect.

Dans les *Contes de Canterbury* de Chaucer (qui avait grandi dans une famille d'importateurs) le vin garde mauvaise presse. *« Le vin provoque chez l'homme la perte de l'intellect et l'usage de ses membres »* explique un seigneur à Cambyse, ce tyran ivrogne et colérique. Mais, afin de mieux prouver que le vin a laissé ses facultés intactes, ce dernier se soûle et tue le fils du seigneur d'une flèche dans le buste. Dans un autre conte, le vin égare l'Ogre, sauvant ainsi la vie du *Petit Poucet* et de ses six frères ; car nous dit Perrault, en parlant de l'Ogre pudiquement, *« il se remit à boire, ravi d'avoir de quoi si bien régaler ses amis. Il but une douzaine de coups de plus qu'à l'ordinaire : ce qui lui donna un peu dans la tête »*. On se doute bien que pour *couper sans balancer la gorge à ses sept filles,* l'Ogre dévoreur d'enfants devait en tenir une bonne. On le sait, la plupart des tyrans buvaient. Cromwell était une épave notoire. Pol Pot adorait se pochetronner au vin français. Staline préférait le vin géorgien à la vodka. Ceausescu ne s'est jamais consolé du champagne. Quant à Saddam Hussein, il se torchait au Mateus rosé.

- C'est Dubois qui a pris sa déposition ?
- Elle ne se souvient de rien à part un détail.
- Ah bon, lequel ?
- Je ne sais pas si ça peut aider.
- Dites ! En physique quantique le moindre des éléments peut avoir une importance capitale. On ne sait jamais ! Par exemple, à l'échelle microscopique, les objets physiques ont la propriété d'agir à la fois comme une onde et comme une particule. Notre connaissance n'est qu'une question d'échelle.

Telle la Samaritaine auprès du puits, Amanda avait croisé le père Brun, sur la place de l'église, devant la fontaine du village.

- La plaignante se souvient que son agresseur avait des oreilles en chou-fleur.
- Ah, phénomène assez rare ! C'est plutôt un bon indice.
- Moi je l'ai vu, chantonna Lisa en dansant.
- Vous trouvez que c'est un bon indice ?
- A part les boxeurs et les joueurs de rugby, je ne vois pas qui est atteint d'othématome.
- Atteint de quoi ?
- Je l'ai vu ! chantait Lisa de plus en plus fort, tout en sautant à pieds joints autour de nos deux amis.
- L'othématome ou hématome périchondral, si vous préférez, une forte déformation de l'oreille, suite à un

douloureux traumatisme entraînant une accumulation de sang ou de sérum, entre le périchondre du pavillon et le cartilage.

- Je l'ai vu ! Je l'ai vu ! Je l'ai vu !

- En effet, ça doit faire mal, répondit Amanda en dessinant avec ses mains des gestes saugrenus, mimant les feuilles de choux, tout autour de ses pavillons auriculaires.

- Je l'ai vu, Maman, répétait Lisa en tirant sur le bras de sa mère avec insistance.

- Arrête Lisa ! Tu es agaçante ! Tu vois bien que je parle avec le père Brun ! avait grogné la jeune femme qui s'impatientait.

Les adultes, écrit Chesterton, ne sont pas assez vigoureux pour exulter dans la monotonie. Un enfant frappe ses jambes en cadence par excès de vie, et non par manque de vie. Parce que les enfants ont une vitalité débordante, parce qu'ils ont un esprit ardent et libre, ils veulent que les choses se répètent, et professent ainsi, par leur ardeur ignorante, la doctrine d'un philosophe viking au nom de bière. Notre moine avait fixé la petite fille, pour examiner sa moue :

- Qu'as-tu vu Lisa ?

Le visage de la petite s'était illuminé.

- J'ai vu le monsieur aux oreilles en chou-fleur.

- Qu'est-ce que tu racontes, Lisa ? Qu'est-ce que c'est que ces bêtises ? Il ne faut pas rire avec ça !

- Je ne mens pas, Maman. Je l'ai vu, quand j'étais au restaurant avec Gargarin et Melle Martin !

- Qu'est-ce que tu dis ?

Grâce à Gargarin et à Melle Martin, on se fit une idée plus précise sur le propriétaire de ces oreilles. Les deux amis avaient relaté la rencontre avec l'inconnu qui semblait connaître le père Brun, sans le porter dans son cœur. En interrogeant le moine, il fouilla dans ses souvenirs quelques instants, avant d'exhumer le nom d'un ancien camarade de l'armée.

- C'est peut-être Phœbus !

- Phœbus, qui est-ce ? avait réagi Amanda.
- Chez les commandos de marine, j'ai eu la chance de croiser de vrais énergumènes. Je crois bien qu'on l'appelait Phœbus parce qu'il ressemblait à Quasimodo, avec ses oreilles chou-fleurisées.
- Phœbus de Châteaupers, rival du bossu de Notre-Dame, le capitaine amoureux d'Esméralda.
- « *Phœbus de Châteaupers aussi, fit une fin tragique,* nous dit Victor Hugo, *il se maria* ».
- Ah, ces vieux misogynes qui hantent la littérature française !
- Il me suffit simplement de passer un ou deux coups de fil pour retrouver son vrai nom.

Avant d'être une boisson, le vin est un marqueur social. Un merveilleux témoin sociologique. Trimalchion, le nouveau riche affranchi du *Satiricon*, se lave les mains avec du falerne hors de prix pour esbroufer ses convives. La Bruyère raconte qu'à la cour, pour singer l'abondance, on vidait son verre par terre avant de se resservir ; dans le même esprit que ces mœurs orientales qui interdisent de finir son plat, pour ne pas offenser la générosité de ses hôtes. Balzac est le premier à décrire le vin sordide de la petite bourgeoisie provinciale, à peine hissée du prolétariat, longtemps avant les théories médico-sociologiques sur l'alcoolisme. Il décrit le vieux Séchard (qui ne séchait pas beaucoup) imprimeur à Angoulême et sa passion pour les grappes de raisin pilé : *« Son nez avait pris le développement et la forme d'un A majuscule corps de triple canon, ses deux joues veinées ressemblaient à ces feuilles de vigne pleines de gibbosités violettes, purpurines et souvent panachées : vous eussiez dit une truffe monstrueuse enveloppée par les pampres de l'automne ».* Que n'aurait pu écrire Honoré s'il avait connu notre homme aux oreilles en chou-fleur ?

Dans la vie civile, Phœbus portait le nom plus ordinaire de Julien Bodard, obligé de quitter l'armée à cause de son goût immodéré pour la bouteille. On ne sait guère pour quelle raison, mais il s'était fourré dans le crâne, à tort, que le père Brun (qui ne portait pas encore ce nom) l'avait dénoncé à ses supérieurs. Depuis, il traînait sa misère dans le vaste monde, ruminant sa rancœur à l'encontre de notre moine franciscain, qui se montrait d'autant plus forte, qu'elle était fondée sur une idée fausse.

A partir de ce moment, tout s'était accéléré. La police avait rapidement posé la main sur le suspect, sitôt reconnu par la plaignante. Le procureur de Rouen avait sitôt tenu une conférence de presse pour annoncer qu'un individu se trouvait sous les verrous. *« Les coupables sont toujours punis »* avait-il martelé avec la même emphase que le procureur de Nantes, quand ce dernier avait claironné, au moment de *l'Affaire Ligonnès* : *« Les coupables n'échappent jamais à la justice. On finit toujours par les retrouver ! »*. L'opinion publique, en tout état de cause, avait aussitôt basculé. On avait besoin de respirer. Chacun voulait se réjouir de voir le coupable aux arrêts. Puis, dans les heures qui suivirent son arrestation, les services de police découvrirent des indices concordant vers la thèse de la culpabilité.

Pour commencer, le suspect avait tout nié en bloc. Tout, même l'agression contre Jeanne Lambert. Après quelques heures de garde à vue, soif, fatigue, faim, nerfs, bref, l'état général de sa condition mentale se délabrait bien gentiment. Glissant peu à peu, il en vint à lâcher des bribes d'informations, à reconnaître son attaque à Deauville, avant de se fermer comme une huître (lorsque sa fécondation est achevée, une fois émis les produits génitaux) puis de s'ouvrir à nouveau pour se répandre dans des galimatias de déclarations confuses au sujet des disparitions. Sa difficulté à expliquer ses pensées, son attitude, ses égarements, tout dans sa personnalité conduisait jusqu'à l'irrévocable. Même son domicile avait parlé pour lui, des coupures de journaux sur les disparus, des tracs écologistes contre la bergerie du Mont, un ticket de bar du *Grand-Hôtel* de Cabourg, un autre du *bar de la Goélette* à Honfleur ; et dans le fatras qui lui servait de chambre, un tas d'objets étranges, des jeux de cordage et des outils de jardin.

- Il finira bien par avouer.
- *Confession non est regina probatio !*
- Que dites-vous ?
- Je dis que l'aveu n'est pas la reine des preuves. En tout cas pas dans le *Code de Procédure Pénale*, Amanda.
- Oui, je sais bien. Mais l'aveu peut être suffisant.
- Vous pensez que c'est lui ?
- Les faits se précisent. Après une vie d'errance, où il naviguait de gagne-pains en petits boulots, il est venu se fixer dans la région, juste un mois avant le début des disparitions.
- Et quoi d'autre ?
- Il reste incapable de fournir une explication valable sur son emploi du temps, pour chaque fenêtre temporelle ouverte à l'heure des disparitions.
- Reste à trouver le mobile.
- Et les corps !
- Oui, vous avez raison, Amanda.
- Ce ne sera plus très long maintenant. Il commence à distiller des bouts d'information.
- Vous êtes de vrais bouilleurs de cru.
- L'important n'est-il pas d'être toujours cru ?
- C'est du tout cuit, badina le franciscain avec un petit éclair de raillerie au coin des yeux, tout en examinant la figure de la jeune policière.

Amanda se montrait soulagée. Son visage prenait un air de fête, dès que s'annonçait la résolution d'une enquête. La liesse du résultat lui procurait une énergie nouvelle, une manière plus libre, un délié seyant, une silhouette à la fois légère et grave, leste et pudique, sombre et lumineuse ; ce port de tête rare qui faisaient le succès des portraits de Greuze. Puis, la deuxième conférence du procureur sonna comme un coup de tonnerre. Enfin, il avait avoué ! Julien Bodard, l'homme aux oreilles en chou-fleur, à l'estomac en barrique, avec son cerveau en papier-mâché, avait fait des aveux. Ce diable de Phœbus, l'ancien commando, devenu buveur, s'était livré sans remords au jeu de la vérité. La Normandie pouvait de nouveau dormir sur ses deux oreilles. L'affaire était résolue grâce à l'intervention du moine. Le reste, aurait pu dire John Dickson Carr, ne se composait plus que de fugitifs éclairs, semblables aux pièces d'un puzzle, dont le père Brun rassemblerait plus tard les morceaux épars.

Chapitre 23

Le martyr

Dans le bureau du père Brun, une voix angélique fendait la suave lumière des lampes, virilement soutenue par un chœur d'hommes.
- C'est beau ! Qu'est-ce que c'est ?
- C'est Divna !
- Divna ?
- Surnommée la *lumière du chant byzantin*, Divna Ljubojević, une chanteuse serbe de musique sacrée orthodoxe.

La voix séraphique tintait avec les modulations d'une mélodie envoûtante, amplifiées par la force quasi-plutonienne du bourdon.
- Sa voix veut porter cette belle croyance byzantine que la mélodie est l'intermédiaire entre le divin et l'humain.

Fermant les yeux, elle imaginait une légère fumée d'encens qui montait depuis une coupe d'or et de rubis.
- Pour elle, le talent est un regard de Dieu sur l'être, et une circonstance heureuse pour son bénéficiaire.

Sous la barrière des paupières, la jeune femme voyait flamber les éclats mordorés d'une iconostase encensée.
- Toujours authentique, au plus près de la tradition, elle sait magnifier la profonde intensité de sa voix liturgique serbe et russe.
- Avec ou sans foi, on se laisse ravir par cette *lumière du chant byzantin* !
- Vous avez raison, Amanda. C'est vrai que l'état de l'âme détermine toujours les choix de la lumineuse Divna,

miraculeuse voix des mystères byzantins, souffle des trois grandes traditions du chant orthodoxe : serbe, bulgare, byzantine.

Tandis qu'elle se laissait habiter par la beauté céleste du chant sacré, la policière caressait nonchalamment des mains et du regard les nombreux livres exposés sur les étagères, tandis que les doigts du père Brun s'articulaient machinalement tout autour d'une pièce de bois. Un petit cadre attira son attention, où nichait, dans une épreuve en noir et blanc, la photographie d'un religieux, aux cheveux ras, longue barbe, petites lunettes rondes cerclées de fer.
- Qui est-ce ? demanda la jeune femme qui avait pris le portrait en mains pour mieux examiner ce visage condensé.
- Lui ? C'est le père Kolbe !
- Un franciscain ?
- Membre des frères mineurs conventuels.
- Un de vos amis ?
- Oui. Mais il est mort depuis longtemps.
- Ah bon ?
- Vous ne connaissez pas son histoire ?

Amanda ne cacha pas sa surprise devant la question du moine. Il donnait l'impression que tout le monde devait avoir connaissance des anecdotes liées à sa religion. Mais non, elle n'avait jamais entendu parlé du père Kolbe, pas plus de son nom que de son existence. Dans le cadre de bois, qu'elle tenait entre ses mains, elle avisa ce visage glacé comme un hiver des Gaules, selon une expression de Pétrone, puisée dans le *Satiricon*. Toutefois, en dépit de la sensibilité apparente sur les traits du personnage, on pouvait discerner, derrière le masque de sévérité d'un esprit concentré, quelque chose qui s'accordait à une grande douceur.

Au début de leur entretien, le père Brun avait saisi une pièce de bois posée sur son bureau, pour la faire tourner entre ses mains, dans une sorte d'automatisme, tandis qu'il parlaient :

- Né en Pologne, à la fin du XIXème siècle, c'est-à-dire dans la Russie des Tsars. Ses parents, sont tous deux tisserands, et tertiaires franciscains. L'enfant est si turbulent que la mère s'inquiète beaucoup pour son avenir. Le petit garçon, lui, décide de demander à la Sainte Vierge. Elle lui apparaît sous les traits de la Vierge de Czestochowa. Pour toute réponse, elle demande de choisir entre deux couronnes, l'une blanche pour la pureté, l'autre rouge pour le martyre. Il accepte les deux.
- Il a vu la Vierge ?
- Oui, répondit le moine (tandis que ses doigts continuaient de triturer le morceau de bois sans manifester de lassitude). Plus tard, il devient franciscain. Brillant étudiant en philosophie, et en théologie, envoyé à Rome, pour étudier à l'Université pontificale grégorienne, où il obtient un doctorat dans les deux disciplines. Alors qu'il souffre jusqu'à la fin de sa vie d'une sévère tuberculose, Frère Maximilien est un moine très actif. Il crée un journal, fonde une station de radio, bâtit une *Cité de l'Immaculée*, près de Varsovie, qui comptera jusqu'à 800 religieux.
- Ah oui, un sacré personnage, murmura Amanda, sans quitter des yeux le visage sévère du moine polonais, au cheveux ras, à longue barbe et à petites lunettes rondes cerclées de fer, dont le regard intense lui donnait l'impression de percer jusqu'au fond le plus secret de son âme.
- Il part au Japon, avec quatre frères, où il fonde une autre *Cité de Marie*, près de Nagasaki. Le couvent est construit sur une colline, dos tourné à la ville. Le seul bâtiment resté debout après l'explosion de la bombe atomique en août 1945. Les frères, à l'intérieur, ont été sauvés.
- Quoi ? C'est vrai ?
- Oui, trois jours avant, un groupe de jésuites se trouva épargné de toute contamination, toute destruction, provoquée par l'explosion d'Hiroshima.
- C'est fou !
- Tous ont expliqué que la main de la Vierge les avait protégés parce qu'ils récitaient le rosaire tous les jours.

Elle regardait les doigts du moine qui continuaient de s'agiter instinctivement autour du morceau de bois, à peine plus gros qu'une boite à savon. Amanda se laissait bercer par les douces paroles du père Brun, aimables et consolantes, dont les accents, à la fois humains et surnaturels, venaient s'ajouter à la paix de notes sacrées des cantiques byzantins qui montaient saintement dans le silence du soir, depuis la lointaine profondeur des siècles, pour accomplir les mystères d'une prière illuminant la nuit comme un encens doré.

- Mais le plus incroyable reste à venir.
- C'est-à-dire ?
- Farouche opposant au communisme et au nazisme, il entre en résistance pendant la guerre. Sa fraternité offre aide et assistance aux résistants polonais. Plus de 2 300 Juifs sont aussi accueillis dans sa *Cité de l'Immaculée*. Arrêté une première fois par la Gestapo, avec 36 prêtres, il est torturé, puis relâché. Mais il poursuit ses activités clandestines, et finit par être emprisonné de nouveau.
- Un vrai résistant !
- Mieux que ça, vous allez voir. Vous souvenez-vous des deux couronnes présentées par la Vierge ?
- Ah oui, la blanche pour la pureté, la rouge pour le martyre !

Était-ce la voix du père, la musique angélique qui sanctifiait la pièce, le jeu automatique de ses mains sur le morceau de bois, ou l'histoire du moine polonais, Amanda sentait vibrer son être jusqu'au tréfonds de son âme, comme si Apollon, jouant sur sa harpe concave de sa main invisible, avait lui-même pincé la corde de sa sensibilité ; au point que la jeune femme, prise d'un élan puissant, mystérieux, conçut un désir jusqu'alors inconnu, qui ressemblait à une prière pour contempler le monde d'un amour nouveau.

- Pendant la période qui précéda son arrestation, le père Kolbe priait souvent devant le Saint-Sacrement pour confier les intentions des lecteurs et des donateurs. Des prières courtes. Et l'intensité de son recueillement impressionnait tous les moines. Humain, parmi ses frères humains, il était gai, aimant beaucoup raconter des blagues et faire rire les malades à l'infirmerie pour les détendre.

- Pourtant, sur la photo, il ne donne pas envie de rire, ne put s'empêcher d'ajouter Amanda, malgré tout cet élan qui la portait vers un désir de contemplation.

- Avait-il reçu la prémonition de son martyre ?

Amanda reçut comme le souffle d'une contraction dans le dos. Elle se redressa d'un petit sursaut. Le martyre ? Jamais elle n'avait réfléchi à la question. Comment pouvait-on mourir pour ses idées ? La chanson de Brassens lui avait traversé l'esprit. Le chant byzantin poursuivait sa prière céleste. Pour la première fois de sa vie, elle comprit que le martyre était une réalité. Pas seulement le thème d'une chanson, la figure d'un vitrail. Non, des êtres faits de chair et de sang avaient pâti jusqu'à la dernière goutte de leur sang, par amour pour leur Dieu. Et même, certains souffraient aujourd'hui encore, dans de nombreux pays sans liberté. Cette pensée la terrifia. Elle examina de nouveau la photo du père Kolbe, pour comprendre que, sous la gravité du visage, une lueur d'espoir enfantait la douceur de sa physionomie.

- Il sera déporté à Auschwitz, poursuivit le père Brun d'une voix douce et lente. Il n'a plus qu'un seul poumon, et juste un quart du restant, mais il travaille sans se plaindre.

Amanda ouvrit de grands yeux pour ne rien perdre de l'histoire qui allait suivre. Instinctivement, le jeu des mains sur le morceau de bois s'était accéléré.

- Il ne manque jamais une occasion de venir en aide aux autres détenus de son baraquement.

- Vous n'enjolivez pas un peu l'histoire ? s'était empressé de questionner la policière, qui avait retrouvé, le temps d'un éclair, ses réflexes d'enquêtrice.

- Non, les survivants ont témoigné. Vous allez voir que vous n'êtes pas au bout de vos surprises.

Cette fois, la jeune femme prit place dans un fauteuil de lecture pour se sentir à son aise, redoutant la suite du récit (le vieux fauteuil club en cuir brun, assorti à la couleur de la bure du moine) sans perdre des yeux la photographie du père Kolbe qui continuait à la fixer depuis le petit cadre en bois, reposé sur les étagères.

- Au mois de juillet 1941, un prisonnier de son bloc a réussi à s'échapper. Le règlement du camp exigeait, dans le but de décourager toute évasion, l'exécution de dix déportés pour un seul évadé.

- Mon Dieu !

- Les prisonniers sont rassemblés en rangs serrés pour entendre la sentence. Là, d'une voix brutale, un des chefs de camp prononce la punition : une dizaine des membres du bloc sont condamnés à mourir de faim et de soif en représailles. Il s'avance parmi les rangs pour choisir ses victimes. Chacun doit garder la tête haute et le regarder dans les yeux pour augmenter le calvaire de ses hommes.

- Ignoble !

- Un a un, il désigne les condamnés. Toi, toi, puis toi, et toi ! Il en reste encore deux ou trois à choisir. Chacun a du mal à compter dans sa tête. Émotion, faim, fatigue, les esprits sont chamboulés.

- Quelle horreur !

Autour de la pièce de bois, les mains du franciscain s'étaient brusquement figées, sa voix était blanche :

- Toi ! Le dernier condamné est désigné. Les autres se sentent soulagés. Ils peuvent respirer. Le souffle de la mort les a frôlés, mais ce ne sera pas pour cette fois. Chacun va pouvoir retourner dans son bloc et se tuer la santé aux travaux forcés. Est-ce vivre que de vivre ainsi ? Évidemment que non, mais la perspective de mourir de faim et de soif les avaient épouvantés.

Le père marquait une pause, les yeux traversés par une lueur de tristesse. Il était rare de lire des signes sombres dans son regard vif, mais la souffrance de ces victimes innocentes lui serrait littéralement le cœur, même après toutes ces années. Il ne pouvait penser au mal, sans ressentir un malaise profond, une douleur ontologique, dont les causes remontaient à la chute originelle, parce qu'il appartenait à ses âmes rares qui, bien que lavées par les eaux du baptême (eaux qui symbolisent les forces du mal ; dont le rite ancien, quand il est en vigueur, notamment chez les orthodoxes, rappelle la plongée dans la mort) gardent une blessure profonde au contact du mal, comme si le démon lui-même avait stridulé son cœur sous le tison brûlant d'un fer rougi de feu.

- Dans *Souvenir de la maison des morts,* Dostoïevski explique que le paysan travaille peut-être beaucoup plus que le forçat, parce que pendant l'été, il peine nuit et jour. Mais cette fatigue est dépensée dans son propre intérêt. Son but est raisonnable, à la différence du condamné, lequel exécute un labeur dont il ne retire aucun profit.

- Il a raison.

Les mains avaient repris leur jeu mécanique, comme le travail d'un Sisyphe aux doigts de plomb :

- Dostoïevski poursuit en affirmant que, si on veut réduire un homme à néant, pour le punir atrocement, l'écraser tellement que le meurtrier le plus endurci tremblerait devant ce châtiment, et serait effrayé d'avance, il suffit de concéder à son travail un caractère de complète inutilité, voire d'absurdité.

- Il faut croire que les Nazis avaient lu Dostoïevski !

Le père Brun ne put s'empêcher de sourire, malgré la gravité du sujet. Dans sa tête, il imaginait ces malheureux en pyjama rayé, debout devant ces immondes baraquements construits derrière les barbelés du camp d'Auschwitz, avec sa célèbre entrée, sa voie ferrée, son bâtiment allongé, surmonté d'un pignon central au-dessus du porche aménagé pour laisser passer les wagons à bestiaux, ses affreuses grilles couronnées par la lugubre et cynique devise : *Arbeit macht frei.*

Après une longue respiration, il reprit, faisant tourner la pièce de bois avec une dextérité redoublée :

- Malgré l'absurdité de leurs vies, la peur d'une mort encore plus absurde les avait paralysés de frayeur.
- Je les plains de tout cœur.
- Les dix condamnés sont désignés. Un des accablés, un sergent polonais, père de famille, se met à crier : « Ma pauvre femme, mes pauvres enfants, que vont-ils devenir ? ».
- J'imagine sans peine que les Nazis s'en moquaient éperdument.
- Bien sûr, mais sous les ricanements du chef de camp, une autre voix s'élève, paisible et douce, celle-là.
- Une autre voix ?
- « Qui es-tu ? », demande en vociférant le chef de camp qui s'est approché du père Kolbe. Qui es-tu ? « Je suis prêtre catholique, et je voudrais prendre sa place, car il a une femme et des enfants », annonce-t-il très calmement, à la stupéfaction générale.
- Incroyable ! Il a pris la place d'un condamné ?
- Oui.
- La couronne rouge, murmurait Amanda.
- Les Nazis ont accepté. Les dix prisonniers sont enfermés dans un bunker souterrain, mal éclairé par des évasures étroites. On les déshabille. Ils restent nus. Ne se lavent plus. Urinent. Lâchent leurs excréments les uns à côté des autres, entassés comme du bétail dans une petite cellule. Il fait chaud, c'est l'été. L'air est irrespirable. Rien à penser. Rien à faire. Rien à dire. Rien à manger. Rien à boire. Aucune hygiène, l'infection gagne, la puanteur empeste, la pestilence se propage. Certains vomissent. De la bile et du sang noir.
- Mon Dieu, c'est épouvantable !
- Dans le *bunker de la faim*, la plupart des condamnés cèdent généralement à la folie, aux hurlements, à la barbarie, à cause de cette forme de promiscuité dégradante qui les pousse même à s'entretuer.
- C'est vraiment l'enfer !
- Vous ne pensez pas si bien dire. Mais, cette fois, le gardien du bunker témoignera, qu'en assez peu de temps, le moine franciscain avait réussi à faire régner le calme et la piété

entre ses compagnons de tragédie, par le moyen de prières, de chants, d'oraisons, pour les Chrétiens comme pour les Juifs.

- C'est fou !

Amanda entendit soudain, au plus profond de son cœur, un chant intime qui semblait monter depuis l'arène d'un théâtre antique et qui faisait frémir tout son être. *Christus regnat !* Elle se souvenait de l'invocation des chrétiens dans *Quo Vadis ?* au moment où les martyrs pénétraient dans l'arène, après le grand incendie de Rome.

- La folie de l'amour ! Il accompagne chacun de ses camarades à la mort. Après trois semaines, sans nourriture, sans eau, le père Kolbe est le dernier survivant. Face à ses bourreaux qui le regardent, il trouve encore la force de sourire.

A cet instant, Amanda observa la petite photo du moine dans son cadre de bois. Malgré la concentration et la gravité que la jeune femme avait lues auparavant, elle constata qu'un sourire étincelant illuminait le visage du martyr, un sourire tel qu'elle n'en avait jamais vu de toute sa vie. Surprise par ce phénomène inexplicable, elle ferma brusquement les yeux.

- Le manque de place, et la patience légendaire des Nazis, ont obligé ceux-ci à en finir. Son supplice prendra fin le 14 août 1941. Il sera exécuté par injection d'une dose létale de phénol dans le bras.

Un long silence avait succédé à la musique byzantine. Amanda rouvrit les yeux. Devant elle, le sourire éblouissant avait disparu dans le petit cadre de bois. Encore émue par la brutalité tragique de cette histoire, la jeune femme interrogea :

- Et qu'est devenu le sergent polonais, pour qui le père Kolbe s'est sacrifié ?

- Il a survécu à Auschwitz. Il est rentré chez lui. Je crois qu'il a connu le plus beau moment de sa vie, en 1982, sur la place Saint Pierre, le jour où le pape Jean-Paul II a canonisé son sauveur, pour l'élever au nombre des saints catholiques.

- Il était là ?

- Oui. Il était présent.
- Quel dénouement !
- Le martyr donne son sang pour Dieu, et parfois pour sauver les autres. C'est sang pour sang !

Amanda fixait maintenant la pièce de bois immobile entre les mains du père Brun. Avec la puissance dramatique du récit, elle avait oublié cet objet mystérieux que le moine avait agité pendant la durée de leur conversation.
- Qu'est-ce que c'est ?
- Quoi ?
- Cet objet en bois que vous martyrisez depuis tout à l'heure ?
- Ah ? C'est un cadeau d'un collègue franciscain. Une pièce de menuiserie japonaise du couvent de Nagasaki.
- Le couvent du père Kolbe ?
- Oui, la menuiserie japonaise est un art ancestral, qui permet d'assembler des pièces de bois, pour créer des structures extrêmement robustes sans le moindre clou, ni la plus infime pointe de colle.
- Formidable !
- La technique multiséculaire du *wari-kusabi*, précisa le père Brun en montrant les lignes stylisées des mortaises.
- Encore une histoire d'intrication !
- Exactement, Amanda. Comme dans l'histoire du martyr.
- Oui. Sang pour sang !

Un silence avait soudain fermé les deux visages. A l'évidence, chacun pensait à la fin de leur enquête. Mais aucun des deux n'osait rompre le silence. Finalement, le père Brun se décida :
- A propos, on n'a toujours pas retrouvé les corps ?
- Non, Phœbus est muet comme une carpe.
- C'est étrange. Où sont passé les disparus ?
- J'aimerais bien le savoir.
- Qu'a-t-il pu faire des corps ?

- Demandez à votre ami le père Kolbe, avait répondu la jeune policière, sur un ton de désolation aimable.

En entendant le nom du moine polonais, il observa la pièce de menuiserie japonaise, absorbé dans la contemplation d'une idée, une expression contrariée au coin du visage.

Soudain, le père Brun se redressa, pour se frotter la barbe avec ce geste qu'Amanda connaissait tellement bien, tandis qu'un léger tremblement agitait ses yeux.

- Qu'y a-t-il ? s'inquiéta la jeune femme.
- J'ai une foule d'idées en tête, mais elles défilent confusément et n'arrivent pas à sortir.
- Quel genre d'idées ?
- J'ai l'impression que mes idées coulent à l'intérieur, d'une sorte de plaie cachée, d'une blessure que je ne parviens pas à soigner.
- D'une blessure ?
- Comme dans ce poème de Baudelaire.
- Lequel ?
- *Il me semble parfois que mon sang coule à flots,*
Ainsi qu'une fontaine aux rythmiques sanglots.
Je l'entends bien qui coule avec un long murmure,
Mais je me tâte en vain pour trouver la blessure.
- C'est beau. J'ai déjà entendu ces vers. Quel est donc le titre du poème ?
- *La Fontaine de sang.*
- Baudelaire ! expira Amanda dans un soupir.

Soudainement, on entendit souffler dans la maison un grand coup de vent, comme pendant ce jour où les Apôtres étaient enfermés dans le Cénacle, après l'Ascension de Jésus, une sorte de bourrasque inédite emplissant les cœurs d'un espoir nouveau : *Tout à coup il vint du ciel un bruit comme celui d'un vent impétueux, et il remplit toute la maison où ils étaient assis.*

Son visage était baigné d'une lumière surnaturelle :
- Mais qu'avez-vous ? s'inquiétait Amanda.
- *Je suis passionné par l'art du* yosegui-zaiku.

- Qu'est-ce que vous dites ?
- La *Fontaine de sang* !
- Mais que racontez-vous ?
- Le *glaz*, Amanda, le *glaz* ! Cette couleur unique qui n'existe qu'en Bretagne ; ce mot intraduisible en français, pour exprimer cette nuance subtile, mêlée de gris, vert, bleu, dont l'infinie variété ne cesse de fasciner.
- Ah, vous n'allez pas recommencer !
- Quand j'ai en moi cette lueur de *glaz*, Amanda, je sais que nous sommes sur le bon chemin.
- Mais sur quel chemin ?

Il resta silencieux, les yeux concentrés sur la pièce de bois. Le moine fixait la menuiserie avec une telle intensité que son sourire en était flamboyant. On devinait au mouvement de ses yeux qu'il voulait inspecter chaque subtilité de l'ouvrage. Ces marqueteries japonaises impliquent des techniques d'une rare finesse. Seul un esprit acéré peut en saisir tout le sens.

- *Le nouveau marché à investir, la « nouvelle frontière » à conquérir.*
- De quoi parlez-vous ?
- *Nous convaincre au préalable que notre corps est déficient, ridiculement peu performant...*
- Mais qu'est-ce que vous racontez ?
- *Que nous sommes de pauvres choses qui réclament de toute urgence d'être améliorées.*
- Mais allez-vous me dire ?
- La Fontaine de sang. La marqueterie, Amanda ! Intrication totale !
- Je ne vous suis plus !
- Le sang coulait, là, sous nos yeux ! Et dire que nous n'avons rien compris !
- Désolé, mais là, je suis perdue !
- La *Fontaine de sang* ! C'était la clé de notre énigme ! Merci Baudelaire !

Chapitre 24

Solve et coagula

Dans le monde si fascinant du langage mathématique, il existe un concept appelé *isomorphisme,* du grec ancien ἴσος, *isos* (même) et μορφή, *morfē* (forme). Ce terme s'utilise lorsque qu'on peut établir des associations entre deux structures complexes, de telle sorte qu'à chaque partie d'une structure vienne coïncider une partie de l'autre structure, en situant cette correspondance au degré du rôle joué par chaque partie dans ses structures respectives. Un mathématicien, mais aussi un enquêteur, vous l'aurez compris, a tout lieu d'exulter quand il découvre un isomorphisme entre deux structures que son esprit avait tenté d'instruire. C'est un *éblouissement*, une source d'étonnement. La perception d'un isomorphisme, entre deux structures connues (qui s'imbriquent alors comme tenons et mortaises, dans l'art ancestral du *wari-kusabi*) marque un progrès plus qu'essentiel dans le monde des connaissances, parce que de telles perceptions incitent les gens à créer des significations. Un mot à lui seul résume les mystères du langage humain et de ses significations, c'est le mot *symbole* issu du latin symbolum, pris au grec σύμβολον *(súmbolon),* qui signifie, dans sa version longue : *« objet coupé en deux dont les parties réunis à la suite d'une quête permettent aux détenteurs de se reconnaître ».*

Qu'est-ce que la résolution d'une enquête policière, sinon la reconnaissance d'un acte impénétrable, dont la compréhension, juste coupée en deux, se trouve réunie à la suite d'une quête ? Mais le terme isomorphisme est empreint de l'ambiguïté usuelle des mots, ce qui est un défaut pour le philosophe, mais un bel avantage pour le romancier. Cette correspondance symbole/mot porte le nom d'un éternel malentendu : *interprétation*. Lorsqu'un enquêteur se trouve confronté à un système inconnu, un réseau criminel, une pathologie, une psychologie, et qu'il tente à chaque pas qu'il fait d'y découvrir une signification cachée, il doit trouver comment affecter des interprétations significatives à des symboles, c'est-à-dire de telle sorte qu'il existe une correspondance entre assertions et théorèmes. Il se peut qu'il fasse plusieurs tentatives, avant de trouver les bons mots à associer aux symboles, comme s'il tentait de décrypter un code ou une écriture inconnue. Peut-il procéder autrement que par tâtonnements, à partir de savantes hypothèses ? Aussi, quand il tombe enfin sur un bon choix, c'est-à-dire une option *sensée,* brusquement, les choses semblent prendre une autre tournure. Le travail est beaucoup plus facile. Les pièces du *wari-kusabi* se mettent juste en place. Pour les *disparus de Normandie*, l'expression *Fontaine de sang* avait agi dans l'esprit du père Brun comme le symbole d'un isomorphisme.

Après la messe du 15 août, le maire de Donville-sur-mer avait souhaité rassemblé le village autour de ses héros : le père Brun et la policière Amanda Lemercier, dont l'excellent travail d'équipe et la perspicacité rarissime avaient favorisé l'arrestation des coupables. Dans les jardins fleuris de la mairie, magnifiquement inondés par cette lumière auguste de fin d'été, à l'ombre des grands arbres d'Amérique, plantés au retour d'un voyage de Samuel de Champlain, un buffet était dressé avec force vins et charcuteries, pour rasséréner les consciences des citoyens de la petite cité normande. Chacun papillonnait dans l'insouciance des jours heureux, soulagé par le vrai dénouement de l'affaire qui avait agité la région pendant ces longues semaines. Melle Martin, les yeux pensifs, égarée dans la liesse générale, était venue trinquer avec les deux héros du jour.

- Si j'ai bien compris, l'homme aux oreilles de chou hypertrophié n'était pas coupable ? interrogea la jeune femme, dont les yeux de hibou, manifestement, n'avaient pas suivi le déroulé des derniers événements.

- Pas le moindre peu du monde, s'était amusé le père Brun. Son sourire témoignait qu'il avait deviné que la jeune organiste, tel un hibernant ébloui par les clartés du soleil printanier au sortir de sa tanière, émergeait d'un long sommeil.

La moue appuyée de la jeune femme dévoilait une évidence : certaines notions échappaient à sa compréhension. La charité du père Brun lui commanda de se fendre d'une explication, afin de dissiper l'ombre du gros nuage, peinte sur son petit visage inquiet.

- Il sera jugé pour son agression à Deauville, et peut-être aussi pour deux ou trois méfaits, mais il n'a aucun lien avec les disparitions.

Le regard de Melle Martin se perdait entre flou et imprécis, comme si Atlas et Seismos avaient secoué tous deux les fondations de la Terre. Amanda voulut témoigner son soutien à la jeune organiste et vola pour la secourir, traduisant les explications du religieux, dans un langage plus accessible : on avait découvert les vrais coupables, et le malheureux ivrogne, surnommé Phœbus, était mis hors de cause dans l'affaire des disparus.

- Mais alors, qui sont les vrais coupables ? s'inquiéta le jeune femme sur le ton d'un enfant qui a perdu quelque chose.

Gargarin, qui répugnait à l'idée de se savoir éloigné de la jeune organiste, s'était approché du petit groupe, dans une démarche étudiée pour dissimuler ses intentions, tenant à la fois de la danse indienne et de l'éléphant carthaginois.

- Félicitations à notre curé ! avait-il clamé pour s'annoncer, tel Roland dans le défilé de Roncevaux, son verre à la main en guise de d'olifant.

- C'est vous qui avez résolu l'affaire ? débagoulait Melle Martin, qui décidément avait pris un ou deux trains de retard, tandis qu'elle roulait ses grands yeux de biche du côté du père Brun.

- Quoi ? s'interposa Gargarin par un petit entrechat savant de gaucherie, toujours prompt à se lester d'une bourde, vous ne savez pas que notre Sherlock franciscain a élucidé cette affaire avec le secours d'Amanda ?

- Mais comment avez-vous fait ? s'était mise à bailler la jeune demoiselle, terrassée par l'incompréhension, dardant ses jolis petits yeux tremblotants vers le père Brun.

- Il se trouve que, depuis plusieurs semaines, c'est-à-dire dès les origines de l'affaire, nous avons beaucoup discuté avec Amanda, pour échanger nos points de vue, pour partager nos inquiétudes, pour associer nos réflexions. Les choses étant ce qu'elles étaient devenues, nous n'avions plus aucun raison de poursuivre nos recherches sur la question, puisque la police nous assurait avoir posé la main sur le coupable. En quelque sorte, nous sommes sortis du système.

- Sortis du système ?

- Oui, l'intelligence possède une propriété inhérente, elle nous permet de sortir de la tâche en cours d'exécution pour observer ce qui a été réalisé. Elle nous pousse à chercher des éclairages que nous finissons par trouver. Nous évoluons tous dans une telle jungle de « systèmes » entremêlés (et quelquefois contradictoires) qu'il devient parfois difficile de faire la part des choses entre ce qui se passe *à l'intérieur* d'un système et ce qui se passe *à l'extérieur* de ce système. Pour résoudre une équation (selon les logiciens) il faut apprendre à sortir du *système en cours*, parce que l'épanouissement des créatures rationnelles, à quelque degré que ce soit, implique une activité de l'âme, qui s'accomplit comme une fin en soi, laquelle a pour objet contemplé un bien extérieur. C'est le processus de résolution d'une enquête policière, résumé par la philosophie d'Aristote.

- Et comment êtes-vous sortis du système ?

- Pendant de longues semaines nous sommes restés concentrés sur une obsession : trouver un coupable. Une fois l'objectif atteint, quand la police nous en a présenté un, nous sommes sortis de cette monomanie, c'est-à-dire du *système en cours*. Alors seulement, la vérité a pu se montrer à nous, par le moyen d'un objet contemplé comme un bien extérieur.

- De quel objet parlez-vous ?
- Amanda et moi avons discuté devant la photo du père Kolbe, un franciscain qui a donné sa vie à la place d'un autre condamné. Et je tenais entre mes main une pièce de *wari-kusabi*.
- Une pièce de quoi ?
- Une pièce de menuiserie ancestrale japonaise.
- Et donc ?
- Après le récit de la mort du père Kolbe. J'entendis prononcer par Amanda l'expression *sang pour sang*.
- Et alors ?
- Mes idées restaient confuses, continuant de couler comme une plaie qu'on ne sait pas soigner. En discutant, j'ai eu la vision du poème de Baudelaire, *La Fontaine de sang* :

Il me semble parfois que mon sang coule à flots
Ainsi qu'une fontaine aux rythmiques sanglots.
Je l'entends bien qui coule avec un long murmure,
Mais je me tâte en vain pour trouver la blessure.

- Et que s'est-il passé ?
- Aussitôt, mes idées se sont emboîtées, les unes dans les autres, pour former une marqueterie de significations, une œuvre d'assemblage de plusieurs conversations.
- Des conversations qui disaient quoi ?
- Théorie des humeurs, contes du Graal, sacrifices humains, cannibalisme, post-humanisme, humain augmenté. Sang pour sang. Le glaz, voyez-vous !
- Non, je ne vois pas !
- La couleur unique en Bretagne !
- Je ne comprends toujours pas.
- On prend le sang des uns pour nourrir le sang des autres.
- Et alors ?
- Transcender nos limites biologiques actuelles !
- Mais de quoi parlez-vous ?

- Le sang du transhumanisme.
- Je suis perdue.

Une force moyenne, raconte Chesterton, s'exprime par la violence, tandis qu'une force suprême s'exprime par la légèreté. C'était bien la souplesse qui animait chaque trait du visage de notre moine au faciès de philosophe grec antique : l'agilité des vainqueurs qui ont triomphé du mal.

- Le Dr Chilonidès avait parlé devant moi de sa passion pour le *yosegui-zaiku*.
- Le quoi ?
- L'art ancestral de la marqueterie japonaise. Et la menuiserie japonaise que je tenais entre les mains, pendant le récit du père Kolbe, m'a évoqué cette conversation, pendant le diner avec les médecins, chez le maire de Donville.
- Quelle conversation ?
- Et cette phrase du Professeur, prononcée chez notre maire : *Nous pensons que l'immortalité par la technologie est possible et désirable.*
- Quel professeur ?
- C'est alors que j'ai pensé à la clinique qui s'appelait ICHOR. Vous vous souvenez de ce mot chez Homère ?
- *Ichor* ? Bon sang, mais c'est bien sûr, le liquide irriguant les veines des dieux et qui leur sert de sang !
- Bravo Gargarin ! Alors mon sang n'a fait qu'un tour et j'ai proposé à Amanda d'envoyer une équipe d'enquêteurs pour fouiller de fond en comble cette clinique, qui recevait surtout des Américains.
- Et on a retrouvé les disparus ?
- Oui, tous vivants, plongés dans un coma artificiel.
- Incroyable ! Pourquoi dans cette clinique ?
- La vision de Baudelaire : des *fontaines de sang*. Des petites usines pour fournir le précieux liquide à leur insu.
- C'est fou ! On prenait leur sang ?

Être mêlé à une aventure, prévient Chesterton, c'est être dans un milieu antipathique. Être né dans ce monde, c'est être né dans un milieu antipathique, et par conséquent être jeté dans une aventure. Les esprits modernes ont perdu le sens de l'aventure. Ils s'imaginent que le roman policier pourrait atteindre son apogée dans un absolu qu'ils ont coutume d'appeler *liberté*. Ils pensent que si le père Brun faisait un geste et que le soleil tombât du ciel, il réaliserait une action plus qu'étonnante et romanesque à leurs yeux. En réalité, ce qu'il y a de très étonnant et romanesque dans le soleil, c'est qu'il ne tombe pas du ciel. De toutes les grandes limitations et de ces cadres qui façonnent et créent la poésie, ainsi que la variété de la vie, la simplicité reste la plus importante. Les modernes cherchent sous toute espèce de forme un monde sans limitations, c'est-à-dire un monde sans contours, un monde sans formes. Il n'y a rien de plus absurde que cette infinité. Ils pensent qu'ils veulent être aussi puissants que l'univers. En réalité, ils voudraient que l'univers soit aussi faible qu'eux.

- Alors, ils sont tous en vie ?
- Oui, sains et saufs !
- Et pourquoi on prenait leur sang ?
- Pour extraire une protéine présente dans le sang, le GDF 11, (pour *Grow differentiation factor 11*), appartenant à la sous famille des GDF, situé sur le chromosome 12 humain.
- Le GDF 11, mais qu'est-ce que c'est ?
- La protéine du rajeunissement de l'organisme.
- Mais pour en faire quoi ?
- Les enquêteurs ont découvert que le Dr Chilonidès avait mis au point une molécule de synthèse, à partir du GDF 11, un procédé inconnu, capable de changer la nature du sang et de permettre à ses clients d'atteindre à l'immortalité.
- L'immortalité ? Vous croyez que ça marche ?
- Vous vous doutez que les analyses sont en cours. Je prends les paris avec vous, mes amis. Nous allons très vite apprendre que nos médecins transhumanistes étaient des escrocs.
- Et des criminels ! avait ajouté Amanda.
- Mais pourquoi avec le sang des autres ?

- La méthode nécessitait de grandes quantités de sang neuf en permanence. Après une collecte sur les disparus, il fallait aussitôt traiter le prélèvement en laboratoire, pour extraire la protéine GDF 11. On ne pouvait pas le faire avec le sang du client. Ensuite, une fois la molécule transformée en composé de synthèse (appelé par eux THPC 1.0), ils pouvaient procéder à des transfusions complètes sur leurs Américains, avec du sang nouveau, pour éliminer toute trace de leur ancien sang.
- J'ai compris, balbutia Melle Martin, visiblement horrifiée par cette histoire. Ils avaient besoin de posséder des fontaines à sang pour pouvoir réaliser des transfusions à volonté, avec du sang modifié.
- Et ils avaient besoin de tous les groupes sanguins, après avoir piraté les fichiers des laboratoires pour connaître ceux de leurs futures victimes, avait complété Amanda.
- Ils travaillaient tous seuls ?
- Non, deux infirmières les assistaient.
- Et qui faisait les enlèvements ?
- Une équipe de Bosniaques, nichée dans la banlieue de Caen.
- Tout le monde a été arrêté ?
- Non, le Dr Chilonidès reste introuvable.

En apprenant que le médecin avait disparu à son tour, Gargarin se remit en mémoire la conversation de son ami Anselme Rondeau, à propos du grimoire, prononçant à voix basse la devise des alchimistes, comme s'il voulait égrener les termes d'une formule magique : *Solve et coagula*.

Se dissoudre. Quoi de plus facile pour un alchimiste ?
- Je crois que pour retrouver ce triste sire, nous pourrons prier longtemps le saint patron des détectives, avait-il bredouillé.
- Au fait, quel est le saint patron des détectives ? souffla une voix qui était celle de Mme Pépin, la femme du maire.

- Ah, oui c'est une bonne question ! réagit Gargarin qui avait retrouvé son souffle.

- A vrai dire, je risque de vous surprendre, avoua le père Brun, avec son large sourire socratique.

- Comme d'habitude, dégoisa Mme Pépin.

- Certains plaisantins ont décrété Saint *Columbo,* mais ce n'est pas un prénom.

- D'ailleurs l'inspecteur s'appelait Franck ! avait justement relevé le libraire de Donville, ayant cru bon de faire observer ce point crucial.

-Exact ! Et le vrai nom du saint est Colomban, qui provient, par les langues celtiques, du latin *colomba*, c'est-à-dire la *colombe*, indiqua le père Marsac qui, d'une manière adroite et subreptice, s'était mêlé à la conversation.

- Un nom paisible ! reprit Pépin-le-Bref, qui s'était joint à nos amis, sur la pointe des pieds, atteint par nouvelle crise de centrisme politique.

- Saint Colomban est un grand saint pourtant ! arbitra Melle Martin.

- A l'évidence ! D'autant qu'à Donville nous vouons une dévotion particulière, grâce à la guérison miraculeuse du peintre Pietro di Bobbio, qui nous a laissé son splendide tableau de la Renaissance, en guise d'ex-voto.

- Un chef d'œuvre ! s'extasia Melle Martin.

- Alors si ce n'est pas *Saint Columbo*, qui est donc le saint patron des détectives ? revint à la charge Mme Pépin.

- Je crois que c'est Saint Martin ! risqua la policière.

- Désolé de vous décevoir, Amanda, mais Saint Martin est le saint patron des policiers, pas des détectives !

- Alors c'est Saint Sherlock ? avait osé sourire le maire, qui ne cachait pas sa joie de recevoir les habitants du village.

- Non, le pape des détectives ne porte pas un prénom chrétien. Le vieil anglais *scir* signifie clair et *lock* boucle de cheveux. Sherlock est donc l'homme *aux boucles claires,* se plut à discourir le moine dominicain.

- Alors Saint Agatha? insista le maire, rendu de plus en plus hilare par la tournure de la conversation.
- Et pourquoi pas Saint Gilbert ? Saint Hercule ? Saint Arsène, tant que vous y êtes ? Non, je vous le répète, il n'existe pas de saint patron pour les détectives, objectait le père Brun.
- C'est tout de même étrange. Pourquoi les détectives sont la corporation la moins bien représentée du martyrologe ? fit remarquer Gargarin, en se tenant le front.
- Oui et non, pas si étrange !
- Encore une réponse de Normand !
- La plupart viennent de culture anglo-saxonne, et ne sont pas vraiment catholiques. Gramsci affirmait percevoir par *Father Brown* une antithèse à la logique protestante du Sherlock, à laquelle le petit abbé de Chesterton, avec son esprit enfantin, oppose une empathie moins froidement mécanique, censée caractériser le catholicisme.
- Si les détectives n'ont pas de Saint patron, proposa Mme Pépin, on peut toujours leur trouver une fête ?
- Bonne idée, mais laquelle ? interrogea le maire qui entendait tirer parti des trouvailles de son épouse.
- Je sais ! s'enthousiasma d'un coup Gargarin. Mais oui, la fête des détectives, c'est évidemment la *Chandeleur* !

Tout le monde resta coi.
- Pourquoi ? Parce qu'ils apportent la lumière ? réagit le maire, qui ne voulait pas perdre une miette de ce débat essentiel.
- En effet, je n'avais pas pensé à ce détail. Bonne idée ! C'est une raison supplémentaire, répondit le libraire hilare.

Le père Brun souriait doublement parce qu'il avait deviné le sens de la blague de Gargarin.
- Pensez-vous que le célèbre Marlowe aurait apprécié votre initiative ?

- Et pourquoi pas ? Sous des dehors de détective bagarreur, cynique, fripé, voire imbibé, Marlowe est bien souvent contemplatif et philosophe !

- Marlowe, le grand poète élisabéthain ? s'était éveillée Melle Martin.

- Vous ne croyez pas si bien dire. Le détective a reçu ce nom en hommage à l'auteur du *Juif de Malte*.

- Et du délicieux *Volpone*, si bien joué par Harry Baur, ajouta la petite organiste.

- Ah non, *Volpone* est une pièce de Ben Johnson, ne put s'empêcher de rectifier Gargarin, toujours guilleret d'avoir le dernier mot sur la jeune femme.

- Je suis perdue avec tous vos auteurs élisabéthains. Mais pourquoi la Chandeleur ? Je n'ai pas compris, flûtait Amanda, qui ne parvenait pas à vider son verre.

- Ahaha, mais le père vient de vous le dire, à cause du détective Marlowe, créé par son auteur Raymond *Chandler* !

Un œil avisé aurait vu, là-haut, un bel oiseau des mers, roi de l'azur, qui déployait de grandes ailes blanches, un *albatros* hurleur, voyageur ailé, prince des nuées, messager de l'Invisible, poussant de petits cris dorés, pour venir saluer nos amis et chanter les humeurs vagabondes des vaisseaux venus du bout du monde, parlant à l'âme, dans un doux secret, des vagues senteurs de l'ambre, des plus rares fleurs, des miroirs profonds, des splendeurs orientales, avec ses pensées de feu et de sang, revêtues d'hyacinthe et d'or, par les soleils couchants, où le monde s'endormira bientôt dans une chaude lumière, quand tout ne sera qu'ordre et beauté, luxe, calme et volupté.

- Alors, s'il n'y a pas de saint patron des détectives, ce sera *Saint Brun* ! plaisanta Melle Martin, souriant à la dérobée.

- Excellente idée, lança Gargarin, levant son verre en vue de porter un toast au franciscain, malgré ses dénégations amusées.

Et tous les amis reprirent cette clameur qui monta dans le ciel de Donville, comme déclaration d'amour, cri de joie, signe d'espérance, catapultés vers le soleil normand, avec le même élan de ferveur qui avait enflammé les cœurs, après l'appel jeté par Urbain II, à la fin du Concile de Clermont, pour aller délivrer les Chrétiens d'Orient, persécutés par les Turcs : *« Dieu le veult ! »* scandé par une foule transfigurée à l'idée de libérer Jérusalem ; et dans ce tintamarre de bouteilles, ces tonalités de voix bigarrées, ces proclamations de bonheur, ces cliquetis de liesse, où s'entrechoquaient généreusement les verres, furent lancés vers le Ciel, depuis toutes les poitrines unies dans l'amour de Dieu et de la vie, ces mots ourdis de Foi, gonflés d'Espérance et de Charité, pour conjurer les maux de la vie :

- A Saint Brun !

Nantes, le 14 avril 2024
Dimanche du Bon Pasteur.

Du même auteur :

Les enquêtes du père Brun

> *Une enquête du père Brun*
>
> *Le Fantôme de Combourg*
>
> *Sang pour sang*
>
> *Les clés du Vatican (A paraître)*
>
> *Sur le toit du monde (A paraître)*

Instagram : @lesenquetesduperebrun

Facebook : Les enquêtes du père Brun